Layla Hagen

Flowers of Passion – Zärtliche Magnolien

Zu diesem Buch

Nachdem Paige Lamonica drei Jahre für die Hilfsorganisation Three Emeralds in Paris gearbeitet hat, zieht es die 28-Jährige zurück zu ihrer Familie und ihren Freunden. In ihrer Heimatstadt Los Angeles quartiert sie sich kurzerhand im leer stehenden Bed & Breakfast ihrer Großmutter ein, wo sie von Polizist Will Connor überrascht wird. Schon bei ihrer ersten Begegnung sprühen zwischen ihnen die Funken. Will ist begeistert von Paiges großem Herzen und ihrem Traum, ein Hilfsprojekt für Jugendliche aus schwierigen Verhältnissen zu starten. Auch er möchte mit seinem Job etwas bewirken und anderen Menschen helfen. Doch geht er dabei oft über seine Grenzen und bringt damit nicht nur sich selbst in Gefahr, sondern auch seine Beziehung zu Paige …

Layla Hagen ist das Pseudonym einer USA-Today-Bestsellerautorin. Sie lebt in Österreich, spricht fließend Englisch, Deutsch und Spanisch, und schreibt am liebsten prickelnde Liebesromane.

Layla Hagen

FLOWERS OF PASSION

ZÄRTLICHE MAGNOLIEN

Roman

Aus dem Amerikanischen
von Vanessa Lamatsch

PIPER

Mehr über unsere Autoren und Bücher:
www.piper.de

Von Layla Hagen liegen im Piper Verlag vor:
Diamonds For Love:
Band 1: Diamonds For Love – Voller Hingabe
Band 2: Diamonds For Love – Verlockende Nähe
Band 3: Diamonds For Love – Entflammte Sehnsucht
Band 4: Diamonds For Love – Verhängnisvolle Liebe
Band 5: Diamonds For Love – Verbotene Wünsche
Band 6: Diamonds For Love – Betörende Blicke
Band 7: Diamonds For Love – Heißes Herzklopfen
Band 8: Diamonds For Love – Vertraute Gefühle
Band 9: Diamonds For Love – Glühende Leidenschaft

Flowers of Passion:
Band 1: Flowers of Passion – Verführerische Rosen
Band 2: Flowers of Passion – Wilde Orchideen
Band 3: Flowers of Passion – Zärtliche Magnolien
Band 4: Flowers of Passion – Flammende Lilien

FSC
www.fsc.org
MIX
Papier aus verantwortungsvollen Quellen
FSC® C083411

Deutsche Erstausgabe
ISBN 978-3-492-31593-7
Oktober 2020

Titel der amerikanischen Originalausgabe:
»Meant for you«, EverAfter Romance 2018

Redaktion: Anita Hirtreiter
Umschlaggestaltung: zero-media.net, München
Umschlagabbildung: Getty Images/brianhaslam
Satz: Uhl + Massopust, Aalen
Gesetzt aus der Stempel Schneidler
Druck und Bindung: CPI books GmbH, Leck
Printed in the EU

1
Paige

»Darauf, dass unsere Truppe endlich wieder vereint ist!«, rief Luna und hob ihr Glas Wein zu einem Toast.

Vor zwei Tagen war ich aus Paris zurückgekehrt und hatte sofort ein Treffen mit meinen zwei besten Freundinnen, Luna und Faith, geplant. Ich hatte sie gebeten, sich in der alten Pension meiner Großmutter mit mir zu treffen, weil ich an diesem Nachmittag hier vorbeigeschaut hatte, um nach dem Rechten zu sehen. Letztendlich hatten wir uns Pizza und Wein liefern lassen und beschlossen, hierzubleiben. Das passte gut. Wir verbanden viele schöne Erinnerungen mit diesem Haus.

»Ich kann nicht glauben, dass es hier immer noch genauso aussieht. Als wäre die Zeit stehen geblieben.«

»Bis auf die Staubschicht«, warf ich ein. Die Pension hatte ein paar Monate leer gestanden. Jetzt, wo ich zurück war, hatten meine Eltern mich gebeten, das Haus zu verkaufen.

»Wir sind so froh, dass du wieder da bist.« Faith umarmte mich mit einem Arm.

»Ich bin auch froh.« Mein dreijähriger Aufenthalt in Paris war aufregend gewesen, doch ich hatte mir nicht vorstellen können, dauerhaft in Frankreich zu bleiben. Ich gehörte nach L.A. Ich hatte meine Freundinnen, Eltern, Geschwister und Nichten total vermisst, außerdem hatte mir das kalifornische Beachlife gefehlt. Ich konnte es kaum erwarten, an den Strand zu gehen. Ich wurde schnell braun – und auch wenn mein Haar brünett war, hatte es nach ein paar Tagen in der Sonne immer einen leicht rötlichen Glanz.

»Also willst du die Pension wirklich verkaufen, hm?«, fragte Faith.

»Ja. Es geht nicht anders.« Meine Großmutter hatte ein gut laufendes Bed & Breakfast geführt, aber meine Eltern wollten ihren Ruhestand genießen, und meine Geschwister und ich arbeiteten alle in Vollzeit. Ich konnte mir nicht vorstellen, neben meinen beruflichen Verpflichtungen noch ein B&B zu führen, also war es besser, unser Erbe zu verkaufen, als die Pension herunterkommen zu lassen. Bevor wir es auf den Markt bringen konnten, waren allerdings ein paar Reparaturen am Haus nötig.

Es klingelte an der Tür, als wir gerade die leeren Pizzakartons in die Küche trugen.

»Erwartest du jemanden?«, fragte Luna.

»Nein.«

Ich eilte zur Eingangstür, riss sie auf und fand mich plötzlich einem sehr großen und äußerst attraktiven Mann gegenüber. Er musterte mich, dann sah er über meine Schulter zu Faith und Luna.

»Kann ich Ihnen helfen?«

»Ich bin Detective Will Connor.«

Ein Detective? Damit hatte ich nicht gerechnet. Durften Detectives so heiß sein? Ich hätte ihn eher für einen Schauspieler oder ein Model gehalten. Groß und gut gebaut, mit hellbraunem, leicht verwuscheltem Haar. Seine Augen waren dunkler, und sein Kinn erinnerte mich an diese Hotties in den Aftershave-Werbungen: stark, markant… sexy.

»Oh. Was führt Sie hierher?«

»Ein Nachbar hat angerufen. Meinte, er hätte hier Licht gesehen und dass das Haus ein paar Monate lang leer gestanden hätte.«

»Das war mal die Pension meiner Großmutter. Jetzt gehört sie mir. Ich bin vorbeigekommen, um nach dem Rechten zu sehen.«

»Also sind Sie die Besitzerin?«

»Das bin ich, Detective. Mein Name ist Paige Lamonica. Soll ich mich ausweisen?«

»Das ist nicht nötig. Die Nachbarn dachten, es wäre jemand eingebrochen, weil das Gebäude eigentlich leer steht. Gab es irgendwelche Hinweise auf Eindringlinge? Unbewohnte Häuser ziehen Einbrecher an«, erklärte er.

»Ich habe noch nicht alle Räume kontrolliert, aber sämtliche Türen und Fenster im Erdgeschoss sind immer noch mit Brettern vernagelt. Allerdings werde ich die bald abnehmen lassen. Ich will das Haus renovieren.«

Der Detective verschränkte die Arme vor der Brust, und zum ersten Mal bemerkte ich seinen Bizeps. Mir wurde innerlich ganz heiß. Er trug ein kurzärmliges Hemd. Ich musste mich quasi zwingen, den Blick von seinen Armen abzuwenden.

»Ihr habt auch nichts Außergewöhnliches bemerkt, oder, Mädels?«, fragte ich und drehte mich zu meinen Freundinnen um. Sie nickten stumm, denn sie waren anscheinend zu sehr damit beschäftigt, Will abzuchecken, um wirklich zu antworten. Beim Essen hatte ich vorhin erwähnt, dass ich gerne mal wieder mit einem Mann ausgehen wollte, und ich war mir sicher, dass sie gerade überlegten, ob der Detective ein geeigneter Kandidat dafür wäre. Ich richtete meine Aufmerksamkeit wieder auf Will.

»Sieht ganz so aus, als wären Sie umsonst gekommen. Tut mir leid, dass ich Sie von Ihrer Arbeit abgehalten habe.«

»Ich bin nicht im Dienst, aber ich war gerade in der Gegend, als die Funkmeldung hereinkam.«

»Nun, hier ist jedenfalls nichts los, außer dass ich mich mit meinen alten Freundinnen auf den neuesten Stand bringe und wir drei Tage zu spät den 4. Juli feiern.«

»Stellen Sie sicher, dass das Ganze nicht zu laut wird.« Er klang, als wolle er mich aufziehen.

»Wieso, Detective? Verhaften Sie uns sonst?«, fragte ich neckend.

Etwas funkelte in diesen dunklen Augen und sorgte dafür, dass sich mein Magen verkrampfte. Seine Lippen verzogen sich zu einem atemberaubenden Lächeln. Nun ja, ehrlich gesagt, war dieser Mann insgesamt atemberaubend.

»Da Sie nicht im Dienst sind, können wir Ihnen dann vielleicht etwas zu trinken anbieten, um die Unannehmlichkeiten wiedergutzumachen?«, fragte Luna.

»Ich bin auf dem Weg zu einem Treffen, aber danke für die Einladung.« Er zog eine Visitenkarte aus seiner hinteren Hosentasche und gab sie mir. »Das ist meine Nummer, Paige. Falls Sie irgendwelche Hinweise auf einen Einbruch finden, rufen Sie mich an.«

»Natürlich.«

»Ich wünsche noch einen schönen Abend, Ladys.«

Ich schloss die Tür und drehte mich zu meinen Freundinnen um.

»Wer hätte gedacht, dass Detectives so sexy sein können?«, fragte Luna.

Faith klatschte in die Hände. »Ich jedenfalls nicht. Aber jetzt, wo ich es weiß, wird es wahrscheinlich Zeit, auch Polizisten in meinen Dating-Pool aufzunehmen.«

Ich ließ die Fingerspitzen über die Visitenkarte gleiten. Detective William Connor. Darunter standen eine Handynummer und die Adresse eines Polizeireviers. Ich steckte die Karte ein.

Wir gingen durchs Haus und suchten nach Einbruchspuren. Alle Bretter im Erdgeschoss befanden sich noch an ihrem Platz. Und obwohl ich mir nicht vorstellen konnte, dass Diebe durch die Fenster im ersten Stock einstiegen, überprüften wir auch diese. Die Pension war verschont geblieben.

»Ich würde sagen, dann ist es nun höchste Zeit, euch eure Geschenke zu geben«, verkündete ich, als wir ins Wohnzimmer zurückkehrten. Beide quietschten und umarmten mich. Ich hatte einen ganzen zusätzlichen Koffer voller Mitbringsel für Freunde und Familie mitgebracht … und für meine Kollegin Ashley. Sie und ich hatten nach dem College gleichzeitig bei Three Emeralds angefangen, einem gemeinnützigen Unternehmen, das sich darauf konzentrierte, die Lebensumstände von Menschen in Schwierigkeiten zu verbessern. Als die Stelle im Pariser Büro ausgeschrieben wurde, hatte Ashley abgewinkt, weil sie der Meinung war, sie hätte hier mit einem Ehemann und zwei Kindern zu viele Verpflichtungen. Ich hatte mich unglaublich über die Gelegenheit gefreut, für einige Zeit im Ausland zu leben – und dann auch noch in Frankreich. Das Team dort war um einiges größer, und ich hatte viel von meinen

Kollegen gelernt. Ich hatte meine Unabhängigkeit immer zu schätzen gewusst, aber in letzter Zeit drängte sich mir das Gefühl auf, dass ein paar Bindungen vielleicht gar nicht so schlecht wären. Vielleicht sollte ich endlich Wurzeln schlagen. Womöglich kam mein Sinneswandel ja daher, dass ich auf den Hochzeiten meiner zwei Schwestern und meines Bruders gewesen war. Ich hatte keine Ahnung, woran es genau lag, doch diese Idee hatte ich mir in den Kopf gesetzt.

»Wie wäre es mit Musik?«, fragte Faith, als sie sich noch ein Glas Wein eingoss.

»Ich habe eine tolle Playlist.« Ich zog mein Handy heraus und tippte auf dem Display herum, um die Liste mit den fröhlichen, schnellen Liedern zu finden. Als ich die Lautstärke voll aufdrehte, fragte ich mich, ob die Nachbarn wohl etwas hören konnten und ob sie gleich vor der Tür auftauchen würden, um uns aufzufordern, leiser zu sein. Oder ob sie die Ruhestörung der Polizei melden würden. Würde dann dieser heiße Detective noch mal vorbeischauen?

2 Will

Ich gluckste immer noch in mich hinein, als ich davonfuhr. Obwohl solche Besuche für gewöhnlich von Streifenpolizisten ausgeführt wurden, war ich froh, dass ich vorbeigeschaut hatte. Die kleine Brünette mit dem unordentlich hochgebundenen Haar hatte mir echt den Abend versüßt, wie sie da in diesem kurzen Kleid stand, das ihre tolle Figur betonte, und mich fragte, ob ich sie jetzt verhaften wollte. Statistisch gesehen, waren leer stehende Gebäude nun einmal Einbrechermagneten.

Ich fuhr direkt zu dem Restaurant, in dem in ein paar Wochen die Hochzeit meiner Schwester Lori stattfinden würde. Sie hatte mich zur Menü-Verkostung eingeladen. Ich kam gleichzeitig mit meinem jüngeren Bruder Jace an. Lori und ihr Verlobter, Graham, saßen bereits an einem Tisch.

»Hey! Lange nicht gesehen«, witzelte ich. Wir hatten erst letzten Freitag zusammen zu Abend gegessen, wie jede Woche. »Nur wir vier?«

»Val wird ein paar Minuten später kommen«, erklärte Lori und bezog sich damit auf unsere älteste Schwester. Ich wusste, dass unsere anderen beiden Geschwister, Landon und Hailey, es nicht schaffen würden, doch es überraschte mich, dass auch Loris achtjähriger Sohn fehlte.

»Wo ist Milo?«, fragte ich Lori.

»Hat verkündet, dass er den Abend lieber mit seiner Freundin Jilly verbringt.«

Kurz darauf kam Val an. Während der Vorspeise besprachen Lori und sie, was für die Hochzeit noch alles vorzubereiten war.

Beim Hauptgang richtete Val ihre Aufmerksamkeit dann auf Jace und mich. »Also, werdet ihr beide vielleicht doch in Begleitung kommen?«

Jace stieß einen Pfiff aus, zog einen Fünf-Dollar-Schein aus der Tasche und gab ihn mir. »Du hast gewonnen.«

»Wie immer.« Ich steckte den Schein ein und grinste, als Val uns neugierig musterte. Ich mochte dreiunddreißig sein, aber zu einer kleinen Wette sagte ich nie Nein.

»Worum ging es bei der Wette?«

»Wie lange es dauern wird, bis du oder Lori diese Frage stellst. Jace hat geglaubt, ihr würdet euch bis zum Dessert Zeit lassen. Ich habe auf den Hauptgang gesetzt.«

Val lachte. »Es wäre eine gute Verteidigungsstrategie, in Begleitung zu erscheinen. Wir können euch jedenfalls nicht vor Pippa retten.«

Damit hatte sie nicht ganz unrecht. Hochzeiten waren immer gute Gelegenheiten für die wohlmeinenden Mitglieder unserer weitläufigeren Familie, sich in unser Leben einzumischen – und meine Cousine Pippa spielte gern die Kupplerin. Sie war auch ziemlich gut darin … zumindest, soweit es ihre eigenen Geschwister anging. Meine Bennett-Cousins – alle neun von ihnen – hatten innerhalb weniger Jahre geheiratet. Pippa gab gerne damit an, durchaus dazu beigetragen zu haben, dass ein paar von diesen Paaren sich gefunden hatten. Jace und ich waren ihren Einmischungen schon bei Landons Hochzeit nur knapp entkommen. Ich ging nicht davon aus, dass mir solches Glück noch mal vergönnt sein würde, aber ich würde trotzdem allein auftauchen. In den letzten Monaten hatte ich Dates mit vielen Frauen gehabt, allerdings war es nie zu einem zweiten Treffen gekommen. Und schließlich wollte ich nicht einfach irgendwen auf die Hochzeit meiner Schwester mitnehmen.

Jace hatte andere Probleme. »Ich kann niemanden mit zur Hochzeit bringen, weil das in allen Zeitungen stehen würde. Das könnte einen falschen Eindruck erwecken.«

Val trommelte lächelnd mit den Fingern auf den Tisch. »Du meinst, sie könnten davon ausgehen, dass der *heißeste Spieler der Fußballwelt* vom Markt ist?«

GQ hatte unserem Bruder dieses Jahr diesen Titel verliehen, und Jace erntete gerade die Früchte davon – im positiven wie im negativen Sinn.

»Genau.«

»Und das wäre doch wirklich eine Tragödie, nicht wahr?«, fragte Lori grinsend.

»Mädels, hört auf, euren Bruder zu schikanieren«, sagte Graham. Ich mochte ihn, auch wenn ich es immer noch seltsam fand, Lori, Milo und Graham als Einheit zu sehen. Jahrelang hatte es ausschließlich Lori und Milo gegeben, da Milos Idiot von leiblichem Vater sich schon vor seiner Geburt verdünnisiert hatte. Ich hatte versucht, dem Jungen nicht nur ein Onkel zu sein, sondern auch als Vaterfigur zu fungieren und ihm alles weiterzugeben, was ich von meinem verstorbenen Dad gelernt hatte. Jetzt, wo es Graham gab, musste ich diese Rolle nicht mehr übernehmen.

Das fehlte mir, aber ich konnte auch nicht leugnen, dass es durchaus seine Vorteile hatte, einfach den unterhaltsamen Onkel spielen zu dürfen.

»Vergiss es«, antwortete Val. »Sie spielen die überbehütenden Brüder, wir schikanieren sie. Es ist nichts umsonst.«

Jace schüttelte spöttisch den Kopf. »Aber danke für den Versuch, Graham.«

Ich genoss es unglaublich, Zeit mit meiner Familie zu verbringen.

»Will, ist deine Hütte in der Woche nach der Hochzeit vermietet?«, fragte Lori. »Wir haben uns immer noch nicht entschieden, wo wir die Flitterwochen verbringen wollen, aber ich liebe diesen See und deine Hütte.«

»Lass mich das mal checken.« Ich zog mein Handy heraus, um in meinen Aufzeichnungen nachzusehen. Während meiner Zeit am College hatte ich mehrere kleine Hütten in Kalifornien gekauft, die ich vermietete. Die jeweiligen Verwalter schickten mir die Buchungen zu, sobald sie sie erhielten.

»Ist frei. Ich werde meiner Verwalterin sagen, dass sie diesen Zeitraum freihalten soll, bis ihr euch entschieden habt.«

Lori sah Graham an und klimperte mit den Wimpern. Lachend drückte er ihr einen Kuss auf die Stirn und sagte dann zu mir: »Wir nehmen sie.«

Es war schon nach Mitternacht, als wir das Restaurant verließen. Mein Heimweg führte mich an Paiges Pension vorbei. Wenn immer noch Licht brannte, wollte ich mit ihr über eine Alarmanlage sprechen. Bei einem so großen Grundstück brauchte sie eine der teureren Varianten mit Bewegungsmeldern – zumindest an den Fenstern im Erdgeschoss.

Als ich ankam, waren alle Lichter ausgeschaltet. Die tiefe Enttäuschung, die ich empfand, überraschte mich. Ich hatte vermutet, dass die Party die ganze Nacht dauern würde, so aufgeregt, wie die drei Frauen gewirkt hatten. Bei der Erinnerung an Paiges Kurven reagierte mein Körper sofort. Sie war klein genug, dass ich sie mit einem Arm hochheben konnte. Ich wette, diese Beine würden sich um meinen Körper geschlungen fantastisch anfühlen.

Lachend vertrieb ich dieses Bild aus meinem Kopf. Verdammt, ich hatte sie nicht mal nach ihrer Telefonnummer gefragt. Aber ich nahm mir fest vor, das bei der nächsten Gelegenheit nachzuholen.

Am nächsten Nachmittag erwartete mich eine angenehme Überraschung. Als ich gerade mit meinem Vorgesetzten in seinem Büro einen Fall diskutierte, drang eine vertraute Stimme durch die offene Tür. Bildete ich mir das nur ein, weil ich die ganze Nacht an Paige gedacht hatte? Weil ich vorhatte, heute bei ihrer Pension vorbeizuschauen, um sie nach ihrer Telefonnummer zu fragen? Ich drehte mich um, und tatsächlich, da war sie. Was wollte sie hier? War etwas passiert? Sie stand halb von mir abgewandt und unterhielt sich mit einem Officer. Ich konnte keine Anzeichen entdecken, dass sie in einen Unfall verwickelt gewesen oder angegriffen worden wäre.

»Will?«

»Entschuldigung, Sir. Eine … Bekannte ist gerade gekommen. Können wir dieses Gespräch verschieben, damit ich mich um sie kümmern kann?«

Ich war schon aufgestanden, bevor er auch nur genickt

hatte. Mit großen Schritten ging ich an den Schreibtischen vorbei, direkt zu Paige. Als ich näher kam, konnte ich sie besser erkennen. Sie wirkte weder verletzt noch verängstigt und unterhielt sich gerade mit einem unserer jüngsten Officer, Stan. Er war sehr eifrig darauf bedacht, ihr zu helfen. Zu eifrig. Er stand zu nah vor ihr und grinste dümmlich.

»Paige, was tust du hier?«

Sie brach mitten im Satz ab und drehte sich zu mir um. Ihre Lippen waren sogar noch verlockender als in meiner Erinnerung. Sie trug das Haar offen, sodass es ihren Hals verbarg, doch das bisschen Haut, das ich sehen konnte, schrie förmlich nach Küssen.

»Hi, Will. Ich habe mich in der Pension umgesehen, wie du vorgeschlagen hast. Konnte keine Anzeichen von Vandalismus entdecken, aber jemand hat die Seitenspiegel meines Autos gestohlen, das ziemlich lange im Garten stand. Ich habe Fotos gemacht und würde gerne Anzeige erstatten, weil ich das für meine Versicherung brauche.«

»Ich übernehme«, verkündete ich.

»Aber das gehört zu meinem Job«, protestierte Stan, weil er offensichtlich mehr Zeit mit Paige verbringen wollte. Ein Muskel an meinem Kinn begann zu zucken.

»Ich habe gesagt, ich übernehme.«

Stan war klug genug, keinen Vorgesetzten herauszufordern … selbst wenn er recht hatte. Doch ich hatte nicht vor, dem übermäßig hilfsbereiten Stan diese Sache zu überlassen.

»Ich wollte eigentlich erst anrufen, um zu fragen, ob du da bist, aber ich habe deine Visitenkarte verloren«, sagte sie. »Ich habe die Adresse des Reviers gegoogelt.«

Ich wies Paige den Weg zu meinem Schreibtisch, wobei

ich einen Schritt hinter ihr ging. Ihre Hüften schwangen bei jedem Schritt, und ich spürte den plötzlichen Drang, herauszufinden, ob die Haut an ihren Schenkeln genauso glatt war wie die an ihren Oberarmen. Alles an dieser Frau war verführerisch.

Als wir meinen Schreibtisch erreichten, holte ich einen Stuhl von einem unbesetzten Schreibtisch, und wir setzten uns. Dann suchte ich in der Datenbank nach den Formularen, die wir brauchten. Paige verschränkte die Beine, und ich konnte einfach nicht anders, als hinzuschauen. Ihre Schenkel waren straff und muskulös, wie die einer Läuferin oder Schwimmerin. Sie würden atemberaubend aussehen, wenn sie um meine Hüften lagen, während ich sie an die Wand presste und mich mit ihr vergnügte. Ich hatte gedacht, meine Reaktion am Vorabend wäre darauf zurückzuführen gewesen, dass sie in diesem kurzen Kleid und dem unordentlich hochgebundenen Haar so … zerzaust ausgesehen hatte. Doch jetzt war Paige sorgfältig zurechtgemacht, und ich verzehrte mich immer noch danach, herauszufinden, wie ihre Beine sich um meinen Körper anfühlen würden.

Ich konzentrierte mich auf die Formulare, als wir sie gemeinsam ausfüllten. Als ich Paiges Führerscheinnummer aufrief, scrollte ich durch ein paar der Informationen.

»Paige … du hattest ein Dutzend Strafzettel?«

Ich sah sie an. Sie errötete, wandte den Blick aber nicht ab.

»Die habe ich bekommen, bevor ich nach Paris gegangen bin. Ich habe alle bezahlt.«

»Ein Dutzend Strafzettel innerhalb von zwei Wochen – wie hast du das denn geschafft?«

Sie zuckte mit den Schultern. Der Riemen ihres Kleides verrutschte ein wenig und gab den Blick auf mehrere Sommersprossen frei.

»Ich konnte mein Auto nicht mit nach Paris nehmen, und dieses Baby läuft so wunderbar, dass ich mich anständig verabschieden wollte.«

Ich ließ mich in meinem Stuhl nach hinten sinken und stieß ein Lachen aus. Heute Morgen hatte ich schreckliche Laune gehabt. Ein Fall, an dem ich gerade arbeitete, hatte sich als ziemlich schwierig herausgestellt, was immer an mir nagte. Doch Paige hatte meine Laune verbessert, als hätte sie einen Schalter umgelegt.

»Die meisten Leute würden so was nicht zugeben.«

»Ich habe damals versucht, meinen Charme einzusetzen, um die Strafzettel zu vermeiden, aber mein Süßholzraspeln hat nicht geholfen.«

Irgendetwas an der Art, wie sie Süßholzraspeln aussprach, sorgte dafür, dass ich mich aufrechter hinsetzte.

»Du hast versucht, mit einem Polizeibeamten zu flirten?«

»Ist das etwa eine Straftat?« Sie schob ihr Kinn vor und klang plötzlich herausfordernd. Ich wollte diesen frechen Mund küssen.

»Nein.«

Wäre ich derjenige gewesen, der Paige erwischt hätte, hätte ich definitiv Gnade vor Recht ergehen lassen, wenn sie mit mir geflirtet hätte.

»Na ja, hat sowieso nicht funktioniert.«

»Das wird echt immer interessanter. Du kommst her, um Anzeige gegen unbekannt zu erstatten, und ich finde heraus, dass du eine gewohnheitsmäßige Gesetzesbrecherin bist.«

In ihren Augen brannte Feuer. Und in diesem Moment wollte ich sie nicht nur küssen. Ich wollte sie auf den Schreibtisch drücken, ihre Handgelenke über ihrem Kopf festhalten und sie gleich hier nehmen – jetzt sofort, während das halbe Revier zusah. Herrgott, ich kannte diese Frau doch überhaupt nicht!

Paige überschlug die Beine in die andere Richtung. Ich sah sie direkt an, bis sie den Blickkontakt abbrach und ihre Zunge über ihre Unterlippe gleiten ließ. Ich wollte das ebenfalls tun. Vielleicht sogar leicht hineinbeißen.

»Fahr nicht mehr zu schnell«, sagte ich schließlich.

Paige tat so, als würde sie mir salutieren. »Ja, Sir.«

»Und du solltest eine Alarmanlage in der Pension einbauen.«

»Warum?«

»Unbeaufsichtigte Baustellen ziehen Einbrecher an.«

»Ich werde mich informieren. Auf keinen Fall möchte ich, dass jemand in die Pension einsteigt.« Es schwang eine Menge Zuneigung in ihren Worten mit.

»Du hängst an diesem Haus.«

»Ja. Es gehörte meiner Großmutter. Meine gesamte Familie liebt die Pension, aber es ist am klügsten, sie zu verkaufen. Wir werden wahrscheinlich eine ordentliche Abschiedsparty schmeißen, bevor wir die Schlüssel an den neuen Besitzer übergeben.«

Mir gefiel, wie warm ihre Stimme klang, wenn sie über ihre Familie sprach.

»Ich werde mal auf Amazon nach einer Alarmanlage suchen und schauen, ob sie schnell liefern können.«

»Es ist einfacher und geht schneller, wenn du in ein Fachgeschäft gehst.« Ich zog ein Post-it von einem Block neben meinem Computer, da ich ihr die Adresse geben wollte, doch dann kam mir eine bessere Idee.

»Ich werde dich zu dem Laden begleiten. Er liegt bloß ein paar Blocks von hier.«

»Das musst du nicht tun, aber ich nehme das Angebot gerne an, weil ich das sonst nur auf die lange Bank schiebe und nie wirklich mache.«

»Hast du jetzt gerade Zeit?« Es war sechs Uhr. Der Laden hatte bis acht Uhr geöffnet. Ich konnte sie hinterher zum Essen ausführen.

»Leider nicht, denn ich bin zum Abendessen verabredet.«

Ich nickte angespannt. Ging sie mit einem Mann aus? Der Gedankte störte mich mehr, als ich zugeben wollte.

»Dann morgen?«, drängte ich.

Paige lachte. »Du glaubst, ich brauche so dringend Schutz?«

»Deinen Strafzetteln zufolge muss die Stadt eher vor dir geschützt werden.«

»Touché, wie die Franzosen gerne sagen. Morgen geht. Passt es dir um sechs?«

»Na klar. Dann treffen wir uns direkt vor dem Laden.« Ich schrieb die Adresse auf den Klebezettel und gab ihn ihr anschließend zusammen mit einer weiteren Visitenkarte von mir. »Verlier sie nicht wieder.«

Paige öffnete ihre Tasche und zog ihren Geldbeutel heraus. »Siehst du? Ich stecke sie sicher ein. Die andere hatte ich schnell zur Seite gelegt, und sie muss versehentlich in den Müll gekommen sein.«

»Ich bin hier irgendwie im Nachteil. Ich habe deine Nummer nicht«, sagte ich, als wir beide aufstanden.

»Oh, natürlich. Du solltest sie haben, für den Fall, dass etwas dazwischenkommt und du nicht kommen kannst.«

Genau, als würde das passieren, dachte ich, als sie ihre Telefonnummer auf ein Post-it schrieb. Dabei beugte sie sich über den Schreibtisch, sodass ich in ihren Ausschnitt sehen konnte. Mannomann, sie war atemberaubend. Mir lief förmlich das Wasser im Mund zusammen, als ich daran dachte, meine Zunge über die Haut zwischen ihren Brüsten gleiten zu lassen und ihre Nippel zu liebkosen.

Hinterher schüttelte ich Paige die Hand und ließ sie nicht aus den Augen, bis sie den Raum verlassen hatte. Da sie so unbekümmert wirkte, konnte ich nicht einschätzen, ob sie die Notwendigkeit einer Alarmanlage wirklich ernst nahm. Doch deswegen gab es ja Menschen wie mich: um Leute wie sie zu beschützen.

3 Paige

Als ich mich am nächsten Morgen für die Arbeit fertig machte, achtete ich viel zu sehr auf mein Aussehen. Ich band mein Haar zu einem hohen Pferdeschwanz, nur um den Haargummi dann wieder herauszuziehen, sodass meine Locken wild um meinen Kopf fielen. Ja, ich sollte sie auf alle Fälle offen tragen. Aber was spielte das überhaupt für eine Rolle? Ich wollte bloß eine Alarmanlage kaufen. Ich hatte keine Ahnung, wieso ich mich so benahm. Na ja, irgendwie doch. Ich wollte einen guten Eindruck hinterlassen, wenn ich mich heute mit Will traf. Ich wurde das Gefühl nicht los, dass er mich für einen ziemlichen Wirrkopf hielt. Und dieses Bild, das er wahrscheinlich von mir hatte, wollte ich richtigstellen. Mein Dad war in der Army gewesen, und ich hatte viel Zeit mit Kollegen von ihm verbracht, also war diese ganze Dienstmarken/Uniform-Sache für mich nicht besonders attraktiv. Ganz im Gegenteil sogar. Doch ich bekam Will einfach nicht aus dem Kopf.

Ich gähnte, obwohl ich bereits zwei Tassen Kaffee getrunken hatte. Ich hatte in den letzten zwei Nächten kaum geschlafen. Verdammter Jetlag.

Nur gut, dass ich mich in den ersten beiden Tagen bei der Arbeit noch nicht allzu sehr konzentrieren musste. Ich hatte mich erst einmal an meinem Schreibtisch eingerichtet und etwas Papierkram erledigt. Im Büro hatte sich während meiner Abwesenheit nicht viel verändert. Unsere Räumlichkeiten befanden sich immer noch im Erdgeschoss eines Hochhauses … und selbst das Team war dasselbe.

»Ich kann nicht glauben, dass du Paris aufgegeben hast«, sagte Ashley zum gefühlt tausendsten Mal.

»Ich habe die Stadt nicht aufgegeben. Wir haben einfach nicht zusammengepasst.«

»Mädel, hätte ich nicht einen Ehemann und zwei Kinder, würde ich sofort umziehen.«

»Glaub mir, Ashley, Paris ist gar nicht so toll, wie alle immer denken. Sicher, die Touristenattraktionen sind der Hammer. Der Eiffelturm und diese köstlichen Macarons. Aber die Stadt ist vollkommen überfüllt und die Mieten sind horrend. Ich habe die Hälfte meines Gehaltes für ein winziges Appartement am Stadtrand ausgegeben. Die Pendelei hat mich so viel Zeit gekostet, dass ich quasi keine Zeit für etwas anderes hatte als arbeiten und schlafen.«

Ashley seufzte. »Zerstöre mir meine Träume nicht mit praktischen Problemen.«

Doch solche Dinge gehörten nun einmal zum Leben. Ich hatte nie vorgehabt, dauerhaft nach Paris zu ziehen, sondern hatte das Ganze einfach als wertvolle Erfahrung gesehen. Ich war Projektleiterin, und dort drüben hatte es eine größere Auswahl gegeben. Aber ich war davon überzeugt, dass ich hier mehr bewirken konnte … und das war schließlich, was wirklich zählte. Außerdem hatte ich jetzt die Möglichkeit, ein neues Projekt zu starten. Ich musste noch ein paar Details mit meinem Boss besprechen, doch damit wollte ich warten, bis mein Jetlag nicht mehr so schlimm war.

Mit diesem Plan war es vorbei, als mein Boss an die offene Tür klopfte.

»Paige, wäre jetzt ein guter Zeitpunkt, um über das Bildungszentrum-Programm zu reden?«

Es war ein ganz, ganz schlechter Zeitpunkt. Mein Hirn war noch nicht so richtig angesprungen. Aber so was sagte man seinem Chef nicht.

»Sicher.«

»Dann lasse ich euch beide mal allein«, meinte Ashley. Sobald sie verschwunden war, kam Greg auch schon auf den Punkt.

»Ich hatte damit gerechnet, dass wir dich für immer an Paris verlieren.«

Sein Tonfall ließ keinen Zweifel daran, dass er darauf gehofft hatte, ich würde nicht zurückkommen. Greg war nicht gerade mein größter Fan. Er sah mich als direkte Konkurrenz, obwohl ich seinen Job gar nicht wollte. Die Abneigung beruhte allerdings auf Gegenseitigkeit. Greg hatte eine Tendenz zur Frauenfeindlichkeit, die sich hin und wieder bemerkbar machte. Als ich mit einundzwanzig hier angefangen hatte, hatte er mir Angst eingejagt. Sieben Jahre später hatte ich gelernt, ihn einfach zu ignorieren.

»Ich habe mir das Dossier angesehen. Dein Plan ist ganz schön mutig.«

Ich wollte ein Bildungszentrum für Leute gründen, die auf der Straße aufgewachsen waren. Theoretisch sollte so etwas gar nicht möglich sein, doch es fielen genug Leute durch die Raster des Sozialsystems, sodass sie als Erwachsene quasi ohne Bildung oder Berufsfähigkeiten dastanden … was dafür sorgte, dass sie auch weiterhin auf der Straße leben mussten. Es war ein Teufelskreis. Und wir konnten etwas daran ändern; konnten ihnen Fähigkeiten vermitteln, mit denen sie einen Job finden konnten. Ich spielte schon mit dem Gedanken, seitdem ich das letzte Mal in L.A. zu Besuch gewesen war. Damals war ich einer Gruppe obdachloser Teenager begegnet. Sie hatten Hoffnungen und Träume wie alle anderen Menschen, aber absolut keinerlei Möglichkeit, sie auch wahr werden zu lassen. Meine Eltern hatten immer hart gearbeitet, damit meine Geschwister und ich alles bekamen, was wir brauchten. Wo wären wir heute, wenn es nicht so gewesen wäre? Ich wusste, dass ich einen gewissen emotionalen Abstand zu meinen Projekten halten sollte, doch ich konnte einfach nicht anders. Dieses Projekt war mir ein persönliches Anliegen.

»Ich kann es hinkriegen. In Frankreich hat auch niemand geglaubt, dass ich es schaffe, ein europaweites Programm aufzubauen. Aber genau das habe ich getan.«

»Du verhandelst hart. Ich sehe, dass Paris dich nicht nachgiebiger gemacht hat.«

»Bestimmt nicht.«

»Mir wäre es lieber, wenn du dich auf andere Dinge konzentrierst.«

»Es ist nicht das einzige Projekt, an dem ich arbeiten werde.« Doch es war das, das mir am meisten bedeutete.

»Keine Zuschussfinanzierung für dieses Projekt.«

»Wieso nicht?«

»Weil wir dafür eine Quote haben und ich die Mittel lieber für andere Projekte einsetzen würde. Konzentrier dich auf private Spender.«

Das machte meinen Job um einiges schwieriger.

»Ich mache dir einen Vorschlag: Bring mir Patronatserklärungen für mindestens fünfundzwanzig Prozent der Finanzierung von privaten Spendern, und ich denke noch einmal darüber nach. Du weißt ja, wie es läuft.«

Das wusste ich allerdings – weswegen mir auch sofort klar war, dass Greg sich von fünfundzwanzig Prozent nicht beeindrucken lassen würde. Ich musste mindestens fünfzig Prozent privat finanzieren, um ihn davon zu überzeugen, dass es keine Zeitverschwendung war.

»Ich lasse dich dann mal wieder allein, damit du dich einrichten kannst. Halt mich auf dem Laufenden.«

»Werde ich.«

Kaum war Greg verschwunden, tauchte Ashley wieder auf und lehnte sich an meinen Schreibtisch, um mir den neuesten Tratsch zu erzählen. Erst am Nachmittag begann ich langsam, mich wieder wie ein Mensch zu fühlen, also stellte ich eine Liste von Firmen zusammen, die ich wegen der Finanzierung ansprechen konnte. Mit den meisten davon hatte ich bereits zusammengearbeitet. Und ich hatte auch in meiner Zeit in Paris mit ihnen Kontakt gehalten, weil ich schon früh verstanden hatte, wie wichtig Networking war. Doch ich musste jeder Firma mein Projekt individuell schmackhaft machen. Einige wären sicherlich an der Sache selbst interessiert… für andere zählte nur, wie viel PR sie aus ihren Spenden rausquetschen konnten. Die meisten Firmen spendeten, weil es im Jahresabschluss und auf ihrer Webseite gut aussah. Aber Geld war Geld.

Ich setzte mich in eines meiner Lieblingscafés in Venice Beach, um an den Präsentationen zu arbeiten. Es lag ein gutes Stück von der Promenade und den Touristen entfernt.

Greg war ziemlich egal, wo seine Angestellten arbeiteten – einer der wenigen Punkte, die ich an ihm schätzte. Und jetzt, wo ich wieder in L.A. weilte, hatte ich vor, die Sonne so gut wie möglich auszunutzen. Ich genoss es, den feinen Sand unter meinen Füßen zu spüren, als ich mir Sonnencreme auf Gesicht und Dekolleté schmierte. Dann setzte ich mich in den Außenbereich des Cafés, einen großen Sonnenhut auf dem Kopf, und bastelte mehrere Stunden an meinen Präsentationen. Als ich aufbrechen musste, um mich mit Will zu treffen, hatte ich gerade mal drei von einundzwanzig Pitches fertig. Ich hatte diese Woche noch viel zu tun.

Doch zuerst ging ich auf die Toilette und musterte mich im Spiegel. Trotz der Sonnencreme war meine Nasenspitze gerötet. Das war der erste Schritt auf dem Weg zu einer guten Bräunung. Der zweite Schritt bedeutete, dass ich eine Woche lang aussah wie ein Hummer, bevor meine Haut eine goldbraune Färbung annahm.

Ich frischte mein Make-up auf und trug erneut Mascara auf. Ich hatte meine Bürste zu Hause vergessen, also kämmte ich meine wilde Mähne mit den Fingern aus.

Will lehnte locker an der Wand vor dem Laden, als ich ankam. Ich musterte ihn genau. Das markante Kinn mit leichtem Bartschatten, seine hohen Wangenknochen …

Er trug eine schwarze Lederjacke, die seine breiten Schultern und muskulösen Arme eng umschloss. Die Jacke stand offen, also konnte ich seinen Oberkörper sehen. Nicht nur sein Gesicht war atemberaubend. Ich konnte es einfach nicht fassen, wie attraktiv er war.

Dann bemerkte ich das Motorrad ein paar Schritte entfernt. Wow. Noch ein paar Punkte mehr zum Sexy-Faktor. Nur gut, dass er nicht mit dieser Jacke auf meiner Türschwelle gestanden hatte.

»Guten Abend, Detective.« Ich ging zu ihm, und sofort fiel sein Blick auf meine Nase. Ich vermutete, dass ich inzwischen aussah wie Rudolph das Rentier.

»Du warst in der Sonne.«

Ich nickte, nahm meinen Sonnenhut ab, rollte ihn zusammen und versenkte ihn in meiner Tasche.

»Habe den halben Tag in einem Café in Venice Beach gearbeitet, an einem Außentisch.«

»Was arbeitest du?«, fragte er, als wir den Laden betraten, in dem alle Regale mit Elektronik gefüllt waren.

»Ich bin Projektleiterin bei einer gemeinnützigen Organisation: Three Emeralds. Du hast vielleicht schon davon gehört.«

»Natürlich habe ich davon gehört.« Er wirkte erstaunt, als hätte er Probleme, den Job mit der Frau vor sich in Einklang zu bringen.

»Du hast etwas ganz anderes erwartet, stimmt's?«

»Ich dachte, du wärst in der Modebranche. Hättest vielleicht gemodelt, weil du Paris erwähnt hast.«

Er schaute nach unten, und ich fühlte förmlich die Hitze in seinem Blick. Meine Nippel wurden hart.

»Du hast doch auch nicht gedacht, dass ich Detective bin, als du mich getroffen hast, oder?«, fragte er.

»Na ja. Nein. Ich dachte, du wärst Schauspieler.«

Er zwinkerte mir zu, dann richtete er sich auf und nahm die Schultern zurück. Die Dienstmarke an seinem Gürtel blitzte auf, als er auf ein Regal rechts von uns zeigte. »Halt dich an diese Modelle. Sie sind teurer, aber auch schwerer auszutricksen. Altmodische Alarmanlagen können Diebe inzwischen problemlos ausschalten.«

Er erklärte mir die Vor- und Nachteile verschiedener Modelle. Für mich klang das alles gleich, also hatte ich vor, mich auf mein Bauchgefühl und den Preis zu verlassen. Ich brauchte keine schicken Zusatzfunktionen, doch das hielt Will nicht davon ab, mir die neuesten Modelle genau zu erläutern.

Ich stellte fest, dass ich mehr auf ihn achtete als auf seine Worte. Seine Arme waren echt unglaublich. Er hatte die Jacke ausgezogen. Darunter trug er ein schwarzes Shirt mit kurzen Ärmeln, die eng an seinem Bizeps anlagen.

»Pass auf. Nicht jeder, der an deine Tür klopft, wird so harmlos sein wie ich. Oder so gut aussehend.«

Er wackelte mit den Augenbrauen, und ich konnte mein Lachen nicht unterdrücken. »Das hast du gerade nicht wirklich gesagt.«

»Und ob ich das habe. Willst du mir etwa widersprechen?«

»Vielleicht.«

»Also dachtest du, ich wäre Schauspieler, weil ich so hässlich bin?«

Ich verschränkte die Arme vor der Brust und bemühte mich, eine schlagfertige Antwort zu finden. Doch ich hatte so eine Ahnung, dass ich endlich dem Richtigen begegnet war.

»Ich kann nicht glauben, dass du mich dafür bestrafst.«

»Ich bestrafe dich nicht. Ich amüsiere mich nur zu gut, um dich nicht zu ärgern.«

»Schlechte Manieren, Detective. Man sorgt nicht zum persönlichen Amüsement dafür, dass andere sich unwohl fühlen.«

Er trat ein wenig näher heran. »Sorge ich dafür, dass du

dich unwohl fühlst, Paige?« Er beugte sich leicht vor, sodass er mir noch näher kam. »Soll ich dir ein Geheimnis verraten? Für mich sieht es ganz so aus, als würdest du dich auch amüsieren.«

Ja, ich war dem Richtigen begegnet, daran bestand kein Zweifel. Ich war sprachlos … und die Antwort auf seine Frage lautete: Ja. Ich amüsierte mich. Lächerlich, oder? Ein Ausflug, um eine Alarmanlage zu kaufen, sollte nicht so viel Spaß machen.

Ich brach den Blickkontakt ab und fand endlich meine Stimme wieder. Auf keinen Fall wollte ich das unkommentiert lassen.

»Du bist so was von eingebildet.« Ich zog einen Karton aus dem Regal, und wir gingen Richtung Kasse.

»Meine Schwestern würden dir da zustimmen.«

»Gut zu wissen. Wie viele hast du?«

»Drei.«

»Große Familie.«

»Und zwei Brüder.«

»Sind die auch so großspurig?«

»Sie bemühen sich. Aber es ist echtes Talent nötig, um überzeugend zu wirken.«

Mein gesamter Körper zitterte vor Lachen, als ich die Alarmanlage bezahlte.

»Danke für die Beratung«, sagte ich, als wir den Laden verließen. Der Himmel hatte sich zu dunklem Orange verfärbt. Die Sonne würde gleich untergehen. »Darf ich dir einen Taco spendieren? Als Dankeschön?« Ich deutete auf den Food-Truck auf der anderen Straßenseite.

»Gerne.«

Wir aßen Seite an Seite an einem der hohen Tische vor

dem Truck. Inzwischen war es kühler geworden, und ich zog die Strickjacke an, die ich heute Morgen in meine Tasche gesteckt hatte, und Will seine Lederjacke. Ich war hin- und hergerissen. Einerseits sah er mit der Jacke wirkliche toll aus … andererseits konnte ich ohne sie seine Oberarme bewundern. Sein Handy brummte ständig in einer seiner Taschen.

»Was hat es mit all diesen Nachrichten auf sich?«

»Meine Schwester erinnert mich an einige meiner Aufgaben für die Hochzeit. Sie glaubt, ich vergesse alles, wenn sie mir keine Reminder schickt.«

»Hat sie Grund, davon auszugehen?«

»Natürlich nicht. Ich bin ein sehr verantwortungsvoller älterer Bruder.«

Ich konnte mir Will nur als frechen Unruhestifter vorstellen, doch vielleicht war er ja tatsächlich mehr als ein Muskelpaket mit verführerischem Lächeln.

»Also benimmt sie sich einfach wie jede normale Braut, die kurz vorm Durchdrehen ist?«

»Nein, aber sie ist Hochzeitsplanerin. Liebt ihre Checklisten.« Die Wärme in seiner Stimme verriet deutlich, dass er nicht wirklich sauer auf seine Schwester war.

Während wir aßen, sah Will sich immer wieder um. Ich erkannte das Verhalten. Ich nannte es *stille Bürgerwehr.* Es erinnerte mich daran, wie ich mich jedes Mal fühlte, wenn ich mit meinem Dad unterwegs war. Er war vor Jahren aus dem aktiven Dienst ausgeschieden, doch alte Gewohnheiten ließen sich nur schwer abschütteln. Er sah sich ebenfalls ständig um. Und sagte dann jedes Mal: »Keine Sorge, Süße. Ich werde auf dich aufpassen.« Die Ironie lag darin, dass ich mich nur unsicher fühlte, wenn er sich pausenlos nach Gefahren umsah, weil ich mir die ganze Zeit Sorgen gemacht hatte, dass ihm etwas zustoßen könnte.

»Entspann dich, Detective. Du machst mich total nervös, wenn du ständig nach Ärger Ausschau hältst.«

»Tut mir leid, ist so eine Angewohnheit.«

»Bist du gerade im Dienst?«

»Nein.«

»Dann genieß deine Freizeit. Mach mich lieber mit deiner Frechheit nervös als mit deinem ewigen Stirnrunzeln.«

Ein Ausdruck tiefen Unglaubens huschte über sein Gesicht, dann grinste er breit.

»Also, erzähl mir von der Hochzeit.«

»Sie ist in drei Wochen, und meine gesamte Familie ist eingespannt.«

»Ich kenne das Gefühl. Ich habe zwei Schwestern und einen Bruder, und sie sind alle schon verheiratet. Wir alle waren vorher total im Hochzeitsfieber. Meine Mom ist fast ausgetickt. Wie hält sich deine denn?«

Seine Lippen wurden schmal. »Meine Eltern sind bei einem Autounfall gestorben, als ich noch ein Teenager war.«

»Oh. Das tut mir leid.«

Er nickte, den Blick auf seinen Taco gerichtet. Ich wollte die Stimmung wieder heben.

»Ich hoffe, es gibt auf der Hochzeit keinen Singletisch. Die gehören verboten. Einmal musste ich diesen Horror durchstehen.«

Er stieß ein Lachen aus. »Gibt es nicht. So grausam ist meine Familie nicht.«

»Meine eigentlich auch nicht. Nur ahnungslos. Mein Bruder hat als Erstes geheiratet, und auf seiner Hochzeit gab es diesen schrecklichen Tisch. Meine Schwestern waren zu diesem Zeitpunkt auch solo. Wir halten ihm das immer noch vor. Im Nachhinein hat er das bereut, aber wir sind eben nachtragend.«

Will musterte mich ein paar Sekunden lang schweigend, als versuche er, eine Entscheidung zu treffen.

»Was machst du Samstag in drei Wochen?«

Ich zog eine Grimasse. »Eigentlich sollte ich da zu einem Klassentreffen gehen, habe aber gar keine große Lust dazu.«

»Dann denkst du nicht gern an deine Highschool-Zeit zurück?«

»Eher weniger.«

»An diesem Samstag findet die Hochzeit meiner Schwester statt. Wie fändest du es, mich zu begleiten?«

»Sehr witzig«, sagte ich. Aber er lächelte nicht. »Moment, du meinst das ernst?«

»Ja.«

»Wieso solltest du jemanden mitnehmen, den du gar nicht gut kennst?«

Er trat näher an mich heran. Unsere Arme berührten sich, und seltsamerweise sorgte das dafür, dass sich Hitze in meinem gesamten Körper ausbreitete.

»Ich weiß alles, was wichtig ist. Du ignorierst absichtlich Geschwindigkeitsbeschränkungen und bist schlagfertig. Und die Hochzeit wäre eine gute Ausrede gegenüber deinen ehemaligen Mitschülern.« Er zwinkerte, dann musterte er mich erwartungsvoll. Ich war ein wenig vor den Kopf geschlagen und musste erst einmal meine Gedanken sortieren. Und gegen die Versuchung ankämpfen, einfach Ja zu sagen.

»Das ist wirklich schmeichelhaft, aber … Nicht böse sein, aber ich kenne dich kaum. Wieso musst du überhaupt jemanden mitnehmen? Geh doch allein hin.«

»Damit würde ich riskieren, meiner Cousine Pippa einen Grund für ihre berüchtigten Kuppelversuche zu liefern.«

Ich zog die Augenbrauen hoch, bevor ich einen Schluck aus meiner Dose nahm. »Du bittest mich also, als deine Beschützerin zu fungieren?«

»So hätte ich es nicht ausgedrückt.« Will verlagerte sein Gewicht und beugte sich leicht vor, sodass er über mir aufragte. Der Effekt war atemberaubend. In den Tiefen seiner braunen Augen brannte Feuer, als wolle er mich herausfordern, Nein zu sagen. Was ich natürlich auch tat.

»Die Antwort lautet Nein. Ich kenne dich immer noch nicht gut.« Ich mochte ihn, und ich hatte heute Abend viel Spaß gehabt. Aber trotzdem hatte ich ihn erst vor zwei Tagen kennengelernt. »Und ich sollte jetzt los.«

»Ich werde dich noch zu deinem Auto bringen.«

»Ich habe ein Uber genommen.«

»Wo willst du hin? Ich kann dich absetzen.«

»Venice Beach. Liegt das auf deinem Weg?«

Er nickte, dennoch zögerte ich.

»Ich habe noch nie auf einem Motorrad gesessen.«

»Komm schon, es gibt für alles ein erstes Mal. Das gilt übrigens auch dafür, mit einem Kerl, den du gerade erst kennengelernt hast, auf eine Hochzeit zu gehen.«

Ich lachte, als wir auf dem Weg zu seinem Motorrad die Straße überquerten. »Immer langsam, Detective.«

»Wann musst du da sein?«, fragte Will.

»Ich treffe mich in vierzig Minuten mit jemandem in einer Bar nicht weit vom Strand.«

Seine gesamte Haltung veränderte sich. Das ungezwungene Lächeln erstarb auf seinen Lippen. Als wir das Motorrad erreichten, schüttelte er seine Jacke ab.

»Ich habe nur eine Jacke. Und die bekommst du.«

»Diese Jacke ist ungefähr fünf Nummern zu groß für mich.«

»Schützen wird sie dich trotzdem.«

Ich zog die Jacke an, dann setzte ich den Helm auf. Davon besaß er zwei. Ich fühlte mich wie der Polizist in *RoboCop,* als ich hinter ihm auf das Motorrad stieg.

»Halt dich gut fest«, sagte er, sobald ich ihm die Adresse genannt hatte.

O ja. Ratet mal, was es hieß, mich festzuhalten? Ich durfte meine Handflächen auf seinen Bauch pressen. Dieser Waschbrettbauch passte perfekt zu seinen Oberarmen. Ich musste mich wirklich anstrengen, um meine Hände stillzuhalten. Ich wollte sie auf Wanderschaft gehen lassen … Wie kam es, dass er so muskulös war? Meine Arme lagen um seine Hüften. Er hatte kein Gramm Fett am Körper.

Will Connor bestand quasi nur aus Muskeln.

Die Motorradfahrt war ein echter Adrenalinrausch; anders konnte ich es nicht ausdrücken. Die Geschwindigkeit, der Fahrtwind, der gegen meine Beine drückte. Mein Kleid war locker genug, dass ich gut sitzen konnte, aber eng genug, dass ich mir keine Sorgen machen musste, dass es wegwehte. Ich musste gegen den seltsamen Drang ankämpfen, meinen Helm abzunehmen, um den Wind im Haar zu spüren – aber ich wusste, das wäre gefährlich gewesen.

Ich klammerte mich an Will fest, als er um eine enge Kurve bog, wobei das Motorrad sich so neigte, dass mir der kalte Schweiß ausbrach.

Viel zu schnell erreichten wir die Adresse, wo ich mich mit Luna treffen wollte. Ich stieg ab, wobei ich sorgfältig darauf achtete, Will nicht meine Unterwäsche zu zeigen, dann setzte ich den Helm ab und zog die Jacke aus. Jetzt roch ich ein wenig wie Will.

Luna wartete vor der Bar auf mich. Sie starrte mit offenem Mund, als sie sah, wie ich vom Motorrad stieg. Ihr Blick huschte zwischen Will und mir hin und her.

»Detective, ich hatte nicht damit gerechnet, Sie so schnell wiederzusehen«, meinte sie zu Will.

Er lächelte. »Will, bitte.«

Ich hob meine Tüte. »Er hat mir geholfen, eine Alarmanlage für die Pension zu kaufen.«

»Hast du Lust, mit uns was zu trinken?«, fragte sie.

»Ihr beide habt einen Mädelsabend?«

»Ja«, bestätigte ich.

Will hob abwehrend die Hände, doch er lächelte breit. »Ich weiß aus Erfahrung, dass es keine gute Idee ist, einen Mädelsabend zu stören. Das haben mir meine Schwestern echt deutlich klargemacht.«

Luna verschränkte die Arme vor der Brust. »Ich mag dich.«

Ich mochte ihn auch. Sehr sogar.

»Ich bestehe darauf«, fuhr Luna fort. »Wenigstens ein Cocktail?«

»Wir wollen dich nicht aufhalten«, meinte ich. »Ich habe schon genug von deiner Zeit verschwendet. Ich bin mir sicher, du hast etwas vor.«

Will schenkte mir dieses umwerfende Lächeln. Ich konnte regelrecht spüren, wie meine Knie weich wurden. Er plante etwas. Und ich konnte das Gefühl nicht abschütteln, dass es etwas mit mir zu tun hatte.

»Habe ich nicht. Ein Cocktail?« Ich liebte sein tiefes Timbre. »Wieso nicht.«

Aus einem Cocktail wurden zwei, dann drei. Für Will allerdings waren sie alle ohne Alkohol. Ich wechselte ab. Die Bar war voll, aber wir fanden einen Tisch für zwei. Er war winzig, also mussten wir uns ziemlich eng drängeln. Will saß neben mir.

Er war echt unterhaltsam. Er wusste, wie man ein Gespräch am Laufen hielt, und erzählte viel von sich, ohne die Unterhaltung zu dominieren. Ich erfuhr, dass er zusätzlich zu drei Schwestern und zwei Brüdern auch noch eine einjährige Nichte und einen achtjährigen Neffen hatte, den er sehr gerne mochte. Das war der Sohn der Schwester, die bald heiraten würde.

Dann erzählte er Luna von der Hochzeit und dass seine Cousine gerne Leute verkuppelte. Ich fragte mich gerade, wieso er das Thema angesprochen hatte, als er sagte: »Ich habe Paige gebeten, mich zu begleiten und mir auf diese Weise den Hintern zu retten, aber sie will nicht.«

Luna blinzelte mich an. »Wieso denn nicht?«

»Genau mein Gedanke«, warf Will ein.

Sieh einer an: Der brave Detective war ganz schön gewieft.

»Dieses Rätsel musst du selbst lösen, Detective. Hin und wieder ist Selbstreflexion sehr gesund, habe ich gehört.« Ich fischte eine Kirsche vom Boden meines Glases. Irgendwann während unseres Wortwechsels hatte Will den Arm auf die Rückenlehne meines Stuhls verschoben. Eines meiner Schulterblätter drückte sich gegen seinen Oberarm. Seine Hand lag auf meiner anderen Schulter.

»Ich werde ein gutes Wort für dich einlegen«, verkündete Luna.

»Das wüsste ich wirklich zu schätzen, Luna«, sagte er,

ohne den Blick von mir abzuwenden. Er trommelte mit den Fingern auf meine Schulter, und sofort verspannten sich meine Muskeln.

»Ich werde dann mal aufbrechen und euch eurem Mädelsabend überlassen. Paige, lass mich wissen, falls du Hilfe bei der Installation der Alarmanlage brauchst.«

Als er seinen Stuhl zurückschob, berührten sich unsere Oberschenkel. Der Kontakt war wie ein elektrischer Schlag, der Hitze durch meinen Körper und in meine Mitte jagte.

»Viel Spaß«, rief er, bevor er verschwand. Ich hatte so ein Gefühl, dass dies nicht unser letztes Treffen gewesen sein würde.

»Wow«, rief Luna, »der Typ ist ja echt heiß! Jetzt sag schon, wieso du ihn nicht auf die Hochzeit begleiten willst.«

»Ich habe ihn doch gerade erst kennengelernt.«

Luna nahm einen tiefen Schluck von ihrem Cocktail und verdrehte die Augen. »Ich glaube, wir können ausschließen, dass er ein Serienkiller ist. Er will dich ja nicht ins Gebüsch zerren, sondern mit auf eine Hochzeit nehmen.«

»Ich weiß. Aber es ist einfach … ich weiß nicht. Irgendwie frech, eine Frau, die man gerade erst kennengelernt hat, auf eine Hochzeit mitnehmen zu wollen.«

»Süße, ein Mann, der so aussieht, darf sich ein gewisses Maß an Frechheit erlauben. Wieso verrätst du mir nicht den wahren Grund, wieso deine Begeisterung sich in Grenzen hält? Du hast neulich abends gesagt, dass du gern mal wieder mit einem Mann ausgehen willst. Und dann taucht ein Junggeselle auf, der super aussieht, humorvoll ist und einen anständigen Job hat. Das solltest du mir besser erklären, meine liebe Freundin.«

Ich dachte eine Weile darüber nach. »Ich glaube, mir

wäre es lieber, mit jemandem auszugehen, dessen Job nicht die Gefahr beinhaltet, verletzt zu werden.«

»Oh«, sagte Luna sanft.

»Ich weiß nicht … es ist albern. Aber ich würde mir gerne keine Sorgen machen müssen.« Luna würde das verstehen. Wir waren schon befreundet gewesen, als mein Dad noch in der Army gedient hatte.

»Nun, das ergibt zumindest mehr Sinn als die Vermutung, dass du Will Connor nicht attraktiv findest. Ich frage mich, ob er wohl einen Waschbrettbauch hat.«

»Hat er«, bestätigte ich. »Ich konnte es spüren, als wir auf dem Motorrad saßen. Ich musste mich ja festhalten.«

Luna hob ihr Glas. »So kenne ich dich. Wie läuft es mit der Pension? Hast du bereits einen Handwerker gefunden?«

»Ich habe bei drei Firmen angefragt und warte jetzt auf ihre Kostenvoranschläge. Ich habe eine Liste aufgestellt, welche Reparaturen nötig sind – zumindest habe ich das zusammengeschrieben, was mir aufgefallen ist. Es wird sicher nicht billig. Außerdem will ich das Haus neu streichen lassen. Anscheinend bringen frisch gestrichene Häuser durchschnittlich fünf Prozent mehr Geld.«

»Gott sei Dank musst du nicht dort wohnen. Dort zu leben, wo gerade umgebaut wird, ist die reinste Hölle.«

Luna hatte ihr Haus letztes Jahr renoviert.

»Aber es war den Ärger wert. Ich bin immer noch neidisch auf dein Haus.«

Wir amüsierten uns noch zwei Stunden, weit über die Happy Hour hinaus. Genau das hatte ich vermisst. Ich hatte in Paris zwar ein paar Freunde gefunden, aber ich war niemandem so nahegekommen wie Luna und Faith.

Irgendwann waren wir beide der Meinung, wir hätten genug getrunken, und sprangen jeweils in ein Taxi.

Doch als ich in meiner Wohnung ankam, war ich hellwach, also fing ich, statt ins Bett zu gehen, an, alte Kleidung zu sortieren, die ich spenden wollte. Ich hätte das schon in Paris tun sollen, statt alles mit nach Hause zu nehmen, doch dafür hatte mir einfach die Zeit gefehlt. Ich legte eine Strickjacke und ein Tuch zur Seite, von denen ich wusste, dass sie Mom gefallen würden. Am Ende hatte ich einen ordentlichen Stapel Klamotten für die Kleiderkammer. Ich füllte meinen größten Koffer damit, stellte ihn neben die Eingangstür und sah mich in meiner Wohnung um. Ich hatte sie nicht aufgeben wollen, während ich weg war, also hatte ich sie für die Dauer meiner Abwesenheit untervermietet. Sie lag in einem zweistöckigen, U-förmigen Gebäude mit einem schönen Innenhof voller Farne, kleiner Palmen und mit einer Pergola. Das Wohnzimmer war klein, aber die weiße Küche wirkte größer, als sie wirklich war. Und zusätzlich gab es eine Abstellkammer, die ich als begehbaren Kleiderschrank verwendete.

Die Mieter waren nicht besonders sorgsam gewesen. Ich entdeckte Schrammen an einigen Wänden und Fettflecken auf dem Boden. Meine Mutter hatte bei einem Besuch vorgeschlagen, ich solle mir eine andere Wohnung suchen. Außerdem hatte sie noch eine beiläufige Bemerkung gemacht, die mir irgendwie nicht aus dem Kopf ging.

»Oh, Süße, Dad und ich haben unser Haus gekauft, als wir ungefähr in deinem Alter waren. Und schon ein paar Monate später haben wir dich bekommen.«

Der Gedanke, dass ich mich nicht weiterentwickelte, nagte an mir. Vor ungefähr zwei Jahren wurde ich befördert.

Damals hatte ich mich sehr gefreut, die jüngste Projektleiterin der Firma zu sein. Doch der nächste Karrieresprung wäre nur möglich, wenn mein Chef kündigte – und ehrlich, ich wollte Gregs Job gar nicht. Mir gefiel meine Position. In persönlicher Hinsicht hatte ich vor meinem Aufbruch nach Paris zwei ernste Beziehungen geführt, aber daraus hatte sich nichts entwickelt. Bei keinem der beiden Männer hatte ich das Gefühl gehabt, er wäre der Richtige. Ich steckte in einem Dilemma, keine Frage. Doch wenn ich jetzt, mitten in der Nacht, zu viel darüber nachdachte, würde das bloß dafür sorgen, dass ich nicht schlafen konnte. Also ging ich über die cremefarbenen Fliesen zu meinem Schlafzimmer, das ziemlich mädchenhaft eingerichtet war. Die meisten meiner Laken waren entweder rosa oder hatten ein Blumenmuster.

Eines gab es noch zu tun, bevor ich ins Bett ging: die Alarmanlage neben meine Tasche stellen, damit ich sie am Morgen nicht vergaß. Ich schnappte mir den Karton. Als ich ihn umdrehte, musste ich lachen. Will hatte mit schwarzem Marker seine Telefonnummer daraufgeschrieben.

Hier ist noch mal meine Nummer, nur für alle Fälle.
Ruf mich an, falls du Hilfe brauchst. ☺
Diese Dinger sind schwer zu installieren.

Will hatte nicht gescherzt, als er erklärte, die Installation dieser Alarmanlage wäre kompliziert. Eine Woche später schaffte ich es endlich zur Pension und hatte vor, die Anlage vor der Arbeit einzubauen. Doch obwohl ich mir die Anleitung ein Dutzend Mal durchlas, Erklärvideos auf YouTube schaute und sogar den Blog eines Hausbesitzers las, der ein ähnliches Modell besaß, lief das Ding immer noch nicht. Und die Zeit wurde knapp. Eine der Firmen, die ich letzte Woche angeschrieben hatte, antwortete und erklärte, dass ihr Geschäftsführer heute Morgen einen Termin frei hätte. Ich musste aufbrechen, wenn ich pünktlich sein wollte. Ich würde mich heute Abend noch mal mit dem blöden Ding beschäftigen müssen.

Es war eine Bullenhitze, schon um acht Uhr morgens. Ich hatte ganz vergessen, wie heiß L.A. im Sommer sein konnte, dabei hatten wir erst die zweite Juliwoche. Ich sah in nächster Zukunft eine Menge Schweiß auf mich zukommen. Ich machte mich fertig und zog einen Hosenanzug mit einer Seidenbluse darunter an. Das Outfit wirkte eher konservativ, doch aus Erfahrung wusste ich, dass die Leute mich ernster nahmen, wenn ich auf diese Weise auftrat.

Ich war begeistert, ein Treffen mit dem Geschäftsführer des Unternehmens ergattert zu haben. Das wies für gewöhnlich darauf hin, dass er sich wirklich für das Projekt interessierte, statt nur auf PR aus zu sein. In solchen Fällen hatte ich ausschließlich mit der PR- und der Finanzierungsabteilung zu tun.

Die Büroräume lagen im obersten Stockwerk eines Gebäudes gegenüber dem Rathaus. Ich tigerte im Wartezimmer auf und ab, während ich darauf wartete, dass mich der Geschäftsführer empfing. Im Kopf ging ich noch mal meine Präsentation durch. Als ich hörte, wie die Tür geöffnet wurde, drehte ich mich um.

»Guten Morgen, Ms Lamonica. Danke, dass Sie so kurzfristig Zeit gefunden haben. Ich bin Christian Lackeroy.«

»Guten Morgen, Mr Lackeroy.«

»Nennen Sie mich Christian.«

Normalerweise wechselte ich nicht so schnell zum Du, aber die Tatsache, dass Christian scheinbar nur ein paar Jahre älter war als ich, beruhigte mich ein wenig.

Wir kamen direkt zum Punkt. Er unterbrach meine Präsentation immer wieder mit klugen Fragen und bot sogar an, mich in Kontakt mit anderen Geschäftsleuten zu bringen, die vielleicht Interesse daran haben könnten, mein Projekt zu unterstützen.

»Ehrlich gesagt, sehe ich nicht, dass dieses Projekt verwirklicht wird. Es ist sehr speziell und bietet keine so guten PR-Möglichkeiten wie grüne Projekte.«

»Ich bin absolut davon überzeugt, dass ich noch andere Geschäftsleute wie dich finden kann, die sich mehr dafür interessieren, wirklich zu helfen, als nur für die PR.«

»Mir gefällt dein Selbstbewusstsein, Paige. Ich unterstütze dich. Du hast bereits die Adresse meiner Assistentin; schick ihr die Dokumente, die wir unterschreiben müssen. Eine Patronatserklärung, meintest du? Ich werde sie von unserer Rechtsabteilung prüfen lassen, und wenn nichts dagegen spricht, werde ich sie dir gegen Ende der Woche zurückschicken.«

»Perfekt.«

Ich hatte ein richtig gutes Gefühl, als ich das Büro verließ … und quasi gegen die stehende Hitze rannte. Ich zog meinen Blazer aus und versuchte zu entscheiden, wo ich heute arbeiten sollte. Ich konnte in vierzig Minuten in Venice Beach sein, um den Rest des Tages dort weitere Präsentationen zu erstellen und über die Verwendung von Geldern für andere Projekte zu entscheiden. Doch in meinem Kostüm würde ich auffallen wie ein bunter Hund. Letztendlich entschloss ich mich, ins Büro zu fahren. Mit meiner

Kleidung war eine Klimaanlage einfach besser als die Meeresbrise.

Zum Lunch hatte Ashley etwas vom Take-away besorgt. Sie gehörte zu den wenigen Leuten, die fast jeden Tag im Büro arbeiteten. Während wir gerade aßen, wurde ein Strauß roter Rosen geliefert. Ich dankte dem Lieferjungen und trug die Blumen in mein Büro.

»Wow, die sind schön. Von wem sind sie?«

»Christian Lackeroy«, sagte ich, nachdem ich die Karte gelesen hatte.

»Anscheinend gefiel ihm mehr als nur das Projekt.«

»Anscheinend.« Ich hatte schon am Ende unseres Gesprächs das Gefühl gehabt, dass er ein wenig zu vertraulich wurde. Auf der Karte stand: *Ich hatte heute viel Spaß und würde dich gerne zum Abendessen ausführen.* Er hatte tatsächlich mit seinem Namen *und* seiner Jobbeschreibung unterschrieben, was ich ziemlich geschmacklos fand.

»Ist er attraktiv?«, fragte sie.

»Könnte man sagen.«

»Nimm das Angebot an. Ihr habt bestimmt viel gemeinsam.«

Vielleicht … aber als ich die Karte wieder zwischen die Blumen steckte, konnte ich nur an Will Connor denken, in seiner schwarzen Lederjacke, der nach Meer und Wald roch und aussah, als könnte er jeden sündhaften Traum wahr werden lassen, den ich je gehegt hatte.

Fünf vollendete Präsentationen später war ich bereit, es für heute gut sein zu lassen. Obwohl ich in der Stimmung für ein weiteres Treffen mit meinen Freundinnen war, tat ich das Richtige und fuhr noch mal bei der Pension vorbei. Ich war entschlossen, diese Alarmanlage zum Laufen zu bringen. Doch ich kochte in meinem Business-Outfit auch in meinem eigenen Saft, also durchsuchte ich ein paar Kisten mit der Aufschrift *Paige,* in der Hoffnung, etwas zu finden, was ich stattdessen anziehen konnte. Ich hatte in der Pension immer ein paar alte Klamotten gelagert, auch wenn Mom sie nach dem Tod von Grandma eingepackt hatte, damit sie keinen Staub ansetzten.

Bingo! Ich fand eine Kiste mit Klamotten aus meiner Highschool-Zeit, als knapp das neue Cool gewesen war. Das Einzige, was mir noch passte, war ein sehr kurzes Kleid, doch es würde reichen müssen. Als Jugendliche hatte ich etwas zu viel auf den Rippen gehabt, aber im Sommer vor meinem Abschlussjahr hatte ich eine heftige Diät durchgezogen und fünfzehn Kilo abgenommen. Ich hatte meine Garderobe aus Drei-Mann-Zelten aussortiert und durch verschiedenste kurze, enge Kleider wie dieses ersetzt – die eigentlich nur zum Tragen in einem Strip-Club geeignet waren. Ich hatte mich schön fühlen wollen und die Aufmerksamkeit genossen, die ich von den Jungs bekam. Bis mir klar wurde, dass nicht jede Aufmerksamkeit gute Aufmerksamkeit war.

Ich sah mir erneut die YouTube-Erklärvideos an, während ich gleichzeitig versuchte, die Alarmanlage zu installieren – vergeblich. Ich konnte sie einfach nicht zum Laufen bringen.

Ich las mir noch einmal die Anleitung auf der Rückseite des Kartons durch … und mein Blick fiel auf Wills Telefonnummer. Ich hatte seine Nummer in mein Handy gespeichert, als er mir die zweite Visitenkarte gegeben hatte, doch ich mochte Männer, die vorausdachten. Und na ja, wenn mir der sexy Detective doch seine Hilfe angeboten hatte, wieso sollte ich das Angebot nicht annehmen? Ich hätte auch meinen Vater anrufen können – er war bei elektronischen Fragen nicht ungeschickt –, doch Mom und er gingen heute aus, und ich wollte sie nicht stören. Mein Bruder war in Sachen Technik nicht gerade hilfreich, und dasselbe galt für meine Schwestern. Und ich konnte es nicht leugnen; ich freute mich schon darauf, Wills tiefes Timbre zu hören.

»Detective Will Connor«, meldete er sich. Seine Stimme war sogar noch sexyer als in meiner Erinnerung.

»Hey, Will. Hier ist Paige. Die Alarmanlage bereitet mir Kopfschmerzen. Vielleicht könnte ich dir erzählen, was ich getan habe, und du sagst mir, was ich falsch gemacht habe?«

»Ich habe einen besseren Vorschlag. Ich komme kurz vorbei und zeige dir, wie es geht.«

Mein Pulsschlag beschleunigte sich. »Meinst du wirklich? Ich meine, ich bin mir sicher, dass ich auf dem richtigen Weg bin.«

»Es geht bestimmt schneller, wenn ich es mache. Ich bringe auch etwas zum Essen mit. Magst du Thai?«

»Ich liebe es. Besonders Rotes Curry mit Riesengarnelen.«

»Dann komme ich gleich damit vorbei.«

Kaum hatte ich aufgelegt, ging ich ins Bad, um mich im großen Spiegel an der Tür zu mustern. Vielleicht hatte ich dem armen Kleid unrecht getan. Ich hatte meine Klamottenwahl von früher immer schnell verurteilt. Aber ich würde mir auf keinen Fall wieder meine Hose anziehen. Meine Seidenbluse hatte Schweißflecke unter den Achseln. Also blieb mir nur das Kleid.

Ich war froh, dass Will etwas zu essen mitbrachte, weil ich am Verhungern war. Ich hatte noch eine halbe Flasche Wein übrig, von dem Abend, als die Mädels hier gewesen waren. Ich konnte nur hoffen, dass Will Wein mochte. Als ich mich dabei ertappte, wie ich ohne guten Grund die Hände rang, beschäftigte ich mich stattdessen damit, mich über die Immobilienpreise zu informieren und abzuschätzen, wie viel wir wohl für die Pension bekommen konnten.

Das Haus war zweistöckig und hatte zehn Schlafzimmer, von denen die meisten im ersten Stock lagen. Meine Grandma hatte es »ein Zuhause für den anspruchslosen Touristen« genannt. Die Zimmer waren groß, aber spärlich eingerichtet, mit einfachen Doppelbetten aus Holz und dazu passenden, allerdings nicht allzu großen Schränken. In ein paar Räumen stand sogar ein kleiner Schreibtisch. Das Erdgeschoss hatte hohe Decken und bodentiefe Fensterwände, sodass es sehr groß wirkte. Der Gemeinschaftsraum war in einen Essbereich und einen Sitzbereich aufgeteilt, in dem zusammengewürfelte Couchen standen, einige mit Leder bezogen, andere mit Stoff mit Blumenmuster. Die Küche war von allem anderen getrennt. Sie war der Familie vorbehalten und außerdem der Lieblingsraum meiner Großmutter gewesen. Wir hatten hier eine Menge Zeit verbracht: Grandma hatte gekocht und ich alles gegessen.

Als es an der Tür klingelte, war es vorbei mit meiner Ruhe. Aber kaum hatte ich die Tür geöffnet, wurde mir klar, dass ich dem Kleid doch nicht unrecht getan hatte.

Will

4

Versuchte diese Frau, mich umzubringen? Sie trug ein extrem kurzes, enges Kleid, das kaum etwas der Fantasie überließ.

»Hi«, sagte sie fröhlich.

»Hi«, antwortete ich, auch wenn es mehr klang wie ein Stöhnen. Ich schluckte schwer und wandte den Blick ab, indem ich vorgab, die Alarmanlage zu mustern, die sie bereits am Fenster aufgehängt hatte. Ich musste mich zusammenreißen, doch der Anblick von Paiges straffen Schenkeln und ihrer schmalen Taille hatte sich in mein Gedächtnis eingebrannt. Ihre Brüste sahen aus, als könnten sie jeden Moment aus dem Kleid springen.

Sie nahm mir die Tüte mit dem Essen ab und ging in die Küche. Ich musterte die Basiseinheit der Alarmanlage. Aus den Augenwinkeln konnte ich sehen, dass Paige an ihrem Kleid zerrte, als könnte sie es so irgendwie länger machen.

»Wir sollten uns erst um die Anlage kümmern«, schlug ich vor. »Essen können wir hinterher.«

»Sicher. Ich habe Wein. Willst du ein Glas?«, rief sie aus der Küche.

»Nein, danke.«

Ich machte mich bereits an der Alarmanlage zu schaffen, als sie sich mit einem Glas Wein in der Hand wieder zu mir gesellte.

»Hey! Nicht ohne mich anfangen. Ich will das lernen.«

Ich deutete auf die Anlage.

»Der Trick besteht darin, die Kontakte richtig anzuschließen.«

»Aber ich habe es genau so gemacht, wie in der Anleitung beschrieben.«

»Dann lass es uns zusammen noch mal machen.«

Ich zwang mich dazu, langsam vorzugehen, damit sie genau beobachten konnte, wie ich die Kontakte anschloss. Mir gefiel ihre Neugier, wie sie mich im Blick behielt und sich offensichtlich jede meiner Handlungen einprägte.

»So, geschafft«, sagte ich, nachdem alle Kabel an ihrem Platz waren. Wir testeten die Anlage, und Paige klatschte, als ein Piepen erklang. Sie schürzte kurz die Lippen, dann schenkte sie mir ein breites Lächeln. Und darauf konzentrierte ich mich – auf ihr wunderbares, schönes Lächeln. Wenn ich mich auf ihren Mund konzentrierte, fiel es leichter, dem Rest ihres Körpers zu widerstehen.

»Danke! Jetzt kann ich diesen Punkt endlich abhaken. Lass uns essen.«

Sie führte mich ins Wohnzimmer. Ich ging ein paar Schritte hinter ihr und beobachtete, wie ihr wunderbarer, runder Hintern sich bei jedem Schritt bewegte. Die Haut ihrer Schenkel wurde heller, je höher mein Blick glitt, als hätte sie sie niemals der Sonne ausgesetzt.

Wir setzten uns auf den Boden und aßen an dem niedrigen Couchtisch. Paige bewegte sich unruhig, in dem Versuch, eine Sitzposition zu finden, die nicht zu viel preisgab. Sie zog die Beine unter den Körper, doch dabei lag die Hälfte ihres Hinterns frei. Dann streckte sie die Beine aus, was ... besser war, aber es mir trotzdem schwer machte, mich auf mein rotes Thaicurry zu konzentrieren.

»Hast du einen Handwerker gefunden?«, fragte ich. Das hatte ich aufgeschnappt, als ich mit Luna und ihr Cocktails getrunken hatte.

»Ja, er kommt nächste Woche, um sich alles anzusehen und mir einen Kostenvoranschlag zu machen.« Sie sah sich wehmütig um. »Ich werde dieses Haus vermissen. Ich habe als Kind eine Menge Nachmittage hier verbracht, bin direkt nach der Schule hergekommen. Meine Grandma und ich standen uns sehr nahe.«

»Wann ist sie gestorben?«

»Letztes Frühjahr. Das war der Moment, wo mir klar geworden ist, dass ich nicht länger in Paris bleiben will. Ich habe eine Menge Geburtstage und so was verpasst, aber dass ich nicht für meine Familie da sein konnte, als das passiert ist ... das hat wirklich wehgetan. Es hat mich fast eineinhalb Tage gekostet, herzukommen, und alle waren ... na ja ...«

Ich griff über den Tisch und streichelte ihre Hand. Sie sah mich erstaunt an, doch sie entzog sich meiner Berührung nicht. Ich wollte sie irgendwie trösten. Paige war ein guter Mensch und machte sich offensichtlich Vorwürfe, weil sie nicht vor Ort gewesen war.

»Erzähl mir von deinem Job. Hast du immer schon für gemeinnützige Unternehmen gearbeitet?«, fragte ich, in dem Versuch, sie abzulenken.

Ihre Miene erhellte sich. »Ja. Ich bin über meine Freundin

Luna dazu gekommen. Sie hatte sich auf dem College freiwillig gemeldet, um eine Lerngruppe für Kinder aus benachteiligten Familien zu leiten, und hat mich mit eingespannt. Danach waren wir beide zum Praktikum bei Three Emeralds. Sie arbeitet jetzt bei einer Bank, aber ich bin geblieben. Es gefällt mir. Es fühlt sich an, als würde ich wirklich etwas bewirken. Wieso bist du zur Polizei gegangen?«

»Ich nehme an, aus ähnlichen Gründen, wie du sie gerade genannt hast. Ich kann etwas bewirken.« Mir gefiel, dass wir etwas gemeinsam hatten. »Ich habe erst Strafrecht studiert und mich danach bei der Polizeischule eingeschrieben.«

Meine Entscheidung hatte alle überrascht, besonders weil ich ein ziemlich rebellischer Teenager gewesen war, der durchaus Probleme mit der Polizei hatte. Einmal erwischten sie mich, als ich versuchte, auf den Hollywood-Schriftzug zu klettern. Ich hatte es getan, weil ein Kumpel mich dazu herausforderte – damals ging es ständig um solche dämlichen Aktionen. Der Cop, der mich dabei erwischte, durchschaute mich sofort. Ich war nicht einfach ein Jugendlicher, der Unfug anstellte. Ich hatte mich nach dem Unfall meiner Eltern verloren gefühlt und war unglaublich wütend gewesen, weil der Schuldige nie gefasst wurde.

Er nahm mich mit aufs Revier. Zuerst dachte ich, ich müsste die Nacht hinter Gittern verbringen, doch dann erklärte er mir, dass er die Sache fallen lassen würde, wenn ich ihn eine Woche lang im Dienst begleitete. Für so etwas hatte ich keine Zeit. Ich musste jeden Tag nach der Schule direkt nach Hause, um auf Lori, Jace und Hailey aufzupassen. Val und Landon verließen sich auf mich. Ich machte viel Blödsinn, aber meine Familie hatte ich noch nie im Stich gelassen.

Doch der Cop ließ nicht locker. Nach einer Woche, in der ich ihn dabei beobachtete, wie er Randalierer und Kriminelle verhaftete, war ich nicht mehr so begeistert von dem Gedanken an dämliche Mutproben. Rückblickend ist mir klar, dass er es genau so geplant hatte. Gleichzeitig bekam ich einen Vorgeschmack darauf, was es bedeutete, bei der Polizei zu arbeiten… und es gefiel mir. So sehr, dass ich mich nach dem College entschloss, diesen Beruf zu ergreifen. Verbrecher zu fangen, hatte für mich den Effekt, dass ich mich nützlich fühlte.

Paige und ich unterhielten uns beim Essen weiter über unsere Jobs. Ich hatte ihr kurzes Kleid quasi vergessen, bis wir aufstanden, um die leeren Kartons und unsere Gläser in die Küche zu tragen. Anscheinend ging es ihr genauso, weil sie sich mit dem Rücken zu mir vom Boden abstieß. Sofort flog ihr Rock nach oben, und ich konnte quasi ihren Hintern sehen, weil ihr Höschen kaum etwas bedeckte.

Mein Schwanz zuckte, verdammt. Stöhnend wandte ich mich ab. Paige dagegen versuchte verzweifelt, sich wieder zu bedecken.

»Paige«, sagte ich langsam, »egal, wie sehr du auch an dem Stoff herumziehst, dieses Kleid wird nicht länger.«

Sie gab ihre Versuche auf. »Tagsüber in der Arbeit hatte ich einen Hosenanzug an, aber für das Werkeln an der Alarmanlage war dieses Kleid das Einzige, was ich hier zum Anziehen gefunden habe.«

Ich schenkte ihr ein freches Lächeln. »Ich finde es okay.«

»Könntest du zumindest so tun, als würdest du die Sache nicht so genießen?«

»Warum? Schmeichelt dir meine Aufmerksamkeit zu sehr?«

Sie errötete.

»Bist du dir sicher, dass du dieses Kleid nicht absichtlich angezogen hast? Um mich zu foltern?«, fragte ich.

»Hast du denn etwas getan, wofür du Folter verdient hast?« Sie warf mir auf dem Weg in die Küche einen herausfordernden Blick zu.

»Vielleicht.« Ich hatte schmutzige Gedanken gehegt. Tat ich immer noch.

Was ich mit dieser Frau anstellen könnte, direkt hier in der Küche … Ich würde mein Gesicht zwischen ihren Beinen vergraben, bis sie meinen Namen schrie.

»Jetzt schmeichelst du dir selbst, Detective. Vielleicht sind Polizisten ja gar nicht mein Typ«, zog sie mich auf, als sie die Kartons in den Mülleimer stopfte. Ich stellte die Gläser auf die Arbeitsfläche, ließ meinen Blick durch die Küche gleiten … und erstarrte. Auf dem Fensterbrett stand ein Rosenstrauß, komplett mit Karte. Ich trat näher heran, bis ich die Schrift darauf lesen konnte.

Ich hatte heute viel Spaß und würde dich gerne zum Abendessen ausführen.

Christian Lackeroy
Geschäftsführer

Ich schluckte, um das Chaos aus Gefühlen zu kontrollieren, das in mir aufstieg. »Wer hat dir Blumen geschickt?«

»Ein potenzieller Spender, den ich heute getroffen habe.«

Ich trat einen Schritt von dem Strauß zurück. »Ich verstehe. Du hast gesagt, Detectives wären nicht dein Typ. Also sind Anzugträger wohl dein Typ.«

Sie fuhr sich mit der Hand durchs Haar. Offensichtlich war sie aufgewühlt. »Nein, so habe ich das doch gar nicht gemeint.«

»Also hast du die Einladung dieses Trottels nicht angenommen?«

»Woher willst du wissen, dass er ein Trottel ist?«

»Er hat seine Position auf die Karte geschrieben, in dem Versuch, dich zu beeindrucken.« Nach einem kurzen Zögern fügte ich hinzu: »Hatte er damit Erfolg, Paige? Wirst du mit ihm ausgehen?«

Sie verspannte sich und schob das Kinn vor. Ich hätte darauf wetten können, dass sie mich herausfordern wollte; mich auflaufen lassen, mir sagen, dass mich das überhaupt nichts anging. Doch dann sah sie mich direkt an … und was auch immer sie in meinem Blick erkannte, sorgte dafür, dass sie ein wenig in sich zusammensackte.

»Nein, Will. Ich habe die Einladung nicht angenommen«, meinte sie sanft.

»Und du hast die Blumen mitgenommen, weil …«

»… ich den Rest der Woche nicht im Büro arbeiten werde. Es ergab einfach keinen Sinn, sie auf meinem Schreibtisch stehen zu lassen, wo niemand sie sehen kann.«

Ich schenkte ihr ein angespanntes Lächeln. »Du meintest, du hättest den Kerl heute getroffen?«

»Ja.«

»Verdammt. Er ist noch schneller als ich.«

Sie gluckste. »Ich weiß nicht, Will. Er hat mich bisher noch nicht gebeten, ihn auf eine Hochzeit zu begleiten.«

»Hast du darüber noch mal nachgedacht?« Ich trat näher an sie heran.

»Steht dein Angebot überhaupt noch?«

»Ja. Wieso? Was hast du denn gedacht?«

»Dass du dich anderswo nach einer Beschützerin umsehen würdest.«

Ich warf lachend den Kopf in den Nacken. Dann trat ich noch näher an sie heran, bis ich meine Hand auf die Arbeitsfläche neben ihrer Hüfte stemmen konnte.

»Du willst wirklich, dass ich dich zu der Hochzeit begleite?«

Ich nickte und wartete ab. Kurz bevor ich zu Paige gefahren war, hatte Lori mich angerufen und mich gebeten, sie zum Traualtar zu führen und dann ihrem Bräutigam zu übergeben. Ich war mir sicher gewesen, dass sie Landon bitten würde – schließlich war er der älteste Bruder und hatte uns zusammen mit Val großgezogen. Aber Lori hatte gemeint, sie würde sich freuen, wenn ich es machen könnte. Natürlich hatte ich Ja gesagt. Das bedeutete mir eine Menge. Doch dadurch würde sich dieser Tag wahrscheinlich noch zu einer heftigeren emotionalen Achterbahn entwickeln, als ich ursprünglich gedacht hatte, und ich wollte Paige dabei an meiner Seite haben.

»Ich weiß, dass wir uns noch nicht lange kennen«, sagte ich, als sie ihr Schweigen nicht brach.

»Na ja … du bist mit mir losgezogen, um eine Alarmanlage zu kaufen, und du hast vorbeigeschaut, um sie zu installieren. Ich denke, böse Absichten können wir ausschließen.« Sie lächelte, aber ich bemerkte eine seltsame Zurückhaltung in ihrer Miene.

Ich legte den Kopf schief. »Das hängt ganz davon ab, was du unter böse verstehst.«

»Quatsch. Du wärst sicher ein guter Kumpel, Detective.«

Ein guter Kumpel? In diese Kategorie wollte sie mich

einreihen? Unsere Körper berührten sich fast. Zwischen unseren Hüften lagen vielleicht noch zwei Zentimeter. Ich kämpfte seit meiner Ankunft in der Pension mit einer Erektion. Ihre Brustwarzen waren hart. Ich konnte sie unter dem Kleid sehen. Sie lehnte sich zu mir statt nach hinten. Doch aus irgendeinem Grund hatte sie unsere Bekanntschaft gerade in die Friendzone verschoben.

»Ich werde mein Bestes geben, damit ich nicht zu dem Klassentreffen muss.«

»Versprochen?«, hakte ich nach. Gleichzeitig schob ich ihr eine Strähne hinters Ohr.

»Versprochen.« Sie klang ein wenig atemlos, reagierte wunderbar auf meine Berührung. Paige und ich würden auf keinen Fall nur Freunde werden.

»Du brichst schon auf?«, fragte mein Partner Elliot ein paar Tage später.

»Das Abendessen am Freitag. Da kann ich nicht zu spät kommen.«

»Ich muss immer noch den Papierkram erledigen, den ich die ganze Woche vor mir hergeschoben habe.«

Wir hatten jeden Tag bis spät in die Nacht an einer Überfallserie gearbeitet, um Beweise zu sammeln. Wir hatten beide einiges auf die lange Bank geschoben.

Ich schüttelte mich theatralisch. »Das werde ich nächste Woche erledigen.«

Elliot hasste Papierkram genauso sehr wie ich. Er war fünfzehn Jahre älter als ich und mein Partner, seit ich als Detective angefangen hatte. Wir gaben ein gutes Team ab.

Ich war in Gedanken immer noch bei den letzten Fällen, als ich das Revier verließ. Manche Kollegen ließen die Arbeit hinter sich, wenn sie nicht im Dienst waren, doch das war mir nie gelungen. Jetzt gab ich mir allerdings wirklich Mühe, diese Gedanken abzuschütteln, weil ich unterwegs war zum freitäglichen Familienessen. Meine Schwestern bemerkten jedes Mal, wenn ich aufgewühlt war … und ich wollte ihnen keine Sorgen bereiten.

Was der Grund war, warum ich den Fall in die hinterste Ecke meines Hirns verschob, als ich die Stufen in Valentinas terrassiertem Vorgarten nach oben stieg, der so schön war, dass er wahrscheinlich mit jedem botanischen Garten konkurrieren konnte.

Meine drei Schwestern saßen flüsternd und kichernd auf der vorderen Veranda des einstöckigen Hauses. Als die Worte »anzügliche Aktivitäten« an meine Ohren drangen, hielt ich es für klüger, mich bemerkbar zu machen. Auf keinen Fall wollte ich ihre Frauengespräche belauschen.

»Mädels, wechselt das Thema. Ich werde dafür so tun, als hätte ich nichts gehört.«

Hailey wandte den Kopf und lächelte. »Du siehst aus, als hätte jemand in dein Müsli gepinkelt, Bruderherz.«

Hailey war unsere jüngste Schwester. Sie sah Mom sehr ähnlich – kleiner als Val und Lori und mit dunkelbraunen Augen, wie ich. Der Rest von uns hatte die grünen Augen von Dads irischer Seite der Familie geerbt.

»Ärger in der Arbeit?«, schaltete Val sich ein. Lori sagte nichts, doch ich wusste, das hieß nicht, dass sie sich raushalten würde. Besonders, da sie vielsagende Blicke mit Hailey und Val wechselte. Sie planten etwas. Auf jeden Fall musste ich offensichtlich noch an meinem Pokerface arbeiten – und daran, nach Feierabend endlich abzuschalten.

»Mädels, eine Intervention ist nicht notwendig.«

Hailey lächelte und hob einen Finger. »Das wäre ein Hinterhalt.«

»Es geht nur um Berufliches. Ich werde mal reingehen und euch euren Frauengesprächen überlassen.«

»Wir kommen auch gleich rein«, versicherte Val uns. »Hailey braucht bloß einen Rat, und wir versuchen, eure empfindlichen männlichen Ohren vor so etwas zu schützen.«

»Finde ich super.«

Mein Neffe war im Haus und damit beschäftigt, mit Graham Darts zu spielen. Ich schloss mich den beiden an.

»Läuft das Frauengespräch draußen noch?«, fragte Graham.

»Ja.«

»Vorhin bin ich aus Versehen reingeplatzt. Jetzt bin ich fürs Leben traumatisiert.«

»Willkommen im Club.«

Jace kam gerade rechtzeitig zum Abendessen, genauso wie Landon mit seiner Ehefrau Maddie und ihrer einjährigen Tochter Willow. Beim Essen erzählte uns Landon von seinem neuesten Investment-Deal.

Dann kam das Gespräch zwangsläufig auf Loris und Grahams Hochzeit, wie jedes Mal in den letzten Wochen, wenn wir zusammen waren. Val zog uns gnadenlos mit Pippas Kuppelversuchen auf.

»Ich werde tatsächlich jemanden mitbringen«, sagte ich.

Jace wirkte schockiert. »Was? Aber wir beide sollten doch zusammenhalten. Schutz durch die Gruppe und so.«

»Wer ist es?«, fragte Lori.

»Du kennst sie nicht. Ich habe sie vor Kurzem kennengelernt und gebeten, mich zu begleiten.«

»Hat sie schon zugesagt?«, hakte Jace nach.

»Sie wird zusagen«, erklärte ich voller Selbstvertrauen, obwohl ich seit einer Woche nichts von Paige gehört hatte. Ich hatte nicht nachgehakt, sondern mich entschlossen, den Gentleman zu spielen und geduldig abzuwarten. Nur … dass ich nicht gerade für meine Geduld bekannt war.

»Nun, sag mir Bescheid, sobald du es sicher weißt, damit ich sie in den Sitzplan eintragen kann«, meinte Lori.

»Sieht aus, als wärst du auf dich gestellt, Bruderherz. Rechne nicht damit, dass ich oder Val dich vor Pippa retten. Wir werden mit Hochzeitskram beschäftigt sein.«

»Hailey, du genießt das viel zu sehr«, verkündete Jace.

Hailey tätschelte spöttisch Jace' Schulter. Die beiden waren die Jüngsten. Als sie noch Kinder waren, hatte ich nie entscheiden können, wer von beiden eigentlich schlimmer war. Doch als die beiden ins Teenageralter kamen, hatte sich das geändert. Jace hatte sich zum Beschützer unserer Schwestern gemausert, unsere kleine Hailey dagegen zur Unruhestifterin. Sie war klug und ehrgeizig und hatte sich ihren Weg durchs Leben mit dem Vorschlaghammer geebnet. Lori und ich waren die mittleren Kinder, auch wenn ich mich immer zu den Älteren gezählt hatte. Zum Teil, weil Val und Landon Zwillinge waren – was mich zum Zweitältesten machte –, zum Teil aber auch, weil ich die Aufgabe hatte, auf die Jüngeren aufzupassen. Autoritätsperson und all das.

Nach dem Abendessen beschloss ich, dass ich mir heute Abend eine Antwort von Paige holen würde. Ich ging auf die Veranda und rief sie an. Sie hob nicht ab, doch sobald ich aufgelegt hatte, rief sie zurück.

»Tut mir leid, dass ich nicht rangegangen bin. Mein Handy war auf den Boden meiner Tasche gerutscht. Hat mich ewig gekostet, es zu finden. Ich wollte dich heute Abend auch anrufen.«

»Ach ja?«

»Hmmm.«

»Ich warne dich: Nein zu sagen ist keine Option.«

Sie lachte leise. »Das ist eine ziemlich dreiste Ansage.«

»Ich bin bloß offen.«

»Ich verstehe. Nun, das sorgt dafür, dass ich Nein sagen will, einfach nur um zu sehen, wie du reagierst.«

»Also sagst du Ja?«

Sie lachte wieder. »Ich bin wirklich schlecht in diesem Spiel. Ich habe mir den nächsten Samstag freigeräumt. War nicht einfach, weil eine meiner besten Freundinnen aus diesem Anlass einfliegt, aber mit ihr treffe ich mich jetzt stattdessen am Freitag. Doch du hattest recht. Sobald ich die Hochzeit erwähnte, wurde mir vergeben. Wann wirst du mich abholen?«

»Um drei.«

»Ich werde bereit sein.«

Ich konnte ein Grinsen nicht unterdrücken, als ich zurück ins Haus ging und meinen Schwestern verkündete: »Lori, setz noch eine Person auf deine Liste.«

5 Paige

Am Samstag war ich mir sicher, dass ich zu spät dran war. Ich hatte meinen Wecker nicht gehört, also hatte ich verschlafen. Ich war inzwischen schon eine Weile wieder aus Paris zurück, also konnte ich es kaum noch auf den Jetlag schieben, sondern nur auf meine eigene Faulheit. Jetzt musste ich mich aber beeilen, um es noch rechtzeitig zu meinem Friseurtermin zu schaffen … denn auf keinen Fall würde ich ohne ein festliches Haarstyling auf eine Hochzeit gehen. Ich hatte mich beim Frisieren nie besonders geschickt angestellt, und mehrere Versuche, YouTube-Anleitungen zu folgen, hatten katastrophal geendet. Doch immerhin schminkte ich mich selbst, weil ich den natürlichen Look bevorzugte und die meisten Make-up-Artists so viel Grundierung auftrugen, dass ich mich immer total maskiert fühlte.

Nach dem Friseur raste ich zurück nach Hause, nahm zwei Ampeln, als fast schon wieder Rot war, und fuhr viel zu schnell. Ich fragte mich, ob Will mir wohl nachträglich noch Strafzettel dafür verpassen könnte. Der Gedanke, ihm heute Abend diese Frage zu stellen, zauberte ein Lächeln auf mein Gesicht. Ich hatte wirklich keine Ahnung, warum ich ihn so gerne aufzog.

Ich zog eines meiner Lieblingskleider an. Das hellgrüne Chiffonkleid lag eng um meine Taille, mit einem Kreuzmuster aus schwarzer Spitze auf dem Oberteil. Der Rock war ausgestellt, mit einem Schlitz über dem rechten Bein. Mir war allerdings bewusst, dass es für die Jahreszeit ein wenig zu warm war. Die Hitze in der zweiten Julihälfte war noch brennender als in der ersten.

Ich hatte das Kleid in der kleinen Boutique eines sehr sympathischen aufstrebenden Designers in der Nähe des Eiffelturms gefunden. Der Vorteil war, dass er es mir zum Schnäppchenpreis verkauft hatte, weil er ganz scharf darauf war, sich einen Namen zu machen. Wenn es außer den Croissants noch etwas gab, was ich an Paris vermisste, dann war es die Mode. In L.A. gab es auch viel Auswahl, aber gegen die französische Metropole war die Stadt jämmerlich.

Luna rief an, als ich mich gerade schminkte, also stellte ich das Telefon laut und legte es auf die Ablage unter dem Spiegel, während ich mich so nah vor das Glas lehnte wie nur möglich. Ich hatte keine Ahnung, was mich dazu gebracht hatte, es mit dem Smokey-Eyes-Look zu versuchen. Momentan sah ich aus wie ein Panda. Also wischte ich alles ab und fing noch mal von vorne an. Nur Mascara und ein wenig Farbe auf meine Lider, Wangen und Lippen.

In der Zwischenzeit fragte Luna mir Löcher in den Bauch. »Ein Kumpel? Hast du das wirklich gesagt? Also, lass mich das noch mal zusammenfassen. Du hast den Lackeroy-Kerl auflaufen lassen und begleitest den heißen Detective als gute Freundin auf eine Hochzeit?«

»Ja.«

»Also hast du weder Verabredungen noch Sex?«

»Herrgott noch mal, du verstehst es wirklich, einen aufzubauen.« Doch letztendlich hatte Luna recht. Ich hatte gesagt, dass ich gerne mal wieder mit einem Mann ausgehen wollte. Wieso also hatte ich Will in die Friendzone geschoben?

»Soll ich dich mit jemandem zusammenbringen?«, fragte Luna.

»Ähm … nein danke.«

Ich war immer noch traumatisiert vom letzten Mal, als Luna versucht hatte, mich zu verkuppeln. Meine Freundin meinte es gut, aber … »gut gemeint« war noch die freundlichste Umschreibung, die mir für dieses Fiasko einfiel.

»Nun, dann viel Spaß auf der Hochzeit.«

»Werde ich haben.«

Sobald ich aufgelegt hatte, schätzte ich mein Aussehen ein. Mein Haar war zu einem eleganten Dutt festgesteckt. Das Kleid war perfekt. Ich hatte es mit flachen, schwarzen Schuhen und einer kleinen, schwarzen Clutch kombiniert. Ich wollte Will umhauen. Da ich zu nervös war, um in meiner Wohnung zu warten, ging ich nach draußen und wartete im Schatten eines Baumes im Hof auf Will. Wenige Minuten später fuhr ein schwarzer Wagen vor. Will stieg auf der Beifahrerseite aus.

Mir lief das Wasser im Mund zusammen, als ich ihn musterte. Er hatte sich wirklich in Schale geworfen. Kohlegrauer Anzug und weißes Hemd mit Krawatte.

»Wie lang wartest du schon? Ich hatte geklingelt.«

»Nicht lange. Ich wollte ein wenig frische Luft schnappen. Wie kommt es, dass du nicht selbst fährst?«

»Lori hat darauf bestanden, An- und Abfahrt für alle

Gäste zu organisieren, damit sich niemand Gedanken darum machen muss, wie viel er trinkt.«

Er öffnete die Autotür für mich. Überrascht stellte ich fest, dass es mir vor Enttäuschung einen Stich gab, als Will mich nicht abcheckte, sondern seinen Blick nur auf mein Gesicht gerichtet hielt.

»Toller Tag für eine Hochzeit«, sagte ich, sobald wir auf dem Rücksitz saßen. Es war sonnig, wenn auch für meinen Geschmack fast ein wenig zu heiß.

»Es wird sicher fantastisch. Wir fahren direkt zur Kirche. Alle anderen kommen auch dorthin.«

»Klingt gut. Magst du den Bräutigam? Hat er das Einverständnis der Familie? Komm schon, verrat mir, wie gut ihr euch wirklich versteht.«

»Wir mögen den Kerl. Er behandelt meine Schwester und ihren Sohn sehr gut.«

»Aber?«

»Es gibt kein Aber.«

»In deinem Tonfall schwingt es mit.«

»Du bist ziemlich neugierig.«

Ich lehnte mich zu ihm und flüsterte: »Und du verbirgst etwas.«

»Tue ich nicht. Ich muss mich nur an die neuen Gegebenheiten gewöhnen. Früher habe ich viel Zeit mit meinem Neffen verbracht … habe sogar Schulveranstaltungen mit ihm besucht.«

»Wieso das?«

»Sein leiblicher Vater ist ein Mistkerl. Ist noch vor seiner Geburt abgehauen, also hatte Milo keine Vaterfigur. Ich habe sozusagen versucht, diesen Platz in seinem Leben einzunehmen, und deswegen viel mit ihm unternommen.«

Will Connor war vielschichtig – und ich wollte alle seine Facetten kennenlernen. Wir unterhielten uns über nichts Besonderes, bis wir Pasadena erreichten und der Wagen uns direkt vor der Kirche absetzte.

Dort stand bereits eine Menge versammelt, und jemand teilte Ansteckssträußchen aus. Will und ich nahmen jeweils eines, dann zog er mich ein wenig zur Seite.

Zuerst steckte er meinen Strauß an, auf die linke Seite, direkt unter meiner Schulter. Bildete ich mir das nur ein, oder verweilte seine Hand länger, als es grundsätzlich nötig war? Sein Daumen glitt über mein Schlüsselbein, wo er eigentlich nichts zu suchen hatte. Trotz der brennenden Sonne lief mir ein Schauder über den Rücken. Ich verzehrte mich danach, zu erfahren… war ich nur als gute Freundin hier? Oder als Date? Sicher, ich war diejenige, die ihn zuerst in die Friendzone geschoben hatte, aber Will hatte auch nicht widersprochen. Ich war mir nicht mal sicher, welche der zwei Möglichkeiten mir eigentlich lieber war. Nun, ich wusste, was ich wollte… aber nicht, ob das auch weise war.

Als ich dran war, ihm den Strauß ans Revers zu stecken, ließ ich mir damit ziemlich Zeit, um die Gelegenheit zu nutzen, Will aus der Nähe zu mustern. Er musste sich am Morgen rasiert haben, weil er nach Aftershave roch. Seine Wangen wirkten so glatt, dass ich mich kaum davon abhalten konnte, sie zu berühren. Sobald der Strauß befestigt war, gab es eigentlich keinen Grund mehr, ihm so nahe zu sein… aber ich trat trotzdem nicht zurück.

»Genau rechtzeitig«, sagte eine atemberaubende Brünette, die zu uns trat. Sie trug ein bodenlanges Seidenkleid in Dunkelblau, dennoch konnte ich ihre Schuhe sehen. Wenn ich mich nicht irrte, waren es Louboutins.

»Meine Schwester Hailey. Hailey, das ist Paige«, sagte Will.

Hailey gab mir einen Kuss auf die Wange. »Schön, dich kennenzulernen. Wills Ankündigung, dass er dich mitbringen wird, hat ziemliche Wellen geschlagen. Wir werden warten müssen, bis er mal nicht in Hörweite ist, bevor ich dir ein paar Geheimnisse über ihn verraten kann, weil er mir sonst ständig ins Wort fällt.«

Ich konnte mich nicht erinnern, jemals jemanden so spontan sympathisch gefunden zu haben wie Hailey. Ich liebte alles an ihr, von ihren geschmackvollen Schuhen bis zu ihrem Humor.

»Ich werde dann mitschreiben«, antwortete ich. Will warf seiner Schwester einen bösen Blick zu.

»Kannst du nicht wenigstens bis nach der Zeremonie warten, bis du mich fertigmachst?«

Hailey gluckste. »Aber auf keinen Fall. Warte, bis der Rest… oh, da ist Jace.«

Ich riss den Kopf zurück, als Jace die Stufen nach oben stieg.

»Jace Connor, der Fußball-Gott, ist dein Bruder?«, flüsterte ich.

»Und dies muss die wunderbare Paige sein«, sagte Jace, als er uns erreichte. Er schenkte mir ein breites Lächeln, das ein wenig an das von Will erinnerte, und schüttelte mir die Hand.

»Dad hat uns als Kinder immer mit zu den Spielen der Lords genommen. Du warst damals natürlich noch nicht im Team, aber ich bin überzeugter Lords-Fan.«

Jace grinste, dann sah er zwischen Will und mir hin und her. »Bruderherz, wenn sie ein Lords-Fan ist, hast du wirklich das große Los gezogen.«

»Oh, er hat mich nur aufgrund dieses Kriteriums ausgesucht.« Ich musste mich sehr zusammennehmen, um ernst zu bleiben.

Eine weitere Frau schloss sich uns an. Sie war ein wenig größer als Hailey. Ihr dunkelbraunes Haar war zu einem eleganten Dutt gebunden, und ihr dunkelgrünes Kleid passte zu ihren Augen. »Okay, Lori sitzt im Wagen. Will, du solltest am Fuß der Treppe warten. Graham ist bereits in der Kirche.« Sie sah mich an. »Du musst Paige sein. Ich bin Valentina, aber alle nennen mich Val. Wir sollten jetzt alle reingehen, abgesehen von Will.«

Will führte seine Schwester zum Traualtar? Das hatte er gar nicht erwähnt. Ich verabschiedete mich von Will, dann ging ich mit Val und Hailey in die Kirche und setzte mich zu ihnen. Den Platz neben mir reservierte ich für Will. Als er mit der Braut die Kirche betrat, sah ich noch eine weitere Facette von ihm. Seine Miene war voller Liebe, und er küsste seine Schwester auf die Stirn, bevor er sich von ihr und dem Bräutigam zurückzog. Er setzte sich neben mich. Aus einem Impuls heraus hakte ich mich bei ihm unter. Zuerst versteifte er sich ein wenig, als hätte er nicht damit gerechnet, doch dann drückte er leicht meinen Arm.

Nach der Zeremonie schoss ein Fotograf Gruppenbilder vor der Kirche.

Während wir auf die Wagen warteten, die uns zum Restaurant bringen würden, wurde mir Landon vorgestellt – der älteste Bruder – und seine Ehefrau Maddie. Landon trug ein kleines Mädchen, das offensichtlich entschlossen war, im Arm seines Vaters Gymnastik zu machen. Jace fuhr mit Landon und Maddie. Will und ich glitten zusammen mit Val und Hailey in den nächsten Wagen. Da Will ein so großer Mann war, ließen wir ihn auf den Vordersitz, während wir Mädels uns auf der Rückbank drängten, wobei wir sorgfältig darauf achteten, uns nicht gegenseitig auf unsere Kleider zu setzen.

»Ich glaube, Landon ist ein wenig eifersüchtig, dass Lori dich gebeten hat, sie zum Traualtar zu führen«, sagte Val, als der Wagen sich in Bewegung setzte.

»Nun, Landon kann diesen Part ja dann bei Val und mir übernehmen«, meinte Hailey.

Val wedelte nur wegwerfend mit der Hand. »Sprich für dich selbst, Schwesterherz. Bei mir steigen mit jedem Tag die Chancen, solo zu bleiben.«

»Das ist die zweite Hochzeit in der Familie, oder?«, fragte ich.

Val nickte. »Wenn du unsere erweiterte Familie nicht mitzählst, dann ja.«

Ich tätschelte ihre Schulter, dann hob ich drei Finger. »In meiner gab es schon drei. Ein Bruder, zwei Schwestern. Ich will es nur erwähnen: Nach der dritten Hochzeit fängt man ehrlich an, sich zu fragen, ob man den Sprung nicht auch wagen sollte.«

Die Mädels lachten, danach zog Val einen Handspiegel heraus, und wir überprüften unser Make-up. Sobald der Wagen anhielt, öffnete Will die Tür für uns, und wir stiegen aus.

»Wieso lächelst du so?«, fragte er mich.

»Ich bin froh, dass ich hier bin. Das ist ein unterhaltsamer Tag.«

Das Restaurant lag im Erdgeschoss eines renovierten viktorianischen Hauses. Die Terrasse war ebenfalls für die Hochzeit dekoriert, mit hohen, weißen Bartischen, an denen man sich gemütlich mit einem Drink entspannen konnte. Trotzdem war ich froh, dass der eigentliche Empfang im Innenraum stattfand – wo es eine Klimaanlage gab. Zwei Empfangsdamen wiesen die Gäste ein. Plötzlich wurde ich mir sehr bewusst, dass Wills Hand an meinem Kreuz lag, und hob den Blick. Will starrte meine Lippen an. Hitze sammelte sich tief in meinem Bauch und in meinen Nippeln. Großer Gott.

»Paige, du siehst umwerfend aus.« Er stand so nah neben mir. Und seine Stimme klang so … verführerisch.

Irgendwie fand ich meine Stimme. »Danke.«

Eine der Empfangsdamen kam zu uns, um uns in das Restaurant zu führen. Will bot mir seinen Arm an, und ich hängte mich ein. Ich war mir seiner Gegenwart mehr als bewusst. Wann immer unsere Beine sich berührten, überlief ein Kribbeln meine Haut. Fast war ich erleichtert, als er sich von mir löste, um uns beiden etwas zu trinken zu besorgen … weil ich dringend mal eine Pause nötig hatte.

Ich setzte mich an unseren Tisch und ließ den Blick durch den Raum schweifen. Die Atmosphäre wirkte verträumt. Die Lichterketten und weißen Vorhänge waren so angeordnet, dass sie die Schönheit des viktorianischen Raums hervorhoben, statt ihn zu verbergen.

Essen, Tanzen und dann das Ganze wieder von vorne. So lief der ganze Abend. Gott, war ich froh, dass ich mich für flache Schuhe entschieden hatte, sonst hätte ich bereits Blasen an den Füßen. Diese Lektion hatte ich auf die harte Tour gelernt. Bei der Hochzeit meines Bruders – der ersten Hochzeit in der Familie – hatte ich nach ein paar Stunden meine Schuhe ausgezogen, um mir die Füße auf dem Fliesenboden des Toilettenvorraums zu kühlen. Meine Füße waren so geschwollen gewesen, dass ich es kaum geschafft hatte, sie wieder in die Schuhe zu zwängen. Bei der zweiten Hochzeit hatte ich nach einer Weile zu flachen Schuhen gewechselt, doch der Schaden war bereits angerichtet gewesen. In den nächsten zwei Tagen hatte ich nichts anderes an den Füßen ertragen als Flip-Flops.

Ich tanzte mit Will und Jace sowie mit ein paar anderen Gästen und legte auch eine Damenrunde mit Val und Hailey aufs Parkett.

»Ihr seid alle die geborenen Tänzer«, sagte ich, als wir kurz mal Pause machten. Val tanzte fantastisch. Neben ihr fühlte ich mich etwas plump und ungelenk.

Val nickte glücklich. Wir standen in einer Ecke und versuchten, wieder zu Atem zu kommen. »Sind wir.«

Wir unterhielten uns ein wenig über unsere Berufe. Val gehörte eine Kosmetik- und Parfümfirma; Hailey arbeitete in einer PR-Agentur.

»Und Landon hat eine Softwarefirma besessen, aber er hat sie verkauft und leitet jetzt einen Investmentfonds«, erklärte Val.

»Also ist Will der Einzige, der zur Polizei gegangen ist.«

»Ja. Er hält uns ziemlich auf Trab«, sagte Val, nur um zu verstummen, als Will zu uns trat. Seinen zusammengekniffenen Augen nach zu schließen, hatte er den letzten Satz gehört.

Er trug geschickt vier Gläser Champagner. Drei davon nahmen wir ihm sofort ab.

»Deswegen hast du mich losgeschickt, um Getränke zu holen? Damit du über mich herziehen kannst?«

Hailey klimperte mit den Wimpern. »Niemand hat schlecht über dich geredet. Wir machen uns Sorgen um dich … aber nur, weil wir dich so lieben.«

Will schüttelte den Kopf. »Das sagst du immer, weil du weißt, dass ich dann nicht wütend auf dich sein kann.«

»Genau. Die Taktik funktioniert, also setze ich weiterhin darauf.«

Val verlagerte ihr Gewicht. »Ich muss mich hinsetzen. Diesmal brauche ich eine längere Pause.«

»Ich werde dich begleiten«, meinte Hailey. Die Schwestern gingen, und Will trat näher zu mir. Zu nah. Das war bereits mein drittes Glas Champagner, und der Alkohol hatte bei mir schon seine Wirkung gezeigt.

»Also, von einem Mitglied einer großen Familie zum anderen, wie kommst du klar?«

»Sei nicht so streng mit deinen Schwestern. Ich verstehe, was sie meinen.«

»Ach ja?«

»Dad war in der Army. Wir haben uns ständig Sorgen um ihn gemacht, bis er in den Ruhestand gegangen ist. Also ja.«

Ich nippte an meinem Champagner. Ich konnte Wills Blick auf mir spüren. Verdammt, ich fing schon wieder an zu zappeln.

»Willst du mal kurz frische Luft schnappen gehen?«, fragte er.

»Gerne. Trotz der Klimaanlage wird es hier drin langsam stickig.«

Seite an Seite durchquerten wir den Raum. Als wir in den Innenhof traten, sorgte der Wind dafür, dass ich zitterte, obwohl er warm war. Will legte einen Arm um meine Schultern. Die Hitze dieses starken, muskulösen Körpers ließ mir die Knie weich werden. Ich fühlte mich, als hätten wir ein stundenlanges Vorspiel hinter uns.

Einige Gäste hatten sich ebenfalls nach draußen begeben und standen um die hohen Bartische herum. Wir hielten auf einen Tisch zu, der noch frei war. Er stand ganz rechts, an der Hausecke. Auf dem Weg hielten wir an einem Tisch an, wo eine atemberaubende Blondine gerade zwei identisch aussehende Mädchen schimpfte.

»Ah, Paige, ich möchte dir Pippa Bennett-Callahan vorstellen. Meine liebe Cousine … und meine beiden Nichten zweiten Grades«, sagte Will.

Die kleinen Mädchen streckten uns die Hände entgegen und stellten sich als Mia und Elena vor. Als Letztes schüttelte ich Pippa die Hand. Ihr Name kam mir bekannt vor … und dann fiel es mir wieder ein.

»Du bist die kuppelnde Cousine, stimmt's?«, fragte ich. Will stöhnte, aber ich ignorierte ihn.

»Stimmt genau. Auch wenn Will meinen Einsatz offensichtlich nicht nötig hat.«

Ooooh. Will warf sich neben mir förmlich in die Brust. Wusste der Mann denn nicht, dass Stolz eine der sieben Todsünden war? Ich hätte den Mund halten können, aber ich zog ihn doch so gerne auf. Und jetzt war mal wieder die passende Gelegenheit dafür.

»Oh, er hat mich nur als Bodyguard mitgenommen. Mein Job ist es, ihn vor dir zu schützen.«

Will stieß hörbar den Atem aus. Gleichzeitig drehten wir uns zueinander um, sodass meine linke Brust sich gegen seine Seite drückte. Die Hand auf meiner Schulter packte mich fester. Verdammt, meine Knie gaben unter der Intensität seiner Zuwendung nach. Ich konzentrierte mich wieder auf Pippa, die lachend zwischen uns hin und her sah.

»Will, ich denke, auch ohne meine Einmischung hast du alle Hände voll zu tun.«

»Das ist das erste Mal, dass du dich mir gegenüber gnädig zeigst, Cousinchen. Ich nehme, was ich kriegen kann.«

»Mädels, lasst uns reingehen und Onkel Jace suchen. Vielleicht braucht *er* ja unsere Hilfe.«

Pippa ging an uns vorbei, und Will schob mich weiter, bis wir den Tisch erreichten, den wir gleich zu Beginn ins Visier genommen hatten.

»Du bist wirklich eine Nummer«, verkündete Will. In diesen dunklen Augen brannte Feuer. Und ich wollte es noch weiter anfachen. Der Champagner hatte mich mutig gemacht, und Wills Nähe jagte Adrenalin in meine Adern.

»Ich habe die leichte Tendenz, mich ungezogen zu benehmen, Detective. Was willst du dagegen unternehmen? Mich verhaften?« Ich hielt ihm scherzhaft die Handgelenke entgegen und verstand nur eine Sekunde, bevor es wirklich geschah, was passieren würde. Will fesselte meine Handgelenke wirklich … mit seinen Händen. Dann schob er uns um die Hausecke, wo es dunkel war und sich keine Gäste aufhielten. Er verschob meine Arme hinter meinen Rücken, um sie dort festzuhalten … und dann küsste er mich. Sein Mund bewegte sich drängend über meinen, und seine Lippen zu spüren war verheerend. Er schmeckte ebenfalls nach Champagner. Als ich den Mund öffnete, ließ er seine Zunge über meine gleiten. Mein Körper reagierte auf jede Berührung, als küsse er mehr als nur meine Lippen. Meine Nippel wurden hart. Die Muskeln in meinem Unterleib verkrampften sich.

Inzwischen drückten wir uns auf voller Länge aneinander. Ich wünschte mir, meine Hände wären frei, um über diese Brust und diese Schultern zu gleiten, doch Will war erbarmungslos. Er kontrollierte den Kuss vollkommen … und das machte ihn bloß noch heißer. Will würde mich erkunden, bis er genug von mir hatte, und ich war mir nicht sicher, ob mein Körper nicht vorher spontan in Flammen aufgehen würde. Will hielt inne, nur um erst an meiner Unter- und dann an meiner Oberlippe zu knabbern. Danach folgte er den Konturen meines Mundes mit der Zungenspitze, bevor er mich wieder küsste. Sofort wurde ich feucht zwischen den Beinen.

Seine Daumen pressten sich auf den Puls in meinem Handgelenk. Sein Halt war sanft, aber doch stark genug, dass ich meine Arme nicht bewegen konnte. Er schob ein Bein zwischen meine Beine, senkte unsere verschlungenen Hände auf meinen Hintern. Die Finger, die nicht meine Handgelenke hielten, gruben sich in meine Pobacken. Er drückte mich an sich, sodass ich quasi auf seinem Schenkel ritt. Ich war seiner Gnade ausgeliefert. Es fühlte sich an, als wolle er mir mit jeder Berührung seiner Zunge sagen, dass ich ihm gehörte, um mich zu erkunden und sich mit mir zu vergnügen; dass er Anspruch auf mich erhob.

Er stöhnte an meinem Mund, ehe er sich ein kleines Stück zurückzog. Ich hing schlaff in seinen Armen.

»Tanz heute Abend mit niemand anderem, Paige. Mit niemandem außer mir.«

Ich war immer noch total von diesem Kuss verzaubert, doch seine Idee war toll. Wieso sollte ich auch mit jemand anderem tanzen? Will war so … mir fehlten die Worte, aber er war genau das, was ich brauchte.

Will hatte sich bisher zurückgehalten. Wir hatten bereits vor dem Kuss miteinander getanzt, allerdings nicht so. Besonders genoss ich es, wenn andere Männer kamen, um mich aufzufordern. Will warf ihnen einen Blick zu, und schon eilten sie davon. Als der Hochzeitsempfang sich seinem Ende näherte, verkündete Lori, dass sie jetzt den Brautstrauß werfen würde, und bat alle alleinstehenden Frauen, sich in der Mitte der Tanzfläche zu versammeln.

Ich wollte zu unserem Tisch zurückgehen, doch Will fing meinen Arm ein. »Willst du gar nicht mitmachen?«

Bevor ich antworten konnte, verkündete der Bräutigam, dass er danach das Strumpfband werfen würde. Will verzog das Gesicht, und sofort erkannte ich meine Chance, ihn wieder ein bisschen aufziehen zu können.

»Ich werde versuchen, den Brautstrauß zu fangen, wenn du dich später auch beim Strumpfband anstellst.«

»Nein, ausgeschlossen. Sie ist meine Schwester. «

»Wen interessiert das? Alle alleinstehenden Männer sollen sich versammeln.«

Will warf mir einen scharfen Blick zu, dann lehnte er sich vor, bis ich seinen Atem auf meiner Wange spüren konnte. »Nein.«

Ich wollte eine schlagfertige Antwort geben, aber verdammt... sein Blick sorgte dafür, dass ich nicht mehr klar denken konnte. Ich konnte immer noch das Gefühl seiner Lippen auf meinen spüren, als hätten wir uns vor ein paar Minuten geküsst und nicht vor ein paar Stunden.

Ehe ich noch weiter darüber nachdenken konnte, erschienen die Connor-Damen an meiner Seite. Val packte meine rechte Hand, Hailey meine linke, dann zerrten sie mich quasi in die Mitte der Tanzfläche.

Will lachte nur. Dieser Mistkerl. Ich würde später meine Rache planen, hoffentlich, ohne dabei in diese atemberaubenden Augen sehen zu müssen. Der Blick darin stahl mir jeden Gedanken und alle Willenskraft.

Die Gruppe der unverheirateten Frauen war so groß, dass ich mir keine Sorgen machte, den Strauß fangen zu müssen. Ich hatte grundsätzlich nichts gegen diesen Brauch, aber ich glaubte auch nicht gerade daran.

Ich stand zwischen den Connor-Schwestern, genau in der Mitte der Gruppe. Und ich musste zugeben, es war lustig. Ich klatschte und pfiff mit den anderen und beobachtete, wie Lori den Strauß in einem schönen Bogen hinter sich warf. Dummerweise flog er so hoch, dass er gegen die Decke stieß … und mir dann einfach auf den Kopf fiel. Mir blieb keine Zeit, mich zu ducken oder mich auch nur darauf vorzubereiten. Der Strauß knallte auf meinen Kopf, so heftig, dass ich fast das Gleichgewicht verloren hätte. Rein instinktiv hob ich die Hände und fing ihn auf. Die armen Blüten hatten so gut wie all ihre Blätter verloren, und ich vermutete, dass die Blütenblätter jetzt in meinem Haar hingen. Der Aufprall schien auch meine Sinne durcheinandergebracht zu haben, weil ich für einen Moment nichts hören konnte. Doch dann knackte es in meinem Ohr, und ich bemerkte, dass alle lachten.

Val und Hailey wischten sich Lachtränen aus den Augen.

»Das ist mal was Neues«, sagte ich verlegen.

»Du hast noch nie den Brautstrauß gefangen?«, fragte Hailey.

»Nö. Und ich kann auch heute nicht behaupten, ich hätte ihn gefangen. Er hat mich getroffen.«

Ich fragte mich, ob das wohl ein Zeichen war. Oh, die

Blumen – weiß-rosa Magnolien – waren wunderschön und hatten mir schon immer ganz besonders gut gefallen. Jetzt im Hochsommer hatten sie ihre zweite Blüte und auch das nur für wenige Tage. Sie schienen dafür zu stehen, dass es bestimmte Ereignisse im Leben gab, die man feiern und in vollen Zügen genießen sollte. Also passten sie perfekt zu einer Hochzeit und einem Brautstrauß. Ich bewunderte die zarten Blütenblätter, als wir die Tanzfläche verließen, um für die Männer Platz zu machen. Es überraschte mich, wie viele Herren sich drängten, um das Strumpfband zu fangen.

»Für gewöhnlich sind Männer von diesem Teil der Feier nicht so begeistert«, murmelte ich Val zu.

»Meiner Erfahrung nach ist das Interesse direkt proportional zur Schönheit der Frau, die den Strauß gefangen hat.«

»Oh, oh!« Jetzt fiel es mir wieder ein. Der Kerl, der das Strumpfband fing, sollte es mir aufs Bein schieben. Ich musterte die Männermenge, in dem Versuch, jemanden zu finden, den ich anfeuern wollte. Dann sah ich, wie Will in die Gruppe trat. Er ragte förmlich über das gute Dutzend versammelter Männer auf. Er war größer und auf jeden Fall der Attraktivste in dem Haufen. Und diese Arme ... der Hammer. Ich fragte mich, ob er mich wohl allein mit einem Arm hochheben könnte. Er hatte sein Jackett ausgezogen, und der weiße Stoff seines Hemdes spannte ein wenig über seinem Bizeps.

Oh, also interessierte er sich nun plötzlich doch dafür, das Strumpfband zu fangen?

Ich versuchte, seine Aufmerksamkeit auf mich zu ziehen, doch er konzentrierte sich vollkommen auf Graham. Es sah aus, als meinte er es mit dem Gewinnen ernst.

Graham katapultierte das Strumpfband mit einer schnellen

Armbewegung in die Luft. Die Männermenge schwappte nach vorne, aber Will war aufgrund seiner reinen Körpergröße im Vorteil. Mühelos fing er das Strumpfband. Einer der konkurrierenden Männer prallte tatsächlich von seiner Brust ab. Ich bemühte mich, meine Freude zu unterdrücken, doch das war nicht leicht – besonders, als Will mir zuzwinkerte.

O Gott. Er würde mich berühren. Vor allen Anwesenden. Wie hoch genau musste er dieses Strumpfband schieben? Bisher hatte ich mich nie dafür interessiert… und die Connor-Schwestern zu fragen, wäre einfach zu peinlich. Auf jeden Fall gratulierte ich mir selbst dafür, dass ich mich entschlossen hatte, heute meine Beine gründlich zu rasieren. Ich hatte kurz darüber nachgedacht, bloß so weit zu gehen, wie der Schlitz in meinem Kleid reichte, aber dann hatte ich meine Faulheit überwunden und das ganze Programm durchgezogen.

Graham nahm das Mikrofon und bat mich, vorzutreten. Dann erklärte er den Gästen die Tradition des Strumpfbandes. Ich hörte bloß die Hälfte des Gesagten. Will sah mich direkt an, und die Art, wie sein Blick über meinen Körper glitt, verriet mir, dass er nicht vorhatte, Gnade walten zu lassen. Verdammt, ich wand mich jetzt schon.

Sobald Graham das Mikrofon senkte, trug Will einen Stuhl auf die Tanzfläche und bedeutete mir, mich zu setzen.

Ich tat es und überschlug die Beine, nur um sofort zu bemerken, dass das eher kontraproduktiv war. Will beobachtete mich genau, besonders das Bein hinter dem Schlitz. Dann entschied er sich, das Strumpfband aufs andere Bein zu schieben.

»Ich dachte, du wolltest das Strumpfband nicht fangen?«,

zog ich ihn auf. Will stand nah genug, um mich zu hören, aber für alle anderen sprach ich zu leise. Im Hintergrund lief ein flottes Lied.

»Du dachtest wirklich, ich würde einem anderen Kerl erlauben, dich zu befingern?«

Mein Gott, war er irgendwie in der letzten halben Stunde noch sexyer geworden? Irgendetwas war anders …

»Ah, ich verstehe. Nun, ich hatte dem Mann neben dir die Daumen gedrückt.«

Will umfasste meine Fußknöchel. Das erinnerte mich an unseren Kuss und daran, wie er meine Handgelenke hinter meinem Rücken festgehalten hatte.

»Du bist ein böses Mädchen, Paige. Und ich werde es dir heimzahlen, dass du mich heute Abend ständig aufgezogen hast.« Seine Stimme war leise und verführerisch, und ich wusste, dass ich verloren war. Ich war schon wieder seiner Gnade ausgeliefert, nur dass uns diesmal eine klatschende Menge beobachtete.

Will ließ seine Hand über meinen Knöchel gleiten, dann langsam höher. Sein Mittelfinger zog kleine Kreise auf meinem Unterschenkel. Ein Knistern schoss durch meine Wirbelsäule. Ja, das Knistern ging bereits los, dabei hatte er noch nicht mal mein Knie erreicht. Er ließ seinen Finger dorthin gleiten, dann fiel ihm das Strumpfband aus der Hand.

Er drehte sich zur Menge um und zuckte mit den Achseln, als wolle er sagen: »Was kann man da schon tun?«

Dann begann die gesamte Folter von vorne, weil er erneut an meinem Knöchel anfing. Ich umklammerte mit beiden Händen die Sitzfläche meines Stuhls, da ich mich auf keinen Fall winden wollte.

Doch als seine Hände über mein Knie nach oben glitten,

verlor ich diesen Kampf. Will grinste, als wüsste er genau, welchen Effekt er auf mich ausübte. Er ließ mich keine Sekunde aus den Augen, sah mich die ganze Zeit verführerisch an. Ich hätte nicht wegsehen können, selbst wenn ich es gewollt hätte.

»Wie gefällt dir das, Paige?«, flüsterte Will.

»Du treibst mich noch in den Wahnsinn«, flüsterte ich zurück. Mein gesamter Körper kribbelte, obwohl Will nur mein Bein berührte. Und die Hitze zwischen meinen Schenkeln verstärkte sich. Ich konnte nicht sehen, was er anstellte, doch ich fühlte die Schwielen auf seinen Fingern.

»Gut, genau das hatte ich vor.«

Ich atmete durch den Mund ein und die Nase wieder aus. Wenn Will Connor dachte, ich könnte ihn nicht weiter necken, weil ich seiner Gnade ausgeliefert war, dann konnte er sich auf was gefasst machen.

»Wenn du so langsam weitermachst, kommst du nie hoch genug, um festzustellen, ob ich ein Höschen trage.«

Damit kam ich sicher ans Ziel. Will biss die Zähne zusammen, und seine Finger gruben sich für einen Moment in die Haut meines Schenkels.

»Paige«, warnte er, fast atemlos – was mich unglaublich befriedigte.

»Was hast du gesagt, Detective?«

Doch dann raubte er mir den Atem, als seine Hände höher glitten.

»Sag mir, ob du ein Höschen trägst.«

»Was, wenn ich mich weigere?«

Seine Hand glitt noch höher. Er würde meinen Bluff auffliegen lassen. Die anderen konnten natürlich nicht wissen, was da unter meinem Rock vor sich ging – aber ich wusste es. Als er seine Finger noch höher schob, gab ich nach. Seine Hände befanden sich erst auf halber Höhe auf meinem Oberschenkel, aber ich konnte es nicht riskieren.

»Schön, okay. Ja, ich trage ein Höschen.«

Er schenkte mir ein Lächeln, das dafür sorgte, dass ich mich fühlte, als hätte mein String Feuer gefangen. »Welche Art genau?«

»Will Connor, ich werde dir nicht meine Unterwäsche beschreiben.«

»Dann finde ich es eben selbst heraus.«

»Ich will sehen, wie du das versuchst.«

Schon eine Sekunde nachdem ich die Worte ausgesprochen hatte, war mir klar, dass mir damit ein taktischer Fehler unterlaufen war. Wills Lächeln wurde wild. Herrje, ich hatte noch nie einen Mann getroffen, der bereit war, es bei mir wirklich drauf ankommen zu lassen. Also überraschte es mich fast, als er das Strumpfband freigab, sodass es sich mit einem leise schnappenden Geräusch um meinen Schenkel schloss. Als Will die Hand zurückzog, fühlte ich mich beinahe ein wenig dumm, weil mir klar wurde, dass er meinen Bluff gar nicht hätte auffliegen lassen können – schließlich konnte er kaum in einem Raum voller Leute einfach meinen Rock anheben.

Die Gäste klatschten und jubelten. Ich stand auf und zog meinen Rock hoch, damit alle das Strumpfband sehen konnten. Ich wusste, dass diese Geste Will provozieren würde. Ich warf ihm einen Blick zu und wackelte herausfordernd mit den Augenbrauen. Mit dem brennenden, besitzergreifenden Blick, den er mir als Antwort schenkte, hätte man die Antarktis zum Schmelzen bringen können.

6

Will

»Onkel Will, kann ich mit dir reden?«, fragte mich Milo, als die Party langsam zu Ende ging.

»Sicher. Was ist los?«

Ich deutete auf den Stuhl vor mir, und er kletterte auf die Sitzfläche. Ich saß mit dem Gesicht zu ihm, doch ich behielt auch Paige im Blick, die drei Plätze entfernt saß. Sie hatte sich bis vor einer Minute angeregt mit meinen Schwestern unterhalten, bevor die beiden aufgestanden waren, um eine weitere Runde Getränke zu holen. Dabei waren alle schon ziemlich angeheitert.

»Also, Mom und Dad fahren doch bald in die Flitterwochen«, sagte Milo.

Ich nickte.

»Und Mom wollte mit Tante Val reden, damit ich bei ihr bleiben kann, aber … kann ich bei dir wohnen? Ich mag Tante Val, aber …«

Und jetzt verstand ich, warum er gewartet hatte, bis meine Schwestern verschwunden waren. Er wollte Vals Gefühle nicht verletzen.

»Natürlich kannst du das. Ich werde mit Lori reden.«

Milo klatschte aufgeregt in die Hände. »Können wir ein Vogelhäuschen bauen?«

Ich wuschelte ihm durchs Haar, erfüllt von einem seltsamen Glücksgefühl. »Na klar.«

Vor Graham waren Jace und ich diejenigen gewesen, die Milo in *männliche Aktivitäten* eingeführt hatten, wie Lori es nannte. Nun genoss Milo die Tatsache, einen Dad zu haben, der ihm all diese Dinge zeigte.

Ich schämte mich nicht, zuzugeben, dass ich unsere gemeinsame Zeit vermisste. Und ich freute mich schon darauf, die Woche mit ihm zu verbringen.

Als Milo von seinem Stuhl sprang und direkt zu Lori rannte, wurde mir klar, dass Paige uns beobachtet hatte und warm lächelte. Val und Hailey kehrten zurück, Tequila-Gläser in den Händen. Sie tranken seit Stunden Champagner, und jetzt wollten sie noch Tequila draufsetzen?

Doch ich sollte besser still sein. Ich hatte auch einen Champagnerrausch … und war immer noch high von Paige. Durch den Geschmack ihres Mundes und die glatte Haut ihrer Schenkel. Sie wurde jeden Moment betrunkener, aber es war trotzdem wunderbar zu sehen, wie viel Spaß sie mit meinen Schwestern hatte.

Sie unterhielten sich gerade über ihren Dad. Paige erzählte ihnen von einem seiner Auslandseinsätze, und ich lauschte ohne jede Scham. Als Paige mir gegenüber erwähnt hatte, dass ihr Dad in der Army gewesen war, war mir klar geworden, was sie damit gemeint hatte, dass Detectives vielleicht ja gar nicht ihr Typ waren. Sie hatte das scherzhaft gesagt … aber zusammen mit ihrem Kommentar heute, dass sie die Sorgen meiner Schwestern verstand – und ihrer Aussage, dass ich sie total nervös machte, wenn ich mich ständig umsah, an dem Tag, an dem wir die Alarmanlage gekauft hatten –, lag vielleicht eine gewisse Wahrheit in ihren Worten.

Das hatte mir nicht gefallen, weil ich Paige wirklich mochte. Dass sie sich in der Kirche bei mir eingehängt hatte, hatte mich vollkommen überrascht. Die Art, wie sie die ganze Zeit mit mir gefrotzelt und mich noch mehr aufgezogen hatte als sonst… irgendwoher hatte sie gewusst, dass ich das heute gebraucht hatte. Und dieser Kuss… wie sie sich mir ergeben hatte. Bei der Erinnerung machte sich mein Schwanz bemerkbar.

Als alle Gäste verschwunden waren und nur die Familie zurückgeblieben war, stand Paige auf. Sie war mehr als etwas angeheitert. Sie konnte noch gut gehen, aber andere Dinge verrieten sie. Sie umklammerte ihr Handy zu fest; ihre Bewegungen wirkten abgehackt.

Über ihre Schulter sah ich, dass sie eine Taxi-App aufrief.

»Du musst kein Taxi rufen. Diese Wagen, in denen wir gekommen sind, warten draußen.«

»Oh.«

»Ich bringe dich nach Hause, Paige.«

Sie blinzelte zu mir auf, dann schenkte sie mir ein strahlendes Lächeln. »Das ist nett von dir. Danke.«

Auf dem Weg zum Auto legte ich einen Arm um ihre Taille und stützte sie. Ich hatte recht gehabt: Sie war betrunken.

Im Auto wurde mir klar, dass es mir selbst auch nicht besser ging. Der Champagner war mir in den Kopf gestiegen. Ich musste mich mit aller Kraft davon abhalten, Paige zu berühren. Ihr Kleid rutschte nach oben, sodass ich die glatte Haut eines Beines sehen konnte. Ich setzte mich neben sie, achtete aber darauf, keinen Körperkontakt zu suchen. Wenn ich sie jetzt küsste, würde der Fahrer eine ziemliche Show geliefert bekommen.

»Wie hat dir die Hochzeit gefallen?«, fragte ich.

»Es war toll. Ich bin so froh, dass du mich überredet hast, mitzukommen.«

Ich beugte mich zu ihr und flüsterte ihr ins Ohr: »Ich bin ziemlich gut darin, dich zu den Dingen zu überreden, die ich mir wünsche.« Ich konnte spüren, dass sie mit mir diskutieren wollte; wieder eine freche Antwort geben wollte. Fast ohne nachzudenken, berührte ich ihren nackten Schenkel, an der Stelle, wo ich auf der anderen Seite das Strumpfband hinterlassen hatte. Sie stieß ein Geräusch irgendwo zwischen einem Stöhnen und einem Seufzen aus. Als ich den Kopf zu ihr drehte, hätte ich beinahe die Kontrolle verloren. Ihre Augen waren halb geschlossen und voller Lust. Es kostete mich all meine Kraft, sie nicht zu küssen.

Doch bald wurde auch deutlich, dass sie müde war. Sie glitt tiefer in den Sitz, und ihr Kopf rollte zur Seite, als sie eindöste.

»Du bist müde. Entspann dich, ich werde dich halten.«

Ich schob die Finger unter ihr Kinn und zog ihren Kopf an meine Schulter. Bald schon war Paige eingeschlafen. Ich hätte mich gerne mit ihr unterhalten, doch das hier war für mich auch in Ordnung. Sie gab entzückende Geräusche von sich, wie eine schnurrende Katze. Ihr Haar duftete nach Erdbeeren.

Als wir vor dem Gebäude vorfuhren, in dem sie wohnte, schüttelte ich sie sanft.

»Wir sind da, Paige. Aufwachen.«

Sie öffnete blinzelnd die Augen und richtete sich auf. Ich stieg aus dem Auto, öffnete ihre Tür und reichte ihr die Hand.

»Hier wohne ich«, sagte sie unnötigerweise.

»Ich bringe dich noch zur Tür.«

Ich ließ den Blick über die Umgebung gleiten und beschloss, dass es halbwegs sicher war. Das hier war ein verschlafenes Wohnviertel. Vor Paiges Apartmenthaus war ein Innenhof und ein freier Zugang zur Treppe. Vor den Wohnungstüren gab es Laubengänge, also könnte ich beobachten, wie Paige zu ihrer Wohnung ging … aber trotzdem konnten jede Menge Spinner im Gebäude warten.

Paige trat von einem Fuß auf den anderen. »Will, ich hatte heute Abend viel Spaß, aber …«

Sie sah zum Haus, dann zum Auto. Mir wurde klar, dass sie dachte, ich wolle mich selbst in ihre Wohnung oder ihr Bett einladen. Ich trat näher an sie heran, umfasste ihr Gesicht und sah ihr direkt in die Augen.

»Lass mich dich zur Tür bringen. Ich will nur sicherstellen, dass alles okay ist.«

Sie kaute auf der Unterlippe, dann nickte sie. Dass ich keine freche Antwort bekam, zeigte mir, wie betrunken sie war. Paige lebte im ersten Stock, und ich stellte sicher, dass in der Lobby kein Spinner lauerte.

Ich brachte sie bis zur Tür und stand direkt hinter ihr, als sie nach ihrem Schlüsselbund suchte. Ich fühlte ihre Körperwärme an meiner Brust.

»Und jetzt lasse ich dich allein, Paige.«

Sie drehte sich um. »Du wolltest mich wirklich bloß zur Tür bringen?«

»Ja. Du solltest dir übrigens eine Alarmanlage besorgen.«

Sie lachte leise und salutierte mir scherzhaft. »Ja, Sir. Aber nur, wenn du mir dabei hilfst, sie zu installieren.«

»Natürlich.« Ich drückte meine Lippen auf ihre Wange, dann küsste ich erst einen ihrer Mundwinkel, dann den anderen. Und schließlich küsste ich sie richtig. Ich hatte nicht geglaubt, dass es etwas Heißeres geben könnte als den Kuss auf der Hochzeit. Doch ich hatte mich geirrt. Paige ließ sich gegen die Tür sinken, als ich meine Erkundungen vertiefte. Diesmal konnte Paige mich nach Herzenslust berühren… und das nutzte sie nach Kräften aus. Sie fing bei meinen Armen an, dann ließ sie ihre Hände über meine Schultern gleiten, bevor sie ihre Finger an meine Brust drückte. Ich stöhnte an ihrem Mund, danach fand eine meiner Hände ihren Schenkel, um nackte Haut zu berühren. Paige drängte mir ihre Hüften entgegen. Ich ließ meine Hand ein paar Zentimeter höher gleiten und hielt inne. Meine andere Hand lag auf ihrer Schulter. Ich kämpfte mit dem Drang, die Hand noch höher zu schieben. Paige schien das zu bemerken… und bewegte meine Finger für mich.

Sie würde mich umbringen. Ich musste diese Frau einfach intim berühren. Ich hatte mich kaum davon abhalten können, als ich sie auf der Hochzeit geküsst hatte. Doch nun, hier in diesem dunklen Laubengang… Zentimeter um Zentimeter ließ ich meine Hand höher gleiten, bis meine Finger zwischen ihren Schenkeln lagen. Ihr Höschen war feucht. Ich verzehrte mich danach, den Stoff zur Seite zu schieben und meine Finger in ihr zu versenken. Verdammt, ich wollte auf die Knie sinken und sie mit dem Mund verwöhnen, jetzt sofort. Stattdessen zog ich meine Hand zurück und drückte meine Handfläche gegen die Tür. Ich musste mich von Paige losreißen.

Als wir vor dem Gebäude gestanden hatten, hatte sie nicht gewollt, dass ich mit hochkam. Mittlerweile war sie nicht nur angetrunken, sondern auch noch erregt … und ich wusste, diese Kombination bedeutete, dass sie nicht klar denken konnte. Morgen würde sie es bereuen. Ich stand kurz davor, die Tür aufzubrechen und Paige in die Wohnung zu tragen, um sie dort für mich auszubreiten und mich in ihr zu versenken. Ich sammelte all meine Willenskraft und wollte mich zurückziehen … doch in diesem Moment legte sie die Hände an meine Hüften und zog mich an sich.

Verdammt, verdammt, verdammt. Ich war auch nur ein Mensch und so erregt, dass ich neben mir stand. Mein Schwanz war so hart, dass es wehtat, und meine Anzughose konnte das kaum verbergen. Mein Ständer presste sich gegen ihren Bauch, und die Reibung trieb mich in den Wahnsinn. Paige hatte ihre Hände inzwischen in meinem Haar vergraben und schlang ein Bein um meine Taille, um sich mir zu öffnen. Fast wäre ich gekommen. Ich atmete tief durch, dann löste ich meine Lippen von ihren. Ich legte die Hände an ihre Taille und schob sie sanft von mir.

»Verdammt, Paige. Du bringst mich noch um.«

Sie sah mit lustverschleiertem Blick zu mir auf. Ich wünschte mir nichts mehr, als sie in ihre Wohnung zu begleiten. Hätte ich geglaubt, dass ich die Finger von ihr lassen könnte, hätte ich es getan. Nur, um mich mit ihr zu unterhalten, um mehr darüber zu erfahren, warum mein Beruf ihr Unbehagen bereitete und wie tief das Gefühl reichte – ob es eine Beziehung verhindern würde. Ich hätte sogar zugelassen, dass sie mich wieder aufzog. Teilweise wollte ich mit ihr zusammen sein, weil ich ausgerechnet heute Nacht nicht allein sein wollte, aber auch, weil sie mich vollkommen fesselte.

Ich hatte immer auf meinen Instinkt gehört, und ich spürte deutlich, dass ich Paige zu einem Teil meines Lebens machen wollte… sie vielleicht sogar in meinem Leben brauchte. Ich war mir nicht sicher, wie ich mich damit fühlte, jemanden zu brauchen, nachdem ich dieses Konzept eigentlich seit meinem siebzehnten Lebensjahr weit von mir geschoben hatte, doch das Gefühl hatte sich im Laufe des heutigen Tages nur verstärkt. Ich konnte es nicht ignorieren.

»Geh jetzt rein. Wir sind beide angetrunken und stehen kurz davor, die Kontrolle zu verlieren. Ich werde dich morgen anrufen.«

Sie blinzelte, dann meinte sie verlegen: »Du hast recht. Danke, dass du einen klaren Kopf behältst.«

Sie drehte sich um, allerdings nicht schnell genug, um ihre seltsame Miene zu verbergen. Es wirkte wie Scham, vielleicht sogar Enttäuschung. Ich wollte das klären. Ich legte eine Hand an ihre Taille, da ich eine Berührung für halbwegs sicher hielt, jetzt, wo sie mir den Rücken zuwandte, sodass ich mich nicht in ihren Augen verlieren oder der Verlockung ihrer Lippen verfallen konnte.

Ich schob meinen Mund neben ihr Ohr. »Paige, das bedeutet nicht, dass ich dich nicht will. Das tue ich. Und ich verspreche dir… wenn wir wirklich miteinander schlafen, wirst du es nicht bereuen.« Ich knurrte fast. Ihre Knie gaben nach, und zweimal verfehlte sie mit dem Schlüssel das Schloss. Ich legte meine Hand um ihre und half ihr beim Aufschließen.

»Will…«

»Aber ich will, dass wir beide – besonders du – vollkommen nüchtern sind und wissen, was wir tun.« Ich drückte ihr einen Kuss in den Nacken, dann einen weiteren zwischen die Schulterblätter. »Und dass du Herrin deiner Sinne bist, sodass du absolut nichts verpassen kannst, was ich mit dir anstellen werde.« Ich sprach die Worte an ihrer Haut und fühlte, wie ein leises Zittern sie überlief. Danach löste ich die Hand von ihrer Taille. Sie drehte den Schlüssel und betrat ihre Wohnung. Als sie die Tür zumachte, musste ich mich mit aller Kraft davon abhalten, sofort zu klopfen.

7

Paige

Am nächsten Tag fuhr ich zum Brunch zu meinen Eltern. Meine Geschwister würden ebenfalls kommen. Ich war ganz aufgeregt, weil ich endlich richtig Zeit mit meinen Nichten verbringen konnte. Es war viel zu lange her, dass ich mit ihnen gespielt hatte. Ich zog ein luftiges Sommerkleid an, setzte mir einen großen Sonnenhut auf und packte auch etwas Sonnencreme ein. Im Garten meiner Eltern gab es ein kleines Schwimmbad, und ich hatte vor, das auszunutzen.

Ich war mit verdächtig klarem Kopf aufgewacht. Ich hatte mich vor einem Kater gefürchtet, aber so weit, so gut. Vielleicht hatte ich mir all diese Gläser voll Champagner ja nur eingebildet… ebenso wie den unglaublich heißen Kuss, den Will mir vor meiner Wohnungstür gegeben hatte. Hatte ich mir auch seine anzüglichen Versprechungen bloß eingebildet? Ein warmer Schauer überlief meinen Körper, als ich mich an seine genauen Worte erinnerte. Nein; so gut war meine Fantasie nicht. Ich wusste zu schätzen, dass er Rücksicht auf unseren angetrunkenen Zustand genommen hatte, als ich mich so vollkommen in ihm verloren hatte.

Die meisten Männer hätten sich bestimmt nicht darum geschert, dass ich nicht nüchtern war, als ich ihn vor meiner Tür quasi angesprungen hatte, obwohl ich eigentlich nicht vorgehabt hatte, ihn einzuladen, so schnell mit mir in die Kiste zu gehen.

Doch der Kuss hatte mich in Flammen aufgehen lassen, und nun … ich war ziemlich angeheitert gewesen.

Ich war der erste Gast, und wie immer empfing mich meine Mutter mit den Worten: »Liebes, du bist zu dünn.«

Woraufhin sie sich daranmachte, mir eine zusätzliche Wurst und noch eine Scheibe Brot auf den Teller zu legen.

»Warten wir gar nicht auf die anderen?«, fragte ich.

»Wir können mit ihnen noch mal essen«, sagte Mom. Ich unterdrückte ein Lächeln, und mein Vater tat dasselbe. Seitdem ich während meiner Highschoolzeit abgenommen hatte, war Mom davon überzeugt, dass ich zu dünn war. Ich hatte es aufgegeben, sie vom Gegenteil überzeugen zu wollen, und mir stattdessen angewöhnt, nach jedem Essen bei meinen Eltern ein paar zusätzliche Bahnen zu schwimmen.

Ich war allerdings die Einzige, die schon aß. Mom war zu sehr damit beschäftigt, sich um mich zu kümmern, und Dad goss gerade ein paar Rosenbüsche, die nicht von der Sprinkleranlage bewässert wurden. Seine Schritte wurden von einem leichten Humpeln begleitet – die Folge einer Verletzung vor fünfzehn Jahren. Das war eine der furchtbarsten Nächte aller Zeiten für unsere Familie gewesen. Wir hatten das Schlimmste vermutet. Ich erinnerte mich daran, wie ich mit meinen Schwestern zusammengekauert auf der Couch gesessen hatte. Keiner von uns hatte etwas gesagt. Mein Bruder war an diesem Tag schon im Bett und hatte geschlafen, also war er sich des Dramas nicht bewusst gewesen.

Meine Schwestern hatten stumm vor sich hin geweint, doch ich hatte mir ein Beispiel an Mom genommen, die ihren Tränen niemals freien Lauf gelassen hatte.

Aber als der Morgen kam, hatte sich das Haar an ihren Schläfen weiß verfärbt. Ich hatte Nachforschungen angestellt und herausgefunden, dass ein schlimmer Schock das Haar in wenigen Stunden ausbleichen konnte. Seitdem färbte sich Mom die Haare platinblond.

Ich war mir immer bewusst gewesen, wie tief die Verbindung zwischen meinen Eltern war. Ihre Liebe hatte Jahrzehnte überstanden, obwohl Dad den Großteil ihrer Ehe in Auslandseinsätzen verbracht hatte.

Mom hatte sich bemüht, ihre Pein für sich zu behalten, doch ich hatte es immer bemerkt. Sie weinte niemals vor uns, aber es hatte viele Morgen gegeben, an denen sie nicht aufgestanden war, mir erklärte, sie hätte eine Migräne, und mich bat, meinen Geschwistern das Frühstück zu machen. Dabei sah sie mich nicht einmal an. Mit der Zeit verstand ich, dass sie ihr Gesicht verbarg, weil ihre Augen vom Weinen geschwollen waren. Ich spürte ihre Angst tief in mir drin, obwohl sie stets versuchte, schlechte Nachrichten für sich zu behalten. Die Intensität ihrer Liebe zu meinem Vater jagte mir manchmal fast Angst ein.

Meine Schwestern, Miranda und Elsa, kamen gleichzeitig an. Mein Bruder tauchte eine Viertelstunde später auf. Alle hatten jeweils eine kleine Tochter, und ich knuddelte die Mädchen, bis sie sich in meinen Armen wanden. Wann waren sie so groß geworden? Gott, ich hatte sie so sehr vermisst. Wir aßen schnell, dann sprangen wir in den Pool.

»Hey, Göre, wie läuft es mit der Pension?«, fragte mein Bruder.

»Ich werde es dir erzählen, wenn du aufhörst, mich Göre zu nennen. Ich bin älter als du.«

»Und trotzdem eine Göre.« Er lächelte.

»Nächste Woche kommt ein Handwerker, um einiges in Ordnung zu bringen, und dann … geht es an den Verkauf. Das dürfte allerdings eine Weile dauern. Ich kann den Handwerker nur nach der Arbeit überwachen und vertraue niemandem genug, um ihm einfach die Schlüssel zu geben.«

»Wir können uns abwechseln«, versicherte er mir. Meine Schwestern wiesen mich ebenfalls an, sie auf die Liste zu setzen. Das würde helfen. Meine Eltern boten an, den Handwerker tagsüber zu überwachen, doch das lehnte ich ab. Wir hatten es mit dem Verkauf nicht eilig, und meine Eltern sollten ihr sehr aktives Sozialleben nicht einschränken, um in der Pension herumzusitzen. Sie gingen öfter aus als ich, machten Tanzkurse oder reisten durchs Land.

Sobald ich auf einem der Liegestühle saß, holte ich die Sonnencreme und mein Handy aus der Tasche. Ich hatte eine Nachricht von Will. Sofort beschleunigte sich mein Pulsschlag. Noch nie hatte ich mich so heftig von einem Mann angezogen gefühlt. Es war fast unheimlich.

Will: Wie geht es dir heute Morgen, meine Schöne? Hast du einen Kater?

Lächelnd antwortete ich.

Paige: Wieso hast du so eine schlechte Meinung von mir? Mir geht es wunderbar. Tatsächlich brunche ich gerade mit meiner Familie ☺

Ich spürte keine Nachwirkungen des Alkohols, aber ich hatte definitiv einen Will-Connor-Kater.

Will: Was machst du nach dem Brunch?

Ich versteckte mein Handy, als Elsa auf dem Weg zum Haus an mir vorbeiging. Auch wenn ich dachte, mein Herz hätte schon vorher wild geschlagen – war das nichts gegen den Trommelwirbel, der jetzt in meiner Brust herrschte. Wollte er … wollte er etwas mit mir unternehmen?

Paige: Weiß ich noch nicht.

Als ich seine Antwort las, hätte ich am liebsten einen Freudentanz aufgeführt.

Will: Lass uns etwas zusammen machen.

Paige: Definiere *etwas*.

Will: Ich bin mir noch nicht sicher. Bist du eigentlich spontan?

Wenn es um Will ging, war ich anscheinend zu allem bereit. Unter anderem dazu, mich von ihm vor meiner Wohnungstür küssen zu lassen.

Paige: Dann schlag mal was vor, Will Connor.

Will: Wie wäre es mit einem Ausflug in die Berge? Eine kurze Wanderung?

Ich starrte einen Moment auf das Handydisplay, weil ich mich fragte, ob so etwas wohl als Date durchging. Oder… hingen wir einfach miteinander ab, was auch immer das bedeuten sollte? Nach letzter Nacht war klar, dass Will daran interessiert war, mit mir ins Bett zu gehen, aber wollte er auch mehr?

Ich spielte an meinem Handy herum, während ich nachdachte. Er hatte mich zur Hochzeit seiner Schwester mitgenommen, was süß und sehr persönlich gewesen war. Viel zu viel Mühe, um mich nur ins Bett zu bekommen – obwohl ich mir in diesem Punkt natürlich nicht sicher sein konnte.

Paige: Gerne. Ich liebe Wandern.

Will: Ich weiß. Das hast du mir gestern erzählt ☺

Daran konnte ich mich nicht einmal erinnern. Plötzlich hatte ich Schmetterlinge im Bauch. Ich lächelte und beschloss, das Ganze als Date zu betrachten. Und hoffte inständig, dass Will das nicht anders sah.

Will: Sag mir Bescheid, wenn dein Brunch vorbei ist.

Ich schob mein Handy wieder in meine Tasche, bevor ich mich einschmierte. Allerdings war es nicht so einfach, meine Aufregung zu verbergen. Ich sah zu Miranda, die mit ihrem Ehemann lachte, dann zu meinem Bruder, der seine Tochter durchs Wasser jagte. Danach stürzte ich mich ebenfalls in die Fluten, obwohl die Sonnencreme wahrscheinlich noch nicht eingezogen war. Wenn ich alt und grau war, würde ich meine impulsiven Handlungen bereuen, aber im Moment waren mir die Folgen vollkommen egal.

Ich schwamm Bahnen, dann spielte ich mit meinen Nichten und benahm mich meinem Bruder gegenüber wie eine richtige Göre, da ich meinem Spitznamen schließlich gerecht werden musste. Ich zog sogar Dad ins Wasser, als er vorbeiging, obwohl er voll angezogen war.

»Paige«, mahnte meine Mutter mich lächelnd, doch Dad war nicht sauer. Ich hatte den Mann nicht einmal in meinem Leben wütend gesehen. Er steckte es einfach weg.

Als meine Geschwister verkündeten, dass sie aufbrechen mussten, fing ich an, darüber nachzudenken, was ich zu meinem Treffen mit Will anziehen sollte. Weswegen ich ihm erst schrieb, dass der Brunch beendet war, als ich wieder in meiner Wohnung stand – denn ich musste mich nicht nur umziehen, sondern hatte im Schwimmbad auch festgestellt, dass ich mal wieder den Rasierer zum Einsatz bringen musste. Diesmal rasierte ich mich auch im Schambereich und trug hinterher eine Creme auf, die wahnsinnig gut duftete.

Dann schmiss ich mich in Wanderklamotten. Der Stoff lag ein wenig zu eng an. Ich grinste, weil ich mir Wills Miene vorstellte, wenn er mich sah. Er hatte letzte Nacht kaum seine Hände bei sich behalten können. Gott allein wusste, was er heute tun würde.

Will fuhr auf seinem Motorrad vor, mit seinem üblichen Grinsen. Er ließ seinen Blick über meinen Körper gleiten, und plötzlich fühlte ich mich vollkommen nackt.

»Du hast zwei Jacken«, merkte ich an.

»Habe mir eine geliehen«, erklärte er, als er mir eine entgegenstreckte. Von einer Frau, dachte ich, als ich das Kleidungsstück anzog. Es war mir ein wenig zu groß, und ich rümpfte die Nase, als Begonienduft aus dem Leder aufstieg. Wills Jacke wäre mir lieber gewesen. Ich war schwer in Versuchung, mich nach dieser Bekannten zu erkundigen, doch mir fiel kein Weg ein, wie ich das hinkriegen sollte, ohne dabei zu wirken, als würde ich meine Nase in Angelegenheiten stecken, die mich nichts angingen.

War sie eine Ex-Freundin? Eine Freundin mit gewissen Vorzügen? Ein Mann mit Wills Aussehen hatte wahrscheinlich von beidem eine Menge. Ich ging davon aus, dass seine Kuss-Expertise einer Menge Übung entsprungen sein musste. Als wir auf das Motorrad stiegen, fühlte ich mich seltsam niedergeschlagen – was lächerlich war.

Will nach dem Kuss von gestern Abend so nahe zu sein, war die reine Folter. Ich war dankbar, dass er diesmal eine Jacke trug, da ich ihn so nicht wieder befingern konnte. Das hielt mich allerdings nicht davon ab, es zu versuchen. Ich trommelte mit den Fingern auf seine Bauchmuskeln, weil ich dachte, ich könnte behaupten, dass ich nur nach Halt suchte … um mich sicher festzuhalten, natürlich. Als Will sich räusperte, erstarrte ich für einen Moment, dann schlang ich die Arme um seine Hüften. Ich setzte mich so, dass wir uns nicht direkt berührten, doch jedes Mal, wenn er bremste oder wir uns in eine Kurve legten, rutschte mein Körper nach vorne, und meine Mitte kollidierte mit seinem Hintern. Und ich … kochte vor mich hin, oder wie auch immer man es ausdrücken wollte.

Wir nahmen den Freeway nach Pasadena und fuhren auf der Lake Avenue ab. Als wir die Berge erreichten, war mir ziemlich heiß, und ich wünschte mir fast, wir wären stattdessen ans Meer gefahren. Ich musste dringend ins Wasser springen und mich abkühlen.

»Hier gibt es ein paar Spinde. Wir können die Helme einschließen, aber die Jacken sollten wir mitnehmen. Könnte kühl werden.«

»Gut mitgedacht.«

Ich sah mich um und sog die kühle Bergluft in meine Lunge. Ich hatte mich oft gefragt, wieso alle bei der Erwähnung von L.A. nur ans Meer dachten, obwohl die Berge genauso beeindruckend waren. Heute war es hier ziemlich voll. Anscheinend war Will nicht der Einzige, der der Hitze entkommen wollte. Sobald wir die Helme verstaut hatten, rief Will auf seinem Handy eine Wanderweg-App auf.

»Wie weit willst du gehen?«, fragte er.

»Mehr als fünf oder sechs Kilometer schaffe ich nicht.«

Er deutete auf einen Weg. »Der hier bietet tolle Aussichten.«

»Dann haben wir unseren Weg gefunden.«

Bevor wir aufbrachen, kaufte Will noch zwei kleine Flaschen Wasser, die in unsere Jackentaschen passten. Er musterte die verschiedenen Gruppen, die den Weg entlangwanderten, und sofort stellten sich meine Nackenhaare auf. Er zog wieder diese *Stille Bürgerwehr*-Sache durch … und ich mochte das wirklich nicht, weil es dafür sorgte, dass ich mich bei jedem Schritt sichernd umdrehen wollte. Zuerst sagte ich nichts, doch nach ungefähr zwanzig Minuten konnte ich nicht mehr schweigen.

»Will, ich habe eine Regel für den heutigen Tag«, verkündete ich fröhlich, in der Hoffnung, den Inhalt meiner Worte so abmildern zu können.

Er legte den Kopf schief. Ein Lächeln spielte um seine Lippen. »Und sehe ich für dich aus wie ein Mann, der sich an Regeln hält?«

Ich hatte keine Ahnung, wieso das so sexy klang, aber so war es. Und ich musste darum kämpfen, meine Gedanken zu ordnen.

»Du bist Polizist. Regeln sind dein Job.«

»Genau. Ich setze sie durch. Ich selbst dagegen betrachte Regeln eher als vage Anregungen.«

Er trat näher, was mir auch nicht dabei half, klar zu denken.

»Nein, also … und was sagen deine Vorgesetzten dazu?«

»Ich breche die Regeln nur in meiner Freizeit. Also, was für eine Regel wolltest du aufstellen?«

Ich atmete tief durch. »Ich mag es nicht, wenn du dich ständig auf die Suche nach möglichen Gefahren begibst.«

Will erstarb das Lächeln auf den Lippen. »Stimmt. Das hatte ich vergessen. Tut mir leid, ist eine Angewohnheit.«

Ich nickte und bereute fast, das Thema angesprochen zu haben, weil die Lockerheit zwischen uns plötzlich verschwunden war.

»Dad tut dasselbe. Mich macht das immer nervös.«

Will rieb sich das Kinn, dann warf er sich die Jacke über die Schulter. »Ich verspreche, dass ich mich bemühen werde.«

Als wir auf dem Weg höher stiegen, fragte Will: »Wie war der Brunch mit deiner Familie?«

Ich klatschte in die Hände. »Lustig, wie immer. Ich habe mein Bestes gegeben, mich wie eine Göre zu benehmen.«

Will lachte. »Warum?«

»Nun, ich war als Kind eine ziemliche Göre, woran mein Bruder mich ständig erinnert. Er besteht sogar heute darauf, mich so zu nennen, also … wenn ich das Image schon nicht loswerden kann, dann zelebriere ich es.«

Will lachte noch heftiger. »Wieso überrascht es mich nicht, dass du eine Göre warst?«

Ich tat so, als wäre ich beleidigt. »Und das soll heißen?«

Er trat näher, bis sein Gesicht direkt vor meinem schwebte. »Du treibst mich ein wenig in den Wahnsinn, Paige. Weißt du das?«

»Tue ich das?«

Er nickte, dann ließ er seinen Daumen über mein Kinn gleiten. Ich wünschte mir, er würde meine Lippen berühren. Stattdessen trat er zurück und bedeutete mir, weiterzugehen. Als wir höher stiegen, fing ich an, ihn mit Fragen zu löchern.

»Also warst du nicht der Frechdachs in deiner Familie?«

»Nein. Ich würde sagen, diesen Titel teilen sich Jace und Hailey.«

»Und du warst …«

»Frag meine Geschwister. Ich bin mir sicher, dass sie keinerlei Probleme haben, mich mit einem Etikett zu versehen. Ich hatte allerdings nach dem Tod unserer Eltern eine ziemlich wilde Phase.«

»Dein Verlust tut mir leid. Wie alt warst du?«

»Sechzehn. Ich war ein rebellischer Teenager, und danach bin ich ein wenig außer Kontrolle geraten.«

»Sehr verständlich«, meinte ich leise. Wir gingen nebeneinander, also ergriff ich seine Hand. Es war eine rein instinktive Geste, wie auf der Hochzeit. Und genau wie auf der Hochzeit drückte er sanft meine Finger.

»Manchmal glaube ich, der einzige Grund, wieso ich nicht vollkommen unter die Räder gekommen bin, sind meine

Geschwister. Ich musste für sie da sein. Landon und Val haben die Hauptlast gestemmt. Sie haben Dads Pub geführt, hatten aber kaum Zeit für etwas anderes.«

»Also hast du auf deine kleinen Geschwister aufgepasst?«, vermutete ich.

Er nickte. »Habe sie beaufsichtigt, ja. Habe bei den Hausaufgaben geholfen. Gekocht. Sie waren ein paar Jahre jünger als ich. Hailey hat sich immer in Ecken verkrochen und geweint, wenn sie dachte, niemand würde etwas bemerken. Ich habe mich oft ziemlich zum Narren gemacht, um sie zum Lachen zu bringen. Es hat funktioniert. Aber als Jace angefangen hat, mir nachzueifern und auch Blödsinn anzustellen, wurde mir klar, dass ich damit aufhören musste. Wenn nicht meinetwegen, dann für ihn.«

Ich trat näher zu ihm, bis unsere Arme sich berührten.

»Du bist ein toller Bruder.«

»Hailey hat sich ab dreizehn zu einer ziemlichen Plage entwickelt«, meinte Will grinsend. »Hat meine Verabredungen sabotiert.«

»Ich glaube, Hailey könnte meine Seelenverwandte sein.«

»Sie ist ein toller Mensch. All meine Geschwister sind das.« Ich liebte es, die Zuneigung in seiner Stimme zu hören. Ich hatte bisher kaum Familien getroffen, die sich ähnlich nahestanden, wie es in meiner der Fall war.

»Erzähl mir von deiner Familie«, bat er.

»Nun, als wir klein waren, sind wir wegen Dad oft umgezogen. Aber dann hat Mom erklärt, es würde zu viel, und wir haben uns in L.A. niedergelassen, wo meine Großeltern wohnten. Mom hat angefangen zu arbeiten. Sie hat gesagt, sie bräuchte einen Beruf, und ist Immobilienmaklerin geworden. Also haben meine Geschwister und ich die meisten Nachmittage in der Pension verbracht. Gott, wir hatten so viel Spaß.«

Wir unterhielten uns eine Weile über Jace und seine Fußballkarriere, doch als der Weg steiler wurde, sparte ich mir meinen Atem.

Will legte eine Hand an meinen Rücken und schob mich über eine etwas gefährliche Stelle. Als wir weitergingen, glitt seine Hand tiefer, um schließlich knapp über meinem Hintern zu verweilen. Ich schluckte schwer, als ich fühlte, wie er einen Finger über mein Steißbein gleiten ließ, und musste an unseren Kuss von gestern Abend denken. Jedes Mal, wenn ich daran dachte, fand ich die Erinnerung heißer … und mir wurde auch heißer.

Irgendwann erreichten wir ein Plateau, und ich dankte dem Himmel dafür, weil die Muskeln in meinen Beinen langsam anfingen zu protestieren.

»Willst du dich ein wenig ausruhen?«, fragte Will.

»Oh, bitte.«

Er führte mich zu einer kleinen Lichtung, und … Wow. Die Aussicht war unfassbar schön. Vor uns erstreckte sich ein kleiner Canyon mit Wasserfall, und dahinter lag die Stadt der Engel.

»Wie hoch sind wir über der Stadt?«, fragte ich fast ehrfürchtig.

»Keine Ahnung. Aber die Aussicht ist toll, nicht wahr?«

»Die beste.«

Wir setzten uns nebeneinander, den Blick auf L.A. gerichtet, und Will nahm einen Schluck aus seiner Wasserflasche. Dann bot er sie mir an, und ich trank aus seiner, obwohl ich meine eigene Flasche hatte. Und sofort musste ich wieder an unseren Kuss denken.

Als hätte er meinen inneren Aufruhr gespürt, rutschte Will noch näher an mich heran, bis unsere Hüften sich berührten. Ich sah zu ihm auf und ertappte ihn dabei, wie er meine Lippen anstarrte. Ich ließ meine Zunge darübergleiten.

»Ich habe noch eine Regel«, verkündete ich. »Du darfst mich hier draußen nicht so küssen wie gestern Nacht.«

Will schmunzelte. »Hast du vorhin nicht gehört, was ich über Regeln gesagt habe?«

»Oh, natürlich. Aber das bedeutet nicht, dass ich tun muss, was du sagst.«

»Hey, du kannst mich doch in der Öffentlichkeit nicht so antörnen.«

Dieses Funkeln in seinen Augen? Wunderbar.

»Wieso nicht?«

»Das ist heiß, und ich will nicht wegen Erregung öffentlichen Ärgernisses verhaftet werden.«

»Oh.«

»Genau. Oh. Ich bin schließlich Polizist. Das wäre ganz schön peinlich.«

Plötzlich war mein Kopf voller gemeiner Ideen. Wie weit konnte ich gehen, bevor er das alles vergaß? Müsste ich einmal sticheln? Zweimal? Dreimal?

»Paige.« Sein Tonfall war warnend. Er sah mich an, als wüsste er genau, was ich gerade dachte. »Keine Sorge. Ich werde dich nicht küssen.«

»Moment … gar nicht?«

Einer seiner Mundwinkel hob sich. Dann der andere. Ich hatte ihm gerade jede Menge Munition geliefert, aber das war mir egal. Ich wollte meinen Kuss.

»Du bist ziemlich begierig«, murmelte er. Er hob erneut

die Hand an mein Kinn, um es mit dem Daumen zu liebkosen. Dann ließ er den Daumen über meine Lippen gleiten, von einer Seite zur anderen. Ich hielt den Atem an, als ich darauf wartete, dass er näher kam … bis er es endlich tat. Die Berührung elektrisierte mich, obwohl dieser Kuss vollkommen anders war. Langsam und süß, eine sanfte Erkundung. Will drückte einen Kuss auf meine Oberlippe. Dann auf meine Unterlippe. Ich brauchte seine Zunge, jetzt sofort. Er ließ seine Zunge in meinen Mund gleiten, liebkoste meine in einem trägen Rhythmus. Es war wunderbar. Gott, es sollte verboten sein, zu küssen wie dieser Mann. Als der Kuss endete, zog sich keiner von uns zurück, sodass wir dieselbe Luft atmeten.

Dann schob Will sanft die Hand in mein Haar, hob mein Kinn ein wenig an und küsste mich wieder, diesmal alles andere als sanft. Schnell stieg wieder Lust in mir auf. Konnte dieser Mann auch mal Gnade walten lassen? Ich hätte ihn ja dafür gescholten, dass er meine Regel vollkommen ignorierte, doch ich genoss den Kuss zu sehr, um mich von Will zu lösen.

»Ich habe dir doch gesagt, dass du mich in den Wahnsinn treibst«, murmelte er, als wir nach Luft schnappen mussten. »Ich will es langsam angehen, aber dann liegst du in meinen Armen und …« Er musste den Satz nicht zu Ende sprechen, weil ich genau wusste, was er meinte. Mir ging es genauso.

»Lass uns die Aussicht genießen, hm?«, schlug er vor. Ich beneidete seine Willenskraft, weil ich eigentlich bloß ihn ansehen wollte. Doch ich versuchte, das Richtige zu tun, und drehte mich, um wieder über die Stadt hinwegzublicken. Langsam wurde es ein wenig kühl, also zog ich die Jacke an und zog die Knie so eng an die Brust wie nur möglich. Will glitt hinter mich, sodass sein Körper mich fast umhüllte. Mein Rücken lehnte an seiner Brust, und seine Schenkel lagen um meine.

»Ist dir nun wärmer? Oder sollen wir aufbrechen?«

»Ich will nicht gehen«, sagte ich eilig. »Dafür finde ich es zu schön hier.«

»Ich werde dich warm halten.«

Und wie er das tat. Er vergrub seine Nase an meinem Hals. Die Berührung, zusammen mit seinem heißen Atem auf meiner Haut, hätte schon ausgereicht, um ein Feuer in mir zu entzünden. Doch Will ging noch einen Schritt weiter, indem er immer wieder auch seine Zunge über meine Haut gleiten ließ. Jedes Mal, wenn er das tat, zuckte ich zusammen, weil ich einen Stich zwischen den Beinen fühlte.

»Wie läuft es mit der Finanzierung deines Bildungsprojektes?«

»Wir stehen noch ganz am Anfang, sobald ich allerdings ein paar Unterstützer habe, wird es schneller gehen. Mein Boss wird sich nicht leicht überzeugen lassen, aber ich gebe auch nicht so schnell auf.«

»Mir gefällt, wie entschlossen du bist.«

Ich war stolz auf meine Projekte, und für mich gab es kein schöneres Kompliment, als wenn jemand meine Arbeit lobte.

Will schlang die Arme um meine Schultern und drückte mir einen Kuss auf die Schläfe. Er lachte leise, und ich hatte das Gefühl, ich könnte ewig in seinen Armen verweilen. Ich spielte mit seiner rechten Hand und betastete die Schwielen an seinen Fingern. Ich wusste, dass es bei seiner Arbeit manchmal rabiat zugehen konnte. Ich hätte nachfragen können, doch ich hatte das Gefühl, dass er nicht gerne darüber sprach, also folgte ich meinem Gefühl und drückte einen Kuss auf jede Fingerspitze.

Will saß plötzlich sehr still. »Was tust du da?«

»Ich küsse«, erklärte ich, ohne innezuhalten. Ich schenkte jedem Finger einzeln meine Aufmerksamkeit, und als ich bei seinem Daumen ankam … knurrte Will. Es gab einfach kein anderes Wort, um dieses Geräusch zu beschreiben.

»Wenn du damit nicht aufhörst, sind wir doch noch wegen Erregung öffentlichen Ärgernisses dran.«

Ich wollte verdammt sein, wenn sich das nicht nach einer guten Idee anhörte. Aber ich hörte auf und lachte, als ich Wills erleichtertes Aufatmen an meiner Wange spürte. Wir blieben noch eine gute Stunde sitzen, unterhielten uns über alles Mögliche, dann stiegen wir wieder ab. Je näher wir dem Ende des Weges kamen, desto voller wurde es. Da alle noch den Sonnenuntergang abgewartet hatten, drängte sich eine ziemliche Menge vor den Schließfächern. Ich sah hin und wieder zu Will und konnte erkennen, dass er sich wirklich Mühe gab, sich nicht ständig sichernd umzusehen. Ich fühlte mich schlecht, weil ich ihn darum gebeten hatte, aber ich hatte mich damit nicht wohlgefühlt.

Die Fahrt zurück zu meiner Wohnung war reines Adrenalin. Ich genoss sie sogar noch mehr als die Fahrt am Mittag, da die Sonne nicht mehr vom Himmel brannte. Erneut brachte Will mich bis zu meiner Tür.

»Ich fand die Wanderung toll«, meinte ich.

»Ich auch. Ich hatte allerdings nicht damit gerechnet, dass es so voll ist. Mir gefällt es besser, wenn weniger Leute da sind, aber ich ziehe die Berge auf jeden Fall dem Meer vor.«

»Ja, ich kann definitiv bestätigen, dass du ein Mann aus den Bergen bist und alles.«

»Was genau willst du damit andeuten? Dass ich keine Manieren habe?«

Hmmm … dieser Mann hatte mich gebeten, ihn in der Öffentlichkeit nicht auf die Palme zu bringen, aber konnte ich mir diese Gelegenheit wirklich entgehen lassen?

»Du hast bei der Hochzeit die Hand unter mein Kleid geschoben. Wenn das nicht auf einen Mangel an Manieren hindeutet, dann weiß ich auch nicht.«

»Es wurde von mir verlangt. Und besser ich als jemand anderes.« Will lächelte selbstgefällig, und bevor ich wusste, wie mir geschah, lag sein Mund auf meinem. Puh, dieser Mann küsste mich nach allen Regeln der Verführungskunst, bis ich atemlos und erregt war.

Mir schwirrte der Kopf, als er sich zurückzog und seine Wange an meine drückte.

»Ich sollte jetzt besser fahren. Ich muss morgen früh raus«, sagte er.

Ich nickte, immer noch benommen von dem Kuss, und er ging. Dann, als ich mich umdrehte, um meine Tür aufzuschließen, erinnerte ich mich daran, wie Will mich bei diesem Kuss gestern Abend dagegengedrückt hatte … und mir wurde klar, dass er nicht mal versucht hatte, mit mir in die Wohnung zu kommen. Und so spät war es ja noch gar nicht. Bedeutete die Tatsache, dass ein Mann nicht versuchte, sich noch auf eine Tasse Kaffee bei einer Frau einzuladen, dass er nicht auf sie stand? Hatte der heutige Tag ihn enttäuscht? Bis auf den etwas unangenehmen Moment, als ich meine erste Regel festgelegt hatte, hatten wir Spaß gehabt. Zumindest hatte ich das gedacht. Doch jetzt hatte der selbstbewusste, penetrante Will Connor nicht mal versucht, sich von mir in meine Wohnung einladen zu lassen.

Obwohl er mich geküsst hatte, als wünsche er sich, ich wäre nackt in seinen Armen.

Der Montag begann mit einem Knall. Ich setzte mich in dasselbe Café in Venice Beach, das sich schnell zu meinem Lieblingsort zum Arbeiten entwickelte, um dort noch ein paar Präsentationen vorzubereiten. Ich war motiviert und fragte mich, wieso Leute Montage so hassten. Zuerst checkte ich aber meine Mails und wünschte mir sofort, es wäre schon fünf Uhr, damit ich mir ohne Schuldgefühle einen Cocktail bestellen könnte.

> Ms Lamonica,
>
> voller Bedauern möchten wir Sie darüber informieren, dass es uns nicht möglich ist, Ihr Projekt zu unterstützen. Es passt nicht zu unserer Firma, aber wir wünschen Ihnen trotzdem viel Erfolg für Ihre Pläne.
>
> Mit freundlichen Grüßen
> Kennedy Fellows,
> im Namen von Christian Lackeroy

Was sollte das, verdammt noch mal? Ich starrte auf meinen Laptop, während ich verschiedene Phasen der Wut scheinbar gleichzeitig durchlief. Natürlich wusste ich, dass Leute manchmal ihre Meinung änderten. Einige waren zu höflich, um mich bei einem Treffen zurückzuweisen, also schickten sie mir später eine E-Mail. Andere dachten, ein bestimmtes Projekt könnte ihnen gute PR liefern, um dann ein wenig zu rechnen und festzustellen, dass sie sich die Spende nicht leisten konnten. Doch Lackeroy hatte ehrlich interessiert gewirkt.

Ich ließ mich in meinem Stuhl nach unten sinken, massierte mir die Schläfen und atmete so ruhig wie möglich. War er nur daran interessiert gewesen, mir an die Wäsche zu gehen? Lag es daran? Ich wollte das nicht glauben. Ich war keine naive Zwanzigjährige; ich arbeitete schon fast acht Jahre in meinem Job. Ich erkannte Interesse, wenn ich es sah, und Lackeroy war bereit gewesen, das Projekt zu unterstützen. Ich hatte mich darauf verlassen und wollte seine Firma sogar in anderen Präsentationen erwähnen. Für gewöhnlich wurde es leichter, neue Spender anzuwenden, wenn bereits eine große Firma an Bord war. Also wählte ich seine Nummer, statt mich einfach mit der Mail zufriedenzugeben.

»Hallo, Paige.« Ich hatte damit gerechnet, seine Sekretärin zu erreichen, also brachte es mich etwas aus der Fassung, seine Stimme zu hören.

»Christian. Hallo. Danke, dass du den Anruf entgegennimmst. Ich will gleich zum Punkt kommen. Ich habe eine E-Mail von deiner Sekretärin bekommen, in der steht, dass ihr das Projekt nicht unterstützen könnt. Vergib mir, wenn ich zu direkt bin, aber du schienst bei unserem Treffen sehr begeistert von dem Projekt.«

»Dein Projekt ist definitiv interessant, aber ich habe schon damals Zweifel zur Durchführbarkeit geäußert.«

»Im Moment würdet ihr euch noch nicht verpflichten, sondern nur euer Interesse ausdrücken«, erklärte ich. Noch klammerte ich mich an die Hoffnung, dass es sich einfach um ein Missverständnis handelte.

»Das ist mir klar. Ich mache dir einen Vorschlag: Wieso treffen wir uns nicht noch mal und reden darüber? Bei einem Abendessen?«

Meine Schultern sanken nach unten. Ich hatte so ein Gefühl, dass ich genau wusste, worauf das hinauslief… aber ich versuchte, die Situation noch zu retten. »Ich schaue gern noch mal in deinem Büro vorbei.«

»Nicht in meinem Büro. An einem weniger öffentlichen Ort.«

Ich umklammerte mein Handy fester und versuchte, gleichmäßig zu atmen. Mein Blut kochte förmlich, doch ich musste professionell bleiben. »Ich diskutiere in meiner Freizeit keine geschäftlichen Dinge, Christian.«

»Oh, wir würden nicht nur übers Geschäft reden, sondern uns auch besser kennenlernen.«

»Ich glaube, ich habe deine Einladung zum Abendessen bereits einmal ausgeschlagen.«

»Das ist deine Chance, es dir anders zu überlegen.«

Wieder atmete ich langsam durch. Ich musste ruhig bleiben. Ich musste vor allem professionell bleiben.

»Ich biete noch einmal an, in dein Büro zu kommen, aber sonst nichts.«

»Nun, Paige, dann wünsche ich dir alles Gute. Ich fürchte, wir können das Projekt nicht unterstützen. Ich wünsche dir einen schönen Tag.«

»Ebenso«, stieß ich durch meine zusammengebissenen Zähne hervor, bevor ich auflegte. Dann stellte ich fest, dass ich vor Wut am ganzen Körper zitterte. Ich verabscheute Männer wie Lackeroy, die ihre Position einsetzten, um andere auszunutzen. Ich liebte meinen Job, und ich glaubte an das Projekt, doch ich würde mich dafür nicht prostituieren. Ich hatte noch jede Menge andere Eisen im Feuer und würde heute weitere Präsentationen vorbereiten. Aber eine halbe Stunde später hatte ich kaum Fortschritte gemacht. Ich war nach wie vor viel zu wütend. Ich musste mich beruhigen, wenn ich heute irgendetwas schaffen wollte. Wahrscheinlich hätte es geholfen, ins Meer zu springen und ein wenig zu schwimmen, doch ich hatte meinen Bikini nicht dabei, und außerdem konnte ich meine Tasche und meinen Laptop nicht so lange unbeaufsichtigt herumstehen lassen. Also ging ich stattdessen auf die Toilette und spritzte mir kaltes Wasser ins Gesicht. Hinterher konnte ich klarer denken und stellte in einer Stunde zwei weitere Präsentationen fertig. Die Sache mit Christian ärgerte mich allerdings immer noch – hauptsächlich, weil ich bei unserem Treffen so gutgläubig gewesen war. Wieso hatte ich die Situation so falsch gedeutet? Meine Gedanken schossen zu Will. Hatte ich die Situation mit ihm auch falsch gedeutet? Ich nahm einen Schluck von meinem Orangensaft, weil ich mich weigerte, noch mehr Zeit darauf zu verschwenden, meine Verabredung mit Will in Gedanken zu sezieren. Ich war nicht mehr das Mädchen, das jedes Detail noch einmal im Kopf durchging, um in jeder Äußerung nach versteckten Bedeutungen zu suchen und sich selbst in Zweifel zu ziehen. Ich hatte keine Zeit für so was. Ich musste Präsentationen fertigstellen und traf mich heute Abend mit meinem Bruder in der Pension. Ich hoffte inständig, dass er meine Nichte mitbrachte, weil ich das Mädchen dringend knuddeln wollte.

8 *Will*

Ich wusste, sie würden mich einem Verhör unterziehen, sobald ich Haileys Haus betrat. Val war ebenfalls da, doch statt mir Vorwürfe zu machen, weil ich zu spät kam, lächelten meine Schwestern scheu. Hailey malerte ihr Wohnzimmer; Val, Jace und ich hatten versprochen, ihr zu helfen. Die beiden hatten damit bereits angefangen.

»Mädels, wieso habt ihr nicht auf mich gewartet?«

»Wir dachten, wir könnten schon mal loslegen.«

Sie hatten bisher ein ziemliches Chaos angerichtet. Auf Haileys Wange leuchtete ein Fleck, und Val hatte Farbe in ihrem Haar verteilt. Gerade als ich nach der dritten Farbrolle griff, kam auch Jace an. Wir teilten den Raum gerecht unter uns auf, obwohl es mir persönlich lieber gewesen wäre, nur mit Jace zu arbeiten. Die Mädels neigten dazu, sich ständig zu unterhalten, was hieß, dass sie kaum vorankamen, aber trotzdem alles durcheinanderbrachten.

Als wir uns unseren jeweiligen Wänden zuwandten, fragte Hailey: »Wie war deine Wanderung gestern, Will?«

Ich hatte in dem Moment gewusst, dass diese Frage kommen würde, als ich mir ihre Lederjacke ausgeliehen hatte.

»Toll. Aber die Wanderwege waren ziemlich voll.«

»Ist Paige inzwischen zur Vernunft gekommen, oder mag sie dich immer noch?«, zog Val mich auf.

»Paige ist sehr klug. Sie erkennt einen guten Fang, wenn sie ihn sieht«, schoss ich zurück.

Val stieß einen Pfiff aus. »Hey, Bruderherz, sie hat dich wirklich um den kleinen Finger gewickelt, oder?«

Ich richtete mich höher auf. »Ich bin ein erwachsener Mann …«

»Der quasi jeden aus dem Weg geschubst hat, um sicherzustellen, dass er dieses Strumpfband fängt, nachdem er hoch und heilig geschworen hatte, es nicht mal versuchen zu wollen«, warf Hailey pseudohilfsbereit ein. Damit hatte sie nicht ganz unrecht. Paige verwirrte mich ein wenig. Doch nachdem sie den Brautstrauß gefangen hatte, hatte es in meinem Hirn einfach klick! gemacht. Ich hatte die ganzen Männer gesehen, die auf die Tanzfläche eilten, und nur denken können: *Auf keinen Fall.*

Ich war mir nicht sicher, ob es daran lag, dass wir beide ein enges Verhältnis zu unseren Familien hatten, oder an der Tatsache, dass ihre frechen Sprüche süchtig machten, aber in Paiges Nähe fühlte ich mich, als könnte ich das erste Mal in meinem Leben richtig durchatmen. Ich hatte gestern viel Spaß gehabt, obwohl es mir nicht leichtgefallen war, meine *stille Bürgerwehr* in Schranken zu halten, wie sie es nannte. Es lief meinen Instinkten zuwider – ging gegen alles, was mich ausmachte –, aber ich wollte auf keinen Fall, dass sie sich unwohl fühlte. Ich wollte diese Sache mit Paige erkunden und herausfinden, wo es hinführen konnte, auch wenn meine Beziehungen bisher unter keinem guten Stern standen.

Ich konnte nicht behaupten, dass es mir mit einer der Frauen, mit denen ich ausgegangen war, richtig ernst gewesen wäre. Ich konnte das nicht erklären, und ich tat das auch nicht bewusst, sondern hatte irgendwie einfach nie die tiefe Verbundenheit empfunden, die meines Erachtens die Grundlage für eine Partnerschaft darstellte. Die wenigen Beziehungen, die ich geführt hatte, waren monogam und auf gegenseitigen Respekt aufgebaut, aber sie hatten nirgendwohin geführt. Vielleicht war ich einfach nicht fähig, mich auf jemanden einzulassen – einige der Frauen, mit denen ich ausgegangen war, hatten diese Vermutung zumindest geäußert.

»Du dachtest, es wäre total clever, in Begleitung auf die Hochzeit zu gegen. Und jetzt …« Jace grinste und wedelte mit der Hand, als fehlte ihm die Worte.

»Jace, schikanier ihn nicht«, mahnte Val.

»Aber du tust es doch auch.«

»Sicher, aber wir sind seine Schwestern. Das ist unser Job. Du solltest auf seiner Seite stehen.«

»Selbst Val ist das klar, Mann«, sagte ich mit einem Grinsen. Doch, ehrlich gesagt, mochte ich es, wenn Jace mich aufzog. Und ich revanchierte mich, sooft ich konnte. Trotzdem schadete es nie, einen Verbündeten an seiner Seite zu haben.

»Außerdem musst du gerade reden, Jace«, meinte Hailey. »Du warst ganz hin und weg von dieser Blondine, die Pippa dir vorgestellt hat.«

»Was soll ich sagen? Pippa hat diesmal ins Schwarze getroffen. Aber Blondie war nur für die Hochzeit in der Stadt, also war's das mit der großen Liebe.«

Ich lauschte auf das Geräusch sich bewegender Farbrollen. Jace und ich schienen die Einzigen zu sein, die tatsächlich arbeiteten. Ich drehte mich halb, um meinen Verdacht zu bestätigen. Ja, die Damen standen bloß rum.

»Mädels, wann lernt ihr endlich multitasken? Entweder ihr streicht und tratscht, oder ihr gebt endlich zu, dass ihr euch beim Malern furchtbar anstellt.«

Hailey und Val wechselten einen Blick, dann stürzten sie sich gleichzeitig auf mich. Farbe flog in alle Richtungen. Jace beobachtete uns lachend.

Als ich zwei Stunden später das Haus verließ, waren mein Hemd und meine Jeans mit Farbflecken übersät. Gesicht und Arme hatten ebenfalls etwas abbekommen, doch das hatte ich bereits abgewaschen. Aber das Wohnzimmer war gestrichen und Hailey glücklich. Und ich war froh, dass meine Schwester endlich lebte wie ein normaler Mensch. Ein paar Jahre lang – als sie als Unternehmensberaterin gearbeitet hatte – schien sie sich in einem Wettrennen gegen die Zeit verloren zu haben. Ständig auf dem Sprung, um ein Projekt zu Ende zu bringen, ein Flugzeug zu erwischen. Das hätte mir nichts ausgemacht, wenn sie dabei glücklich gewesen wäre … aber das war sie nicht. Nicht, dass Hailey das je zugegeben hätte – doch sie hatte viel seltener gelächelt als normal und hatte irgendwie gequält gewirkt, wann immer sie bei den freitäglichen Abendessen über ihren Job gesprochen hatte. Aber jetzt war sie hier, mit einem neuen Job, zufrieden und jederzeit bereit, mit Lori und Val eine Geheime Connor-Intervention zu planen. Oder war es ein Hinterhalt? Ich war mir da nie sicher. Manchmal schienen meine Schwestern eine eigene Sprache zu sprechen. Ich war mit dem Auto gekommen statt mit dem Motorrad. Als ich mich auf den Fahrersitz sinken ließ, beschloss ich, an Paiges Pension vorbeizufahren. Sie hatte bei unserer Wanderung erwähnt, dass sie heute Abend dort sein würde.

Vor dem Tor stand ihr Wagen, was ich wusste, da sie ihrer Anzeige gegen unbekannt Fotos beigefügt hatte, und ich parkte direkt hinter ihr. Dann ging ich gleich in den Garten… nur um abrupt anzuhalten, als ich sah, dass Paige nicht allein war. Neben ihr stand ein Kerl. Sie deuteten auf die Fassade und unterhielten sich mit zusammengesteckten Köpfen.

Die Vertrautheit zwischen den beiden sorgte dafür, dass sich mein Magen verkrampfte. Offensichtlich kannten sie sich gut. Paige bemerkte mich und kam zu mir, und dieser Kerl folgte ihr.

»Hey, ich muss jetzt fahren, aber ruf mich an, wenn du etwas brauchst. Das Abendessen morgen steht doch noch, oder?«, meinte er.

»Sicher.«

Abendessen? Ruf mich an, wenn du etwas brauchst? Hatte ich die Sache zwischen uns vollkommen falsch gedeutet? Verdammt, ich mochte Paige. Sehr sogar. War er ein Freund von ihr?

»Hi, Paige«, sagte ich, als sie nahe genug war. Ich war stolz darauf, wie entspannt ich klang. Doch wenn dieser Kerl ein Ex war, würde ich wahrscheinlich schnell aus der Fassung geraten.

»Hey, Will. Was tust du hier?«, fragte sie.

»Ich habe mich daran erinnert, dass du gesagt hast, du wärst heute Abend hier. Ich dachte, ich schaue einfach mal vorbei.«

Der Kerl legte eine Hand an Paiges Kreuz, und Paige

lächelte zu ihm auf. Im Moment war ihr Lächeln anscheinend für diesen Typen reserviert.

»Will, das ist Declan, mein Bruder.«

Wäre ich nicht so erleichtert gewesen, hätte ich mich gefühlt wie ein Idiot. Declan und ich schüttelten uns die Hände, dann ging er.

Paige fuhr sich mit der Hand durch die Haare und sah mir direkt in die Augen, als versuche sie, etwas herauszufinden. »Ich werde mir etwas zu trinken holen«, meinte sie. »Ich habe noch etwas Wein. Willst du auch ein Glas?«

Ich nickte und folgte ihr ins Haus. Also war diese Bruder-Sache geklärt, aber irgendwas war immer noch im Busch. Die Art, wie Paige ging – oder vielmehr stampfte –, und ihre hängenden Schultern verrieten mir, dass sie sich über etwas aufregte. Wir gingen in die Küche, und ich nahm das Weinglas, das sie mir reichte. Sie wich meinem Blick aus.

»Paige, was ist los? Du benimmst dich komisch.«

Sonst war sie entspannt, witzig, schlagfertig, aber heute wirkte sie anders. Sie hatte mich bisher noch nicht einmal wegen irgendwas aufgezogen. Sie trommelte mit den Fingern gegen ihr eigenes Glas, dann nahm sie einen Schluck. Ich hatte genug Leute befragt, um zu wissen, was dieses Zögern bedeutete: Was auch immer nicht stimmte, es hatte mit mir zu tun.

»Habe ich dich irgendwie gegen mich aufgebracht?«

Sie nahm noch einen Schluck Wein, dann sagte sie schließlich: »Ich weiß nicht, was es bedeutet, dass du hier bist.«

Ich wusste nicht, was ich dazu sagen sollte. »Du weißt nicht… was? Du warst gestern mit mir auf diesem Berg, oder? Wir hatten Spaß, wir haben uns gut unterhalten. Wieso überrascht es dich, dass ich vorbeikomme?«

Paige starrte in ihr Glas, dann sah sie mich an und schob das Kinn vor. Endlich kehrte das Feuer zurück, das ich an ihr so liebte.

»Weil du, als du mich gestern abgesetzt hast, nicht gewirkt hast, als … ständest du auf mich. Du hast nicht mal versucht, mich in die Wohnung zu begleiten.«

Ich bemühte mich echt, mein Lächeln zu unterdrücken, doch ich versagte kläglich.

»Du bist sauer, weil ich nicht mit reingekommen bin?«

»Mach dich nicht über mich lustig«, murmelte sie. Sie wirkte verletzlich. Alles in mir schrie danach, das in Ordnung zu bringen. Ich stellte mein Glas auf die Arbeitsfläche hinter ihr, dann umfasste ich mit den Händen ihr Gesicht und hob ihren Kopf leicht an. Ich musste klarer mit ihr kommunizieren. Das gehörte nicht unbedingt zu meinen Stärken, doch ich würde mein Bestes geben.

»Ich war mir nicht sicher, ob ich mir selbst trauen kann. Ich begehre dich so sehr, dass ich in deiner Nähe die Kontrolle verlieren könnte … und ich will mit dir nichts überstürzen.«

»Ooooh.«

»Genau. Oh.«

Ich nahm ihr das Glas aus der Hand und stellte es ebenfalls zur Seite. Für den Kuss, den ich plante, sollte nichts zwischen uns stehen. Sie sah zu mir auf, als flehe sie darum, geküsst zu werden. Ich trat näher an sie heran, schlang einen Arm um ihre Taille, um sie an mich zu ziehen, und eroberte ihren Mund, als gehöre er mir. Paige stöhnte, was mich nur noch mehr anspornte.

»Du bist so angespannt«, murmelte ich, als ich dazu überging, Küsse auf ihre Wangen niederregnen zu lassen.

»War irgendwie ein blöder Tag heute.«

»Willst du mir erzählen, was passiert ist?«

Sie seufzte, dann drückte sie mir einen Kuss aufs Kinn. »Der Geschäftsführer-Trottel hat sich aus dem Projekt zurückgezogen.«

Ich lächelte. »Bedeutet das, dass du ihn nicht wiedersehen wirst?«

Paige pikte mich in die Rippen. »Könntest du zumindest so tun, als wärst du darüber nicht froh?«

»Tut mir leid, das kann ich nicht.«

»Es spricht von schlechten Manieren, dich an meinem Unglück zu ergötzen«, informierte sie mich.

»Ich kann nichts dagegen machen. Wieso hat er einen Rückzieher gemacht?«

»Weil ich nicht mit ihm ausgehen wollte.«

Ich richtete mich auf und sah ihr tief in die Augen. »Was?«

»Ja. Seine Sekretärin hat mir per E-Mail eine Absage erteilt, dann habe ich ihn angerufen, und er war nur zu gern bereit, noch mal über alles zu sprechen – beim Abendessen. Und stell dir vor, als ich ihm erklärt habe, dass ich in meiner Freizeit nicht über den Job spreche, hat er mir erklärt, dass es ja nicht nur ums Geschäft gehen würde. Ich habe ihn noch mal zurückgewiesen, und er hat erklärt, er wäre raus aus der Sache.« Sie sprach schnell, als wollte sie es sich von der Seele reden.

»Dieser Mistkerl«, stieß ich durch meine zusammengebissenen Zähne hervor. Dann versuchte ich, meine Wut zu zügeln, weil ihr das auch nicht weiterhalf. »Tut mir leid. Passiert so was häufig?«

»Früher ist es öfter vorgekommen. Inzwischen bin ich

besser darin, solche Typen zu erkennen, aber hin und wieder tappe ich trotzdem in die Falle.«

»Danke, dass du mir genug vertraust, um mir das zu erzählen.« Ich fand es toll, wie sie mit der Situation umgegangen war. Ich wünschte mir, sie müsste sich mit so etwas nicht herumschlagen, doch in dieser Hinsicht konnte ich nichts unternehmen. Was ich allerdings tun konnte ... war, sie ablenken.

Ich küsste sie wieder, und Paige reagierte so leidenschaftlich, dass ich hart wurde. Ich gab mich nicht damit zufrieden, nur ihren Mund zu küssen. Ich erkundete auch ihren Hals, drückte einen Kuss unter ihr Ohr und leckte die empfindliche Haut. Sie belohnte mich mit einem wunderbaren, leisen Stöhnen.

»Also ... jetzt, wo du weißt, dass ich sehr wohl auf dich stehe, willst du mich immer noch heißmachen, Paige?«

»Hey, das tue ich nicht bei jedem.«

»Macht mich das zu etwas Besonderem?«

»Sehr sogar.«

Ich lächelte an ihrer Haut, dann neigte ich ihren Kopf in die andere Richtung, um auch die andere Seite ihres Halses liebkosen zu können. Ich ließ meine Zunge über ihr Schlüsselbein gleiten und schob den Riemen ihres Kleides zur Seite, um ihre nackte Haut zu berühren. Dann wandte ich mich wieder ihrem Mund zu und genoss ihre Lippen, bevor ich ihre Zunge einfing.

Als ich meine Daumen über die Spitzen ihrer Brüste gleiten ließ, spürte ich, wie ihre Nippel reagierten. Wahnsinn, sie trug gar keinen BH. Ich wollte dieses Kleid nach unten reißen und an ihren Brustwarzen saugen, bis sie mich anflehte, in sie einzudringen. Stattdessen saugte ich an ihrer

Zunge, bis sie mir die Hüften entgegendrängte. Sie war erregt.

»Gott, Will. Ich brauche …«

Ich wusste, was sie brauchte, und ich würde es ihr liefern – im Überfluss.

»Du brauchst einen Orgasmus, Paige«, flüsterte ich ihr ins Ohr. Sie keuchte und rieb sich erneut an mir. Ich musste sie irgendwo hinlegen, also sah ich mich um. Im Wohnzimmer stand eine Couch. Perfekt. Ohne unseren Kuss zu unterbrechen, schob ich sie rückwärts. Ich konnte meinen Schwanz pulsieren fühlen. Wenn ich ihre Vagina berührte, wenn ich sie zum Höhepunkt brachte … würde ich mich dann zurückhalten können? Das musste ich.

Ich setzte Paige auf die Couch und drängte sie gegen die Armlehne.

»Du fängst mich hier ein«, sagte sie heiser, als ich mich über sie lehnte und ein Knie zwischen ihre Schenkel auf der Couch schob. Sie zog die Beine an, und der Rock ihres Kleides rutschte in ihren Schoß. Dann ließ sie die Knie zur Seite sinken und öffnete sich für mich.

Verdammt, Paige war schön. Diese straffen Beine, diese glatte Haut. Ich ließ meine Finger über die Innenseite eines Schenkels gleiten, dann über die andere. Und ich hörte dabei keinen Moment auf, sie zu küssen, weil ich einfach nicht genug von ihrem Mund bekommen konnte. Ich ließ meine Hände höher gleiten, bis ich ihr Höschen berührte, ließ meinen Mittelfinger über den Stoff gleiten und spürte, wie ein Schauer Paiges Körper überlief. Meine Selbstkontrolle hing an einem sehr dünnen Faden. Dann ließ sie die Hände unter mein Shirt gleiten, und ich erstarrte.

»Du darfst mich nicht berühren, Paige.«

Sie zog einen Schmollmund. »Warum nicht?«

»Weil ich so schon kurz davorstehe, mich in dir zu versenken.«

»Was hält dich zurück?«

Ich drückte ihr einen Kuss auf die Schläfe, atmete ihren wunderbaren Erdbeerduft ein. »Wie ich bereits sagte, ich will mit dir nichts überstürzen.«

»Will …«

»Also berühr mich nicht.«

Wieder zog sie einen Schmollmund.

»Wenn du nicht tust, was ich sage, höre ich auf, dich zu berühren.«

Sofort zog sie ihre Hände zurück. Ich verschob eine Hand an ihren Hinterkopf und zog sie in einen leidenschaftlichen Kuss, während ich sie ein letztes Mal über dem Höschen streichelte. Dann ließ ich meine Finger unter den Stoff gleiten und rieb mit einem Finger über ihre Schamlippen. Paige stöhnte. Ich fühlte das Geräusch in meinem Mund. Ich fand ihre Klitoris und drückte sie kurz, bevor ich begann, kleine Kreise um das empfindliche Nervenbündel zu ziehen. Sie würde nicht lange durchhalten. Ich hatte gehofft, ich könnte ihre Lust in die Länge ziehen, doch ich gab ihr nur noch Sekunden. Als ich für einen Moment ihren Mund freigab, drückte sie ihre Lippen an meinen Hals und saugte an meinem Adamsapfel. Fast wäre ich in meine Jeans gekommen. Verdammt, ich hatte ihr nicht gesagt, dass sie mich nicht küssen durfte. Ich hätte es ihr ja jetzt gesagt, aber ich war so erregt, dass ich mir nicht sicher war, ob ich noch sprechen konnte. Also fing ich stattdessen ihren Mund wieder in einem Kuss ein.

Als ich meine Finger schneller bewegte, grub Paige ihre

Fersen in die Couch und drückte sich gegen die Armlehne, als könnte sie kaum ertragen, was ich mit ihr machte. Doch ich ließ weder von ihrem Mund noch von ihrer Mitte ab. Ich küsste und berührte sie, bis sie explodierte. Ihre Hüften verloren den Kontakt zur Couch, und sie presste die Beine zusammen, sodass sie meinen Arm einfing. Zärtlich küsste ich ihre Nasenspitze und lauschte auf ihren keuchenden Atem. Ihr Gesicht und ihr Hals waren gerötet, aber die Anspannung hatte ihren Körper noch nicht verlassen, also ging ich zur nächsten Phase meines Plans über: Nachschlag. Nur dass ich sie jetzt nicht nur mit den Fingern berühren wollte. Ich wollte sie kosten, sie mit dem Mund liebkosen, wenn sie ihren Höhepunkt fand.

»Setz dich auf die Sofakante, Paige.«

Sie tat wie befohlen und sah mich mit großen Augen an.

Ich ließ mich vor ihr auf die Knie sinken.

»Jetzt zieh dein Höschen aus.«

Sie fragte mich nicht, warum. Sie hob einfach nur ihren Po gerade weit genug von der Couch, um ihren Slip nach unten zu schieben. Ich riss den Stoff über ihre Knie und ihre Knöchel. Sie war bereit für mich. Ich spreizte ihre Beine weiter, ließ meine Nasenspitze erst an einem, dann am anderen Schenkel nach oben gleiten, um dann ihre Mitte zu finden.

»Will«, murmelte sie fast flehend.

»Diesmal werde ich es in die Länge ziehen. Versprochen.«

»Warum?«

»Weil du dann heftiger kommst.«

Sie schluckte. Ich neckte noch für einen Moment ihre Schenkel, bevor ich meinen Mund auf ihre Klitoris senkte. Ich liebkoste sie mit meiner Zunge, bis Paige sich mit beiden Händen über dem Kopf an die Rückenlehne klammerte und ihr Hintern erneut den Kontakt zum Sofa verlor. Sie drängte sich meinem Mund entgegen und schrie meinen Namen.

9

Paige

Ich fühlte mich, als würde ich schweben. Mein Körper schien leicht wie eine Feder. Ich ging ins Bad, um mich frisch zu machen. Als ich ins Wohnzimmer zurückkehrte, meinte Will: »Lass uns etwas zu essen bestellen. Worauf hast du Lust?«

»Hmmm … heißer Detective mit Pommes?«

Will lachte und wackelte mahnend mit dem Finger. »Paige.«

Verdammt, mir gefiel, wie er meinen Namen aussprach. Es klang unanständig und gleichzeitig zärtlich.

»Ich will einen Salat mit Hühnchen.«

Will tippte ein paarmal auf dem Display seines Handys herum, dann schob er es in die hintere Hosentasche. Der Saum seines Shirts rutschte nach oben, und ich erhaschte einen Blick auf diesen wahnsinnig sexy Waschbrettbauch.

Ich tänzelte zu ihm, und ich schwöre, ich schwang meine Hüften dabei nicht absichtlich verführerisch … das war einfach nur die Reaktion meines Körpers auf Wills glühenden Blick. Ich hielt direkt vor ihm an und ging auf die Zehenspitzen, um ihm einen Kuss mitten auf den Mund zu drücken. Ich lächelte an seinen Lippen, als er mich an der Taille packte und eng an sich zog. Ich deutete das als Erlaubnis, ihn zu berühren, doch ich blieb brav und ließ meine Hände nur über seine Arme und Schultern gleiten.

»Du bist ein guter Kerl«, murmelte ich.

»Wieso überrascht dich das?«

»Weil du unverschämt heiß bist.«

»Und das schließt sich gegenseitig aus?«

»Normalerweise schon. Und als ich dich kennengelernt habe, ich weiß nicht … du warst so von dir selbst überzeugt, dass ich irgendwie davon ausgegangen bin, du wärst …«

»… ein Trottel?«

Ich schüttelte den Kopf. »Du bist mit mir losgezogen, um eine Alarmanlage zu kaufen. Trottel tun so was nicht. Ich wusste bloß einfach nicht, was ich von dir halten sollte.«

»Aber jetzt weißt du es?«

Ich hob eine Schulter, machte die Geste so frech wie möglich. »Du bist noch in der Probezeit; aber mir gefällt, was ich sehe.«

Will grinste. »Probezeit, hm? Den Köder schlucke ich.«

Köder? Was? Ich zog ihn doch nur auf.

Eine halbe Stunde später wurde unser Essen geliefert. Ich machte Anstalten, die Tür zu öffnen, aber Will war schneller, also ging ich stattdessen in die Küche. Mein Herz raste, ohne dass ich wusste, warum. Lag es daran, dass ich einen sexy Mann hier bei mir hatte?

Ich verteilte das Essen auf Tellern, und wir aßen an dem kleinen Tisch, wie an dem Abend, als er die Alarmanlage installiert hatte. Wir unterhielten uns wieder über meine Arbeit.

»Also, wie viele Patronatserklärungen brauchst du?«, fragte er, nachdem ich den gesamten Prozess erklärt hatte.

»Über mindestens fünfzig Prozent der Kosten.«

»Aber du meintest, dein Chef hätte nur fünfundzwanzig Prozent gefordert.«

Es überraschte mich ein wenig, dass Will echtes Interesse zeigte, statt bloß Small Talk zu machen.

»Aber ich weiß, wie mein Chef und dessen Chefs denken. Das Projekt ist riskant genug, dass sie ihm bei nur fünfundzwanzig Prozent kein grünes Licht geben werden. Bei fünfzig Prozent allerdings werden sie es nicht einfach abtun können. Und wenn ich mich richtig reinhänge, könnte ich das Projekt bis Ende des Jahres an den Start bringen.«

»Das Projekt bedeutet dir eine Menge.«

»Das gilt für jedes meiner Projekte.«

»Suchst du dir immer die herausforderndsten aus?«

Ich dachte kurz darüber nach. »In letzter Zeit schon.«

Nach dem Abendessen trugen wir unsere Teller in die Küche. Wir standen Seite an Seite, als ich mir die Hände wusch, doch dann glitt Will hinter mich. Für einen kurzen Moment berührte er mich nicht, aber dann fanden seine Hände meine Hüften und beschrieben dort kleine Kreise. Zumindest liebkoste er nur die Außenseite meiner Schenkel. Puh.

Moment… zu früh gefreut. Draufgänger, der er war, ließ er eine Hand nach innen gleiten. »Du lenkst mich ab«, murmelte ich.

»Vorhin hat dich das nicht gestört.« Er schob mein Haar zur Seite und drückte mir einen Kuss zwischen die Schulterblätter.

»Mmmm… stimmt. Tatsächlich fand ich es so toll, dass ich es kaum erwarten kann, mich wieder aufzuregen, damit du mich ablenken kannst.«

Er drehte mich um.

»Ich würde gerne ein paar Regeln festlegen, Paige«, flüsterte er an meinen Lippen. »Diese Sache zwischen uns … ich weiß nicht, was das ist, aber ich hätte dich gerne ganz für mich.«

Mein Herz fühlte sich an, als wolle es zerspringen. Ich ging auf die Zehenspitzen und biss Will sanft ins Ohrläppchen. Als ich ihn wieder ansah, wurde mir klar, er wartete darauf, dass ich ihm antwortete. Er schluckte. Der Ausdruck in seinen Augen war entschlossen und … auch ein wenig verletzlich. So hatte ich ihn bisher nur gesehen, als er seine Schwester zum Traualtar geführt hatte.

»Natürlich.«

Seine Miene wurde nicht weicher. »Bist du dir sicher? Sag nichts, was du nicht auch ernst meinst. Ich weiß, dass manche gerne offene Beziehungen führen … oder was auch immer sie sich ausdenken, um Fremdgehen zu entschuldigen … aber ich bin in dieser Hinsicht ziemlich altmodisch.«

»Ich habe es ernst gemeint«, versicherte ich ihm. Ich legte meine Hände auf seine Brust und streichelte ihn mit den Daumen. »Ich will mit niemand anderem ausgehen. Ich hätte nicht zugelassen, dass du … ich mache so was … Ich nehme an, ich bin auch altmodisch.«

Endlich entspannte sich Will. Ich fühlte, wie seine Muskeln nachgaben; sah, wie sein Blick weich wurde. Er ergriff meine Hände, küsste meine Handflächen, dann die Handrücken. Die keuschen Liebkosungen rührten mich tief. Ich kämpfte mit meinen Gedanken, bevor ich beschloss, sie auszusprechen. Will würde nicht lachen oder mir erklären, dass ich zu viel nachdachte. Ich vermutete, er wusste es zu schätzen. Oder hoffte es zumindest.

»Danke, dass du das geklärt hast, statt mich im Ungewissen zu lassen. Ich weiß das wirklich zu schätzen.«

Plötzlich erfüllte mich die seltsame Erkenntnis, dass ich bei Will niemals etwas vorgeben musste.

Will drückte meine Hände an seine Brust, dann beugte er sich vor, um meinen Mund einzufangen. Gott, dieser Mann konnte küssen. Er war ein echter Könner. Jeder Kuss fühlte sich anders an, besser… heißer. Wie konnte er mich bloß mit einem Kuss so erregen? Ich hatte keine Ahnung, plante aber, es zu genießen. Ich wünschte mir nur, er würde meine Handgelenke nicht festhalten. Ich wollte ihn berühren und seinen Körper erkunden. Oh, Moment. Das sollte ich nicht, oder? Hmmm… das gefiel mir gar nicht.

Er vertiefte den Kuss, und rein instinktiv drängte ich ihm die Hüften entgegen. Ich presste mich gegen Will und entdeckte, dass er hart war. Will stöhnte – ein wunderbares Geräusch, das ich förmlich in mich aufsaugte. Ich wollte ihm mehr solche Geräusche entlocken. Ich war so begierig, dass es mir fast Angst einjagte. Ich war selten vor der zehnten Verabredung mit jemandem ins Bett gegangen, doch bei Will… hatte ich einfach nicht das Gefühl, vorsichtig sein zu müssen.

Er gab meine Handgelenke frei, um seine Hände stattdessen auf die Arbeitsplatte zu drücken. Na ja, eher zu knallen.

»Herrgott noch mal, Paige. Du treibst mich in den Wahnsinn.«

»Ich finde das toll.«

»Wie oft wirst du hier sein?«

»Ein paarmal die Woche. Meine Familie und ich wollen den Handwerker in Schichten überwachen.«

»Wann hast du diese Woche frei?«

»Donnerstag. Warum?«

»Ich will dich ausführen.«

Mein Magen machte einen Sprung. »Okay. Was wollen wir machen?«

»Abends schön essen gehen.«

»Toll, ich freu mich. Also … ich habe über meinen Tag gesprochen, aber von deinem habe ich noch nichts gehört. Wie war er so?«

»Ich rede nicht über meine Arbeit.«

»Hmmm … woher soll ich dann wissen, dass du Ablenkung brauchst?«

Er schob die Hände näher an meinen Körper und beugte sich vor, bis ich seine Worte an meinen Lippen spürte. »Ich werde es dir sagen.«

Er ließ seine Lippen über meine Wange gleiten. Ich vermutete stark, dass er seine Verführungskünste einsetzte, um nicht über seinen Job reden zu müssen; um meine Fragen zu unterdrücken. Mein stattlicher Detective hatte Schutzmauern um sich errichtet. Es würde schwer werden, diese Nuss zu knacken … doch ich konnte sehr beharrlich sein.

Als wir nach Luft schnappen mussten, überlegte ich, ob ich noch mal nachhaken sollte, aber ich ließ das Thema stattdessen gut sein, weil … na ja, diese Beziehung war noch ganz frisch, und meine direkte Art verprellte manchmal Leute … und ich wollte Will wirklich, wirklich nicht abschrecken.

»Du bist unglaublich, weißt du das?«

Ich genoss das Kompliment, fühlte mich aber trotzdem verpflichtet, auf etwas hinzuweisen.

»Ich glaube, mein knappes Outfit beeinflusst deine Wahrnehmung.« Ich trug wieder eines meiner engen Highschool-Kleider. Ich musste hier andere Klamotten einlagern.

»Vertrau mir, dein Outfit beeinflusst meinen Körper, aber nicht meinen Geist.«

Ich fühlte, wie meine Wangen anfingen zu brennen.

Will grinste. »Ich habe dich zum Erröten gebracht.«

»Das tust du oft.«

»Du siehst in diesem Kleid sehr sexy aus. Sogar so sexy, dass ich dich hierbehalten will, wo niemand anders dich sehen kann.«

»Als würde ich so aus dem Haus gehen. Keine Sorge. Mein Bruder war der Einzige, der mich so gesehen hat.« Flüsternd fügte ich hinzu: »Mir gefällt, dass du derart besitzergreifend bist.«

»Wieso flüsterst du?«

»Weil ich nicht weiß, ob ich das zugeben sollte. Es könnte dich noch bestärken.«

10 Will

Am Donnerstag hoffte ich, dass der Tag bald vorbeiging, damit ich Paige zu unserer Verabredung abholen konnte. Unglücklicherweise wollte der Tag einfach nicht enden. Elliot und ich hatten jemanden verhaftet, und es dauerte Stunden, den ganzen Papierkram zu erledigen und alle auf den neuesten Stand zu bringen. Mir fehlte die Zeit, noch mal nach Hause zu fahren und mich umzuziehen, also sprang ich einfach im Revier unter die Dusche. Glücklicherweise hatte ich für solche Gelegenheiten immer einen Satz Wechselkleidung in meinem Spind.

Als ich aus dem Umkleideraum kam, rückte ich den Kragen meines Hemdes zurück und fluchte laut. Die Verhaftung war mit einer Rangelei einhergegangen, und ich hatte einen hässlichen Kratzer am Hals davongetragen, direkt über der Schulter.

»Was hat dir dieses Hemd getan, Connor?«

Ich hatte meine Kollegin Hensley bisher nicht bemerkt.

»Es ist nicht das Hemd. Ich habe mir heute einen Kratzer am Hals eingefangen, den man sehen kann.«

»Klapp den Kragen hoch.«

Ich zog eine Grimasse. »Dann sehe ich aus wie ein neunzehnjähriger Trottel, der versucht, Mädchen zu beeindrucken.«

Hensley verschränkte die Arme vor der Brust und musterte mich genau. »Aber du versuchst, eine Frau zu beeindrucken, oder?«

»Ich habe gleich eine Verabredung, ja.«

»Nun, der Kratzer sorgt dafür, dass du wie ein harter Typ wirkst, also, wo liegt das Problem?«

Normalerweise wäre mir das egal, aber ich vermutete, dass der Kratzer Paige beunruhigen könnte.

»Aber ich kann dir auch einen Abdeckstift leihen, damit du die Rötung überschminken kannst«, fuhr Hensley fort.

Bei Make-up war bei mir Schluss. »Nein, danke.«

Ich verließ das Revier. Trotz der ermüdenden Schicht war ich voller Energie. Die Aussicht, Paige zu sehen, stimulierte mich unglaublich. Auf der Fahrt zu ihrem Bürogebäude ging ich im Kopf noch mal den Plan für heute Abend durch: Abendessen und dann ein Spaziergang im Park.

Ich legte mir noch ein paar Ersatzpläne zurecht, falls sie keine Lust auf einen Spaziergang hatte. Ich wollte, dass sie den Abend genoss, dass sie Spaß hatte. Als ich meinen Wagen vor dem Büro anhielt, wurde mir klar, dass ich keinen Moment an meinen Fall gedacht hatte. In der Regel ging ich nach einer Verhaftung alles noch mal im Kopf durch, überlegte mir, wie es wohl weitergehen würde. Jetzt konnte ich nur an Paige denken. Ich schrieb ihr eine Nachricht, um sie wissen zu lassen, dass ich schon da war – zwanzig Minuten zu früh –, und versicherte ihr, dass sie sich Zeit lassen konnte, weil ich warten würde. Nach ein paar Minuten konnte ich nicht mehr einfach im Auto herumsitzen, also beschloss ich, stattdessen in der Lobby zu warten.

Das Büro lag im Erdgeschoss. Als ich das Gebäude betrat, war ich überrascht, wie geschäftig alle wirkten. An einer etwas beengten Rezeption saß eine Frau, ein paar Leute standen an. Ich lehnte mich gegen die Wand neben den Aufzügen, bis eine kleine Blondine an mich herantrat.

»Sind Sie hier, um sich als Freiwilliger zu melden?«

»Nein, ich warte auf Paige.«

Die Frau blinzelte, dann lächelte sie mich an. »Detective Will Connor?«

Ich hatte keine Ahnung, wieso es mich so glücklich machte, dass Paige mit einer Kollegin über mich geredet hatte.

»Ja.«

»Kommen Sie, ich bringe Sie zu ihr.« Die Blondine führte mich links an der Rezeption vorbei, durch einen schmalen Flur. Schließlich erreichten wir eine halb geöffnete Tür. Paige telefonierte gerade, doch als sie mich entdeckte, winkte sie mich in den Raum und formte mit den Lippen: »Tut mir leid.«

Ich zuckte nur lächelnd mit den Achseln. Dann beobachtete ich sie. Soweit ich es mitbekam, sprach sie über eine mögliche Finanzierung. Sie war atemberaubend, stand hoch aufgerichtet in ihrem Geschäftskostüm hinter dem Schreibtisch. Es war das erste Mal, dass ich sie in Businesskleidung sah … und als sie sich umdrehte, lief mir beim Anblick ihres knackigen Hinterns das Wasser im Mund zusammen.

Die Person am anderen Ende der Leitung war offensichtlich kein einfacher Mensch, aber Paige ließ sich nicht abschrecken. Sie war eine Kämpfernatur, und das turnte mich sogar noch mehr an als ihr toller Po.

Nach dem Telefonat schenkte sie mir ihre ungeteilte Aufmerksamkeit. Sie stand inzwischen vor ihrem Schreibtisch, und ich ging auf sie zu, bis uns nur noch wenige Zentimeter trennten. Sie musterte mich mit solcher Wärme, dass ich kaum mehr denken konnte. Hatte sie sich genauso auf den heutigen Abend gefreut wie ich?

»Hallo, meine Schöne.«

»Mr Gutaussehend, willkommen in meinem Büro. Wie hast du mich gefunden?«

»Eine hilfreiche Kollegin hat mir den Weg gezeigt. Sie wusste, wer ich bin.«

»Natürlich wusste sie das.«

»Hast du mit mir angegeben?«

»Was denn sonst? Hast du mal in den Spiegel geschaut? Du bist es mehr als wert, mit dir anzugeben.«

Ich küsste diesen wunderbaren Mund. Eigentlich hatte ich nur einen flüchtigen Hauch geplant, doch diesen Kampf verlor ich, sobald unsere Lippen sich berührten. Sie schmeckte so gut, und ich war süchtig danach, wie sie auf mich reagierte. Sie öffnete den Mund, erlaubte mir den Zugang, und ich nahm alles, was sie mir gab. Dann begann ich, mich nach mehr zu verzehren, und musste mich an die Schreibtischkante klammern, um nicht ihren Rock nach oben zu schieben und ihre nackte Haut zu berühren.

»Will«, mahnte Paige, als ich mich kurz von ihr löste, »das … du darfst mich im Büro nicht so küssen.« Sie errötete, was mich mit tiefer Befriedigung erfüllte. »Ich werde kurz mein Make-up auffrischen, dann können wir aufbrechen.«

Ich hielt Paige immer noch zwischen meinem Körper und dem Schreibtisch gefangen, doch ich hob einen Arm. Als sie sich bewegen wollte, legte ich meine Hand an ihren Bauch.

»Keinen Lippenstift.«

»Warum nicht?«, flüsterte sie.

»Weil er nur stören wird.«

Sie wand sich ein wenig, dann ließ ich sie gehen. Ein paar Minuten später kehrte sie zurück.

»Kein Lippenstift«, meinte ich voller Befriedigung, als ich ihr den Arm anbot und sie sich bei mir einhängte.

»Vielleicht hat er einfach nicht zum Outfit gepasst.«

Ich hatte mit einer schlagfertigen Antwort gerechnet.

»Vielleicht willst du aber auch geküsst werden, Paige.«

Sie schluckte schwer und wandte den Blick ab. Ich ließ nicht locker: »Keine Sorge, du musst es nicht zugeben. Ich habe vor, dich zu küssen, bis du mich um mehr anbettelst.«

11

Paige

Will hatte ein tolles Restaurant ausgesucht. Aber so köstlich das Essen auch sein mochte, die Portionen waren leider überschaubar. Nach dem Essen hatten wir beide noch Hunger, doch aus irgendeinem Grund nahm ich sein Angebot nicht an, noch mal nachzubestellen, sondern sagte: »Wir könnten auch in meine Wohnung gehen, und ich mache uns noch etwas.«

Ich hatte keine Ahnung, wie ich auf diese Schnapsidee kam. Ich war eine grauenhafte Köchin. Ich hatte alle Zutaten für ein Abendessen zu Hause, aber ehrlich, ich kochte nie für irgendwen. Will allerdings hatte mein Angebot mit einem Grinsen angenommen.

Ich war mir nicht sicher, wie ich das hinkriegen sollte. Besonders, während er in meiner Küche stand. Ich fühlte seine Gegenwart, obwohl ich ihn gerade nicht sehen konnte, und hatte daher Schwierigkeiten, mich auf das Rezept zu konzentrieren – was bedeutete, dass die Wahrscheinlichkeit, dass das Essen wie Hundefutter schmeckte, noch höher war als für gewöhnlich. *Konzentrier dich, Paige. Konzentrier dich.* Ich las mir die letzten zwei Schritte noch einmal durch. Verdammt. Ich hatte den ersten Punkt ausgelassen. Ich war nervös.

»Paige, bist du dir sicher, dass ich das nicht übernehmen soll?«, fragte Will zum hundertsten Mal. Er hatte mir beim Schneiden des Gemüses geholfen, aber ich hatte ihm versichert, dass ich das eigentliche Kochen übernehmen konnte.

»Nö. Alles okay.«

»Ich meine ja nur. Das riecht nicht nach Zimt.«

Oh, verdammt. Ich sah von der Pfanne zu den Zutaten ... und mir wurde klar, dass ich den Zimt vergessen hatte. Ich öffnete eine Schublade links von mir. Irgendwo hier musste er sein ...

Während ich mich durch die Gewürzschublade grub, passierten mehrere Dinge gleichzeitig. Zuerst einmal stieg mir ein schrecklicher Geruch in die Nase. Dann eilte Will in die Küche, genau in dem Moment, in dem ich mich umdrehte und sah, dass die Soße überkochte. Will riss den Topf vom Herd, doch es war zu spät. Er war bereits übergekocht.

»So ein Mist!«, rief ich. Dann wurde mir klar, dass Will ... vor Lachen bebte. Ich hatte ihn schon lachen gesehen, aber noch nie so. Sein gesamter Körper zitterte, und ich konnte nicht anders, als einzustimmen. Zusammen putzten wir den Herd. Als ich den Lappen auswusch, trat Will hinter mich. Er stemmte seine Hände auf die Spüle, sodass ich zwischen seinen Armen gefangen war. Danach spürte ich seine Lippen an meinem Ohrläppchen.

»Du bist keine große Köchin?«

»Nö.«

»Wieso hast du das nicht gleich gesagt? Wir können einfach etwas bestellen.«

»Ich wollte etwas Nettes für dich tun.« Das Geständnis

wirkte intim. Ich hatte seit Jahren nicht mehr den Drang verspürt, einen Mann zu beeindrucken. Wills Hände umklammerten immer noch die Arbeitsplatte, doch er drückte seine Brust gegen meinen Rücken, und seine Lippen folterten die empfindliche Stelle direkt unter meinem Ohr.

»Bist du nicht hungrig?«, flüsterte ich.

»Ich bin am Verhungern. Aber ich verzehre mich nach dir, Paige.«

Mein Körper reagierte instinktiv. Ich drängte mich ihm entgegen. Als ich seine Erektion an meinem Hintern fühlte, stöhnte ich. Hitze schoss zwischen meine Schenkel. Will legte eine Hand an meine rechte Hüfte. Die andere Hand ließ er auf der Arbeitsfläche liegen, als wage er nicht, mich mit beiden Händen zu berühren.

»Ich habe den ganzen Tag an dich gedacht. Daran, wie sehr ich dich begehre«, murmelte er. Sein Mund wanderte an meinem Hals nach unten, dann wieder zu meinem Ohrläppchen. Ich zitterte. Er berührte mich kaum, und doch reagierte mein gesamter Körper auf ihn. Wie schaffte er das?

Und als diese zärtlichen Küsse leidenschaftlicher wurden und ich Wills Zunge an meiner Haut spürte, keuchte ich seinen Namen und hob den Arm, um meine Finger in seinem Haar zu vergraben, weil ich mich verzweifelt danach sehnte, ihn zu berühren – irgendeinen Teil von ihm.

»Paige …«

Will wirbelte mich herum, und ich erhaschte einen kurzen Blick auf das Feuer in seinen Augen, bevor sein Mund meinen fand. So hatte er mich noch nie geküsst. Er erkundete mich nicht nur. Mit diesem einen Kuss ergriff er vollkommen Besitz von mir. Erneut wanderten seine Lippen zu meinem Hals, dann hielt er inne. Ich konnte nicht klar denken. Alles um uns herum wirkte verschwommen. Ich nahm nur Wills harten Körper wahr, der mich gegen die Arbeitsfläche drängte. Meine Nippel wurden hart.

»Paige, wenn du willst, dass wir aufhören, sag etwas … und zwar schnell.«

Sein heißer Atem glitt über die empfindliche Haut an meinem Hals und raubte mir die Fähigkeit zu denken. Seine Lippen schwebten so nah über meinem Hals, berührten fast meine Haut.

»Zehn Sekunden, Paige«, murmelte er. Plötzlich bemerkte ich das leise Zittern von Wills Körper, und mir wurde bewusst, dass er sich kaum noch zügeln konnte. Und dieses Verlangen hatte ich ausgelöst. Statt etwas zu sagen, küsste ich sein Kinn und drückte meine Hände an seinen Bauch, um sie unter sein Hemd zu schieben. Ein tiefes Stöhnen entrang sich seiner Kehle. Die Tiefe seines Verlangens ließ meine Knie weich werden. Niemals zuvor hatte ich mich so begehrt gefühlt.

Eine von Wills Händen umschloss meinen Hinterkopf und neigte meinen Kopf, um besseren Zugang zu meinem Mund zu gewinnen. Mit der Zunge teilte er meine Lippen. Mit einem Bein spreizte er meine Schenkel. Dann hob er mich hoch. Instinktiv schlang ich die Arme um seine Hüften, die Arme um seinen Hals.

»Wo ist das Schlafzimmer?«, murmelte er zwischen Küssen.

»Zweite Tür links.«

Er setzte sich in Bewegung, ohne mich abzusetzen. Sobald wir mein Schlafzimmer erreicht hatten, legte er mich aufs Bett. Ich richtete mich auf und schaltete das Licht neben meinem Bett an, um ihn zu beobachten. Er öffnete den ersten Knopf oben an seinem Hemd. Ich fing von unten an. Will war schneller, doch als er den letzten geschlossenen Knopf erreichte, zerrte er so heftig daran, dass der Knopf absprang und das Hemd zerriss. Bei dem leisen Knall wurde mein Höschen noch feuchter, weil mir das bewusst machte, wie sehr mich dieser Mann begehrte. Dann war Wills Brust nackt, und meine Hände glitten über seine Haut.

Als Nächstes griff ich nach seinem Gürtel, während meine Zunge kleine Kreise direkt unter seinem Nabel zog.

»Paige.« Die Lust in seiner Stimme war überwältigend. Er warf Jeans und Boxershorts zur Seite, ohne mich aus den Augen zu lassen. Dann riss er meinen Rock nach unten. Daraufhin verschwand meine Bluse.

Meine Haut brannte, wo immer Wills Finger mich berührten. Als ich nichts mehr trug als meine Unterwäsche, schob Will sich über mich. Seine Knie ruhten neben meinen Schenkeln, seine Ellbogen neben meinen Schultern. Er hielt mich unter sich gefangen und beobachtete mich mit diesem glühenden Blick. Sein Gesicht schwebte direkt vor meinem, dann ließ er seine Lippen leicht über meine gleiten, bevor er meinen Mund erneut zum Kuss eroberte. Er küsste mich, bis ich glaubte, ich müsste allein davon kommen. Ich hob meine Hüften, auf der verzweifelten Suche nach Reibung. Als mein feuchter Slip Wills Erektion berührte, durchfuhr mich ein Schauder. Meine Schenkel begannen zu zittern. Und Will stieß ein Geräusch aus … Lieber Gott, was für ein Geräusch.

Er schob mein Höschen nach unten, dann stieg er vom Bett und schnappte sich seine Jeans. Verzweifelt grub er in den Taschen herum. Meine Erregung stieg ins Unermessliche, als mir klar wurde, dass er nach einem Kondom suchte.

Ich drehte mich auf den Bauch und griff zum Nachttisch, weil ich vorhatte, das Licht auszuschalten, als ich hörte, wie er das Kondom aufriss. Ich lag immer noch auf dem Bauch und trug meinen BH, als die Matratze sich senkte und Will sich hinter mich kniete.

»Schalte das Licht nicht aus«, murmelte Will. »Ich will dich sehen. Versteck dich nicht vor mir.«

Der Kuss, den er auf die Rückseite meines Oberschenkels drückte, war unerwartet und ließ mich zusammenzucken. Er schob sich höher und küsste eine meiner Pobacken, um dann sanft hineinzubeißen. Gleichzeitig knetete er die andere Seite mit einer seiner großen Hände. Er schob sich über mich, drückte meinen Bauch aufs Bett. Ich spreizte die Beine weiter. Ich wollte mich umdrehen, um ihn zu sehen, aber noch dringender wollte ich ihn in mir spüren. Will drang mit einem sanften Stoß in mich ein und füllte mich so vollkommen aus, dass ich keuchte.

»Will, oh, verdammt.«

Er hielt sich unbeweglich. Meine inneren Muskeln pulsierten, als mein Körper sich an ihn gewöhnte.

»Baby, das fühlt sich so gut an«, flüsterte er, dann begann er, in mich zu stoßen. Er bewegte sich langsam, doch trotzdem raubte er mir jedes Mal, wenn er in mich eindrang, den Atem. Gerade als ich davon überzeugt war, all diese Empfindungen nicht mehr ertragen zu können, schob Will eine Hand zwischen meinen Körper und die Matratze und berührte meine Klitoris. Vergnügen überschwemmte mich in schnellen, mächtigen Wellen. Will trieb mich in den Orgasmus, aber ich war mir nicht sicher, ob ich es ertragen konnte. Ich fühlte mich, als müsste ich jeden Moment vor Lust vergehen. Meine Mitte brannte; alle Muskeln in meinem Körper waren angespannt. Ich war dem Höhepunkt so nahe, doch ich konnte ihn noch nicht erreichen. Niemals in meinem Leben hatte ich mich so danach gesehnt zu kommen. Will bewegte geschickt die Finger, aber statt mir zu geben, wonach ich mich verzehrte, sagte er: »Ich muss dein wunderschönes Gesicht sehen, Paige.«

Er zog sich aus mir zurück, und ich spürte, wie er den Verschluss meines BHs öffnete. Ich warf das Kleidungsstück zur Seite, als ich mich umdrehte. Will schob sich erneut zwischen meine Beine, dann drang er so tief in mich ein, dass ich mich um ihn verkrampfte. Verdammt, war er in den letzten Sekunden größer geworden? So fühlte es sich jedenfalls an. Aber vielleicht lag das auch an der neuen Stellung.

Er bewegte sich genauso langsam wie bisher, rein und raus, rein und raus. Ich brauchte die Berührung meiner Klitoris, also versuchte ich, meine Hand nach unten zu schieben, doch Will schüttelte den Kopf.

»Das berühre nur ich.«

»Dann berühr mich!« Ich wusste, dass ich verzweifelt klang, aber du lieber Gott, das war ich auch.

»Noch nicht.«

»Foltere mich nicht so«, flehte ich.

Er biss leicht in meine Unterlippe. »Du wirst heftig kommen, Baby. Das verspreche ich dir.«

Als er endlich den Daumen auf das kleine Nervenbündel presste, bildete sich Schweiß auf meiner Haut. Dann hörte Will auf, sich zu bewegen, zog die Hand zurück und begann mit der ganzen süßen Folter von vorne. Ich fühlte mich, als würde ich jeden Moment anfangen zu weinen, wenn ich nicht kommen durfte, weil mein Körper dieses Hinauszögern des Höhepunkts einfach nicht ertragen konnte. Doch Will stand ebenfalls kurz vor dem Orgasmus. Seine Stöße wurden härter, schneller, und ich wusste, dass er mich bald kommen lassen würde.

Ich explodierte als Erste und wurde von der schieren Macht der Lust fast ohnmächtig. Mir wurde schwarz vor Augen; mir stockte der Atem, und ich schrie leise auf. Will folgte mir wenige Sekunden später, stieß aber weiter in mich, bis wir beide erschöpft waren.

Als wir hinterher nebeneinanderlagen, konnte ich meinen Körper kaum spüren. Ich wollte mit ihm kuscheln, doch selbst dafür fehlte mir die Energie.

Will drückte mir einen Kuss auf die Schläfe. »Duschen?«

»Ich glaube nicht, dass ich mich bewegen kann«, flüsterte ich.

»Das musst du auch nicht. Ich werde dich tragen.«

»Woher nimmst du die Kraft dafür?«

Er lachte leise. »Ich nehme an, du hast mich noch nicht vollkommen erschöpft. Aber die Nacht ist noch jung.«

Bei diesen Worten verhärteten sich meine Nippel, und meine Mitte verkrampfte sich. Ja … ich war so erschöpft, dass ich mich kaum bewegen konnte, doch mein Körper verzehrte sich immer noch nach Will.

Meine Kabine war viel zu klein für zwei Leute, also mussten wir nacheinander duschen. Ich trat zuerst unter das warme Wasser. Ich fühlte mich wieder halbwegs menschlich, als ich im Wohnzimmer auf Will wartete, nur bekleidet mit einem Bademantel. Ich sah mir gerade die Karten von Lieferdiensten auf dem Handy an, als er sich mir anschloss, ein Handtuch um die Hüfte geschlungen.

Er setzte sich neben mir auf die Couch und las die Speisekarte.

»Dieser Avocado-Quinoa-Salat klingt gut«, murmelte ich.

Will grinste. »Ich brauche ein Steak. Nach dieser Anstrengung reicht mir ein Salat nicht.«

»Ich dachte, ich habe dich nicht erschöpft.« Ich rammte ihm neckend den Ellbogen in die Rippen, dann bestellte ich unser Essen.

»Wer weiß, was für andere, teuflische Pläne du heute noch für mich in petto hast.«

»Wenn hier irgendwer teuflisch ist, dann bist das wohl du. Du hast mich fast umgebracht.«

»Also hast du nicht jede einzelne Minute davon geliebt?«

»Sogar jede Sekunde.« Ich schluckte schwer, als er mir das Handy aus den Händen nahm und mich für einen Kuss an sich zog.

Wir knutschten auf der Couch wie Teenager, bis unser Essen geliefert wurde, dann ließen wir es uns schmecken. Wir aßen direkt aus den Kartons.

»Das Fleisch ist viel zu trocken«, meinte Will. Er kaute seit einer guten Minute auf demselben Bissen Steak.

»Selbst schuld. Geliefertes Steak ist nie gut.«

»Aber es ist besser als ein Steak, das du gebraten hast.«

Ich öffnete den Mund, um ihm zu widersprechen, doch gleich darauf schloss ich ihn wieder, weil der Mann damit durchaus recht hatte.

»Diesen Kommentar lasse ich dir durchgehen, weil er absolut der Wahrheit entspricht. Und weil ich in unnatürlich großmütiger Stimmung bin, werde ich meinen Salat mit dir teilen.«

Ich nutzte die Gelegenheit, um mich an ihn anzukuscheln.

»Unnatürlich großmütige Stimmung? Woran das wohl liegen mag?«

»Ein Nebeneffekt dieses fantastischen Orgasmus.«

Will lachte, dann machte er sich daran, fast die Hälfte meines Salates zu essen. Ich gönnte mir ein paar Bissen von seinem Steak und fand es gar nicht so schlecht, aber das konnte daran liegen, dass ich mich an mein grauenhaftes selbst gekochtes Essen gewöhnt hatte. Wir blieben noch lange sitzen, nachdem wir mit dem Essen fertig waren, unterhielten uns über alles Mögliche und genossen einfach die Gegenwart des anderen.

Ping. Ping. Ping.

Ich öffnete ein Auge. Im Schlafzimmer war es dunkel. Ich konnte mich nicht mal erinnern, ins Bett gegangen zu sein. Hatte Will mich getragen? Wo ich gerade von Will sprach … er zog sich an. Das hatte mich aufgeweckt

»Will?«, murmelte ich.

»Schhh … schlaf weiter. Es ist erst halb sechs. Ich muss los, damit ich mich vor meiner Schicht noch umziehen kann. Tut mir leid, dass ich dich geweckt habe.«

»Nein, das ist schon in Ordnung. Ich muss um sechs sowieso aufstehen.«

»Verdammt. Ich habe mich seit dem Aufwachen danach verzehrt, dich zu küssen. Hätte ich das gewusst, hätte ich mich nicht zurückgehalten.«

Ich gluckste. Obwohl ich normalerweise sogar fünf Minuten mehr Schlaf zu schätzen wusste, rappelte ich mich aus dem Bett auf. Mit Will zu kuscheln war ein toller Anreiz, auf ein wenig Schlaf zu verzichten.

»Kaffee?«, fragte ich.

»Das wäre toll.«

Ich ging in die Küche und schaltete die Kaffeemaschine an. Während ich die Aufwärmphase abwartete, trat Will voll bekleidet aus meinem Schlafzimmer. Er schloss seinen Gürtel, dann rückte er den Kragen seines Hemdes zurück. Anschließend verzog er das Gesicht.

»Was ist los?«

»Ein Kratzer. Vergiss es einfach.«

»Lass mich mal sehen.«

Er senkte eine Schulter und drückte den Kragen nach unten, sodass ich einen tiefen, hässlichen Kratzer an seinem Halsansatz sehen konnte.

»Habe ich … Das war nicht ich, oder?«

Will schmunzelte, als er sich aufrichtete. »Nein. Habe ich gestern in der Arbeit abbekommen. Wir haben jemanden verhaftet, und der Kerl war nicht allzu glücklich darüber.«

Ich blinzelte. Plötzlich war ich hellwach. Wieso hatte ich das gestern Abend nicht bemerkt? Natürlich waren wir … abgelenkt gewesen, aber trotzdem … »Hat sich das ein Arzt angeschaut? Sieht tief aus.«

»Quatsch, das ist nur ein Kratzer.«

Sein gleichgültiger Kommentar beruhigte mich nicht. »Du hattest schon schlimmere Verletzungen?«

Will musste die Anspannung in meiner Stimme gehört haben, weil das Lächeln auf seinen Lippen erstarb.

»Manchmal wird es grob. Nicht oft, da ich nicht täglich draußen unterwegs bin, aber … ja …«

Ich nickte, dann wandte ich mich der Kaffeemaschine zu. Sie war warm, und das grüne Licht leuchtete, also drückte ich den Knopf.

Will legte eine Hand an meine Taille und drehte mich sanft um.

»Paige, was ist? Du hast dich … irgendwie in dein Schneckenhaus zurückgezogen.«

Ich versuchte zu lächeln, doch es gelang mir nicht. »Nichts. Ich … Mir gefällt dieser Gedanke einfach nicht. Dass du verletzt wirst.«

Will schwieg eine volle Minute, bevor er sagte: »Du bist nicht gerade begeistert von meinem Beruf, oder?«

»Mir wäre es lieber, wenn deine Job-Beschreibung nicht die Wahrscheinlichkeit auf Verletzungen beinhalten würde.«

»Jemand muss diese Arbeit aber tun.« Ich sagte nichts dazu, also sprach Will sanft weiter: »Ist es ein großes Problem für dich?«

Mein Magen verkrampfte sich. Ich konnte ihm keine klare Antwort geben, doch ich fürchtete, dass die Sache zwischen uns enden würde, bevor sie richtig angefangen hatte, sollte ich das zugeben. Also schüttelte ich den Kopf. Ich war mir nicht sicher, ob Will mir diese Antwort abnahm, also machte ich einen zweiten Kaffee. Während wir an unserem Getränk nippten, sagte Will: »Wir werden noch darüber reden, okay? Nicht jetzt, wo ich gleich verschwinden muss, aber irgendwann. Wir finden eine Lösung.«

»Okay.« Wir würden ein andermal darüber sprechen. Diese einfache Tatsache beruhigte mich. Ich spürte, wie meine Muskeln sich ein wenig entspannten.

Ich stellte meine leere Tasse auf die Arbeitsfläche. Will folgte meinem Beispiel, dann zog er mich an sich und senkte seinen Mund auf meinen. Seine Küsse waren wie ein Lebenselixier. Ehrlich. Allein seine Zungenspitze an meiner zu fühlen, elektrisierte mich bis in die Zehenspitzen. Er gab sich jedoch nicht mit Küssen zufrieden. Er schob mich nach hinten, bis ich die Wand an meinem Rücken spürte. Seine Hände glitten über meinen Körper, öffneten meinen Bademantel, um dann meinen Hintern zu packen. Meine Brüste drückten sich an ihn.

»So sieht bei dir ein Guten-Morgen-Kuss aus?«, zog ich ihn auf. Will antwortete, indem er mich an seinen Schritt presste. »Immer langsam, oder ich lasse dich nicht aus der Tür, damit du Verbrecher in den Hintern treten kannst.«

Will lächelte an meinen Lippen. »Willst du mich in Versuchung führen?«

Für gewöhnlich war ich am frühen Morgen nicht besonders verführerisch, aber Will inspirierte mich.

12

Will

Die nächsten Tage erledigte ich überwiegend Papierkram wegen einer Autodiebstahlserie, in der wir seit über einem Jahr ermittelten und mühsam Beweismaterial gegen den Anführer der Schieberbande zusammentrugen. Wir hatten endlich ein paar Leute verhaften können, womit wir einen Schritt näher daran waren, die Organisation zu sprengen. Es gab nichts Befriedigenderes, als zu wissen, dass man einen Kriminellen davon abgehalten hatte, noch mehr Straftaten zu begehen. Sicher, die Welt war immer noch kein sicherer Ort, aber zumindest etwas sichererer als zuvor.

Am Montag holte ich Milo von der Schule ab. Lori und Graham waren am Morgen in die Flitterwochen aufgebrochen, und Milo wohnte in dieser Zeit bei mir. Deswegen hatte ich nichts mit Paige ausgemacht. Ich war mir nicht sicher, wie sie darüber dachte, Zeit mit mir und einem Achtjährigen zu verbringen. Ich fragte mich allerdings, ob es ihr etwas ausmachen würde. Mann, ich war echt geliefert. Ich musste ständig an die Frau denken. Das war ein ungewohntes Gefühl für mich, obwohl ich seit über fünfzehn Jahren mit Frauen ausging. Für gewöhnlich war ich gut darin, meine Verabredungen von meinem restlichen Leben getrennt zu halten. Ich hatte das nicht bewusst getan, sondern es war mir einfach natürlich erschienen. Seitdem ich Paige kennengelernt hatte, verschwammen die Grenzen.

Ich hatte ihr täglich Nachrichten geschrieben, denn sie sollte wissen, dass ich an sie dachte und es kaum erwarten konnte, sie wiederzusehen.

»Onkel Will, können wir heute Abend frittiertes Hühnchen essen?«, fragte Milo, nachdem ich ihn eingesammelt hatte.

Ich bemühte mich, ein Lächeln zu unterdrücken. »Unter einer Bedingung: Du erzählst deiner Mom nichts davon.«

Milo grinste breit. »Werde ich nicht.«

»Du musst es mir versprechen.«

»Versprochen.«

»Vergiss es nicht. Versprechen bricht man nicht.«

Milo richtete sich hoch auf und wirkte plötzlich ernst. »Ich bin ein Mann, der zu seinem Wort steht.«

»Das bist du.«

Für ein Kind war Milo erstaunlich gut darin, Geheimnisse zu bewahren – was perfekt war, weil Lori wahrscheinlich einen Herzinfarkt bekommen würde, wenn sie je erfuhr, was Milo und ich zusammen schon so alles angestellt hatten. Doch was Lori nicht weiß, macht Lori nicht heiß.

Wir aßen in einem der besten Fried-Chicken-Läden der Stadt, dann fuhren wir zu meiner Wohnung. Auf der Fahrt musste ich wieder an Paige denken. *Zum Teufel damit.* Ich würde ihr eine Nachricht schreiben und sie zu mir einladen. Aber wahrscheinlich hatte sie sowieso schon etwas vor.

Will: Was machst du heute Abend? Gibt es irgendeine Chance, dass du mit mir und Milo abhängen willst?

Sie antwortete ein paar Sekunden später.

Paige: Ich bin gerade auf der Rückfahrt von einer Konferenz, die außerhalb der Stadt stattgefunden hat. Ich habe noch eine zweistündige Fahrt vor mir, also wird es später. Aber ich könnte mit Dessert vorbeischauen.

Ich ging in die Hocke, bis ich Milo direkt ins Gesicht sehen konnte.

»Erinnerst du dich an Paige? Meine Freundin von der Hochzeit?«

»Ja.«

»Wäre es okay für dich, wenn sie später mit Dessert vorbeischaut?«

»Na klar. Kann sie Nachos mitbringen? Ich könnte Nachos als Nachspeise essen.«

Ich wuschelte Milo durchs Haar, dann antwortete ich Paige. Der Gedanke, sie heute Abend zu sehen, erfüllte mich mit Energie. Ich wusste, warum Milo so gerne Zeit in meiner Wohnung verbrachte. Sie lag in einem Komplex mit mehreren Gebäuden, von denen keines höher war als drei Stockwerke. Außerdem gab es zwei Schwimmbäder und einen Spielplatz – auch wenn er den in den letzten Jahren kaum noch benutzt hatte.

Als Milo und ich meine Wohnung betraten, fiel mir sofort auf, dass es aussah, als hätte eine Bombe eingeschlagen. Ich war nie besonders ordentlich, und die Unordnung verzehnfachte sich, wenn Milo bei mir wohnte.

»Kumpel, wir müssen hier aufräumen, bevor Paige kommt.«

»Sauber machen?« Milo stand da wie ein begossener Pudel. Ich konnte es ihm nicht übel nehmen. Bisher hatte ich ihn noch nie darum gebeten, sehr zum Leidwesen meiner Schwester. Im Kopf ging ich alle Tricks durch, die ich normalerweise einsetzte, um Milo zu überzeugen. Manchmal beinhaltete das auch Bestechung. Doch diesmal entschied ich mich für Ehrlichkeit.

»Frauen mögen keine Unordnung«, erklärte ich.

»Ooooh … du willst sie beeindrucken?«

»Ja. Ja, genau.«

»Du könntest ganz oben aus einem Baum springen. Marshall und Xander aus meiner Schule haben versucht, Anna zu beeindrucken, also ist Marshall von einem niedrigen Ast gesprungen. Und dann ist Xander auf einen noch höheren Ast geklettert.«

Ich starrte ihn an. Waren Jungs echt so lächerlich? Wenn ich an meine Kindheit und Jugend zurückdachte, lautete die Antwort wohl Ja. »Kumpel, das ist eine sehr schlechte Idee.«

»Aber Anna war beeindruckt. Sie ist sogar mit Xander zum Schularzt gegangen, als er sich das Handgelenk gebrochen hat.«

»Sicher, aber es ist dämlich, sich das Handgelenk zu brechen, um die Aufmerksamkeit eines Mädchens zu erregen. Mach so was ja nicht.«

»Und du glaubst, aufräumen funktioniert?«, fragte Milo skeptisch.

»Nun, lass es mich so ausdrücken: nicht aufräumen wird definitiv nicht helfen.«

Widerwillig stimmte Milo zu, mir zu helfen. Die nächste Viertelstunde verbrachten wir damit, Sachen vom Boden aufzusammeln, nur um sie auf die Couch oder den Tisch zu legen, wo das Zeug auch nicht hingehörte. Vollkommen unproduktiv. Schließlich entwarfen wir einen Plan. Wir würden die ganzen Sachen im leeren Schrank im Gästezimmer stapeln, in dem Milo schlief. Wir hatten es fast geschafft, die Wohnung präsentabel aussehen zu lassen, als es an der Tür klingelte. Ich ließ den Blick durch den Raum gleiten. Viel besser.

Milo rannte vor mir zur Tür und riss sie auf. Paige lächelte breit, als sie Milo entdeckte.

»Hallo, Ms Paige.« Er trat zur Seite, um sie reinzulassen. »Ich bin Milo.«

»Ich weiß. Ich habe dich auf der Hochzeit gesehen. Du warst in deinem Smoking der bestaussehende junge Mann dort.«

Milos Lächeln sprengte fast sein Gesicht. Er liebte es, als junger Mann bezeichnet zu werden. Paige kam herein. Ich war den gesamten Tag unruhig gewesen, doch allein mit ihr in einer Wohnung zu sein, sorgte dafür, dass die Anspannung nachließ.

Sie kam mit schwingenden Hüften auf mich zu, und plötzlich empfand ich eine ganz andere Art von Anspannung, deren Quelle unterhalb meines Gürtels lag. »Hallo, Hübscher.« Sie stand nah genug vor mir, um sie zu küssen, und ihre Lippen riefen förmlich nach mir, doch ich konnte sie nicht vor Milo küssen – zumindest nicht so, wie ich es mir wünschte. Weil das beinhaltet hätte, sie gegen die Wand zu pressen.

Ich nahm ihr die zwei riesigen Tüten ab, die sie trug.

»Was ist das alles?«

»Dessert.«

»Zwei Tüten voll?«

»Könnte sein, dass ich noch ein paar andere Leckereien mitgebracht habe.«

Ich trug die Tüten zu dem niedrigen Couchtisch im Wohnzimmer. Paige und Milo folgten mir. »Sieht gemütlich aus«, meinte Paige, als sie sich umsah.

»Wir haben aufgeräumt, weil Onkel Will dich beeindrucken wollte«, verkündete Milo. Ich stöhnte. Aber Milo war noch nicht fertig. Stattdessen zog er zweifelnd die Augenbrauen hoch und fragte: »Bist du beeindruckt?«

Paige räusperte sich, dann drehte sie sich einmal langsam im Kreis und sah sich gründlich um. Ich vermutete, sie musste sich sehr zusammennehmen, um nicht zu lachen. Als sie sich uns wieder zuwandte, wirkte sie, als stünden ihr Tränen in den Augen. Doch sie lachte nicht.

»Ja. Ich bin sehr beeindruckt.«

»Milo«, grummelte ich leise.

»Was?« Der kleine Hosenscheißer deutete meine Miene absolut richtig. »Hätte ich den Mund halten sollen? Aber das hast du mir vorher nicht gesagt.«

Richtig. Den Fehler musste ich zugeben. Milo war gut darin, Geheimnisse zu bewahren … solange man ihm sagte, dass es ein Geheimnis war.

»Du wolltest geheim halten, dass du mich beeindrucken wolltest? Wieso denn das, Will?«, fragte Paige und stemmte die Hände in die Hüften.

Sie war so frech!

»Onkel Will weiß nicht, wie man Damen beeindruckt. Ich habe noch nie eine Dame getroffen.«

Mir verschlug es die Sprache. Paige dagegen schaffte es nicht mehr, ihr Lachen zurückzuhalten, doch ihre Augen waren warm, und mir drängte sich das Gefühl auf, es wäre gar nicht so schlimm, dass Milo die Katze aus dem Sack gelassen hatte. Nein, ich hatte Milo bisher keiner meiner Verabredungen vorgestellt.

»Nun, ich bin auf jeden Fall sehr beeindruckt«, sagte Paige.

»Milo, du hast vergessen, deinen Rucksack in dein Zimmer zu bringen. Mach das jetzt, bevor wir essen.«

Er nickte, warf sich den Rucksack über die Schulter und eilte in sein Schlafzimmer, das am anderen Ende der Wohnung lag. Schiebetüren trennten das Wohnzimmer und den Küchenbereich vom Rest der Wohnung.

Sobald Milo verschwunden war, küsste ich Paige. Sie öffnete den Mund, sobald unsere Lippen sich berührten, und hieß mich willkommen, als hätte sie sich genauso nach einem Kuss verzehrt wie ich. Hatte sie mich ebenso sehr vermisst wie ich sie?

Irgendwie wirkten die Küsse heute intimer. Vielleicht, weil sie sich mir bisher nur auf diese Weise geöffnet hatte, als ich tief in ihr vergraben war. Paige drängte mir ihren heißen, kurvigen Körper entgegen und schlang die Arme um meinen Hals. Ich hatte sie eigentlich nur kurz kosten wollen, aber wie für gewöhnlich mit Paige konnte ich mich auf meine Selbstkontrolle nicht verlassen. Wann hatte ich sie gegen die Wand gedrückt? Und ich hatte ihr Kleid nach oben gezogen. Herrje. Ich atmete tief durch, dann zwang ich mich, einen Schritt zurückzutreten.

»Das war ein atemberaubender Kuss«, murmelte sie. Sie sah wunderschön aus, wie sie keuchend vor mir stand.

»Ich musste dich schmecken.« Meine Stimme klang heiser.

»Mmm… nun, wenn du mich weiterhin beeindruckst, darfst du nachher vielleicht noch mal kosten.«

»Darf ich?«

»O ja. Wenn ich in großmütiger Stimmung bin, genehmige ich dir vielleicht sogar zwei Küsse.«

Ich trat wieder vor, fing Paige an der Wand ein und teilte ihre Schenkel mit dem Knie, um mein Bein zwischen ihre zu drängen.

»Ich werde mich an dir gütlich tun, Paige. Werde deinen Mund und den Rest deines Körpers kosten.« Ich drückte den Daumen direkt auf ihre Klit. Ich wusste, dass sie das selbst durch ihre Kleidung spüren konnte, weil ihre Hüften zuckten. »Ich werde dich genau dort lecken, bis du dich zitternd nach mir verzehrst.«

Paige stieß zischend den Atem aus. Ich trat mit einem zufriedenen Lächeln zurück, genau in dem Moment, in dem Milo wieder in den Raum hüpfte. Der Junge ging direkt zum Tisch. Paige und ich folgten ihm.

»Was hast du mitgebracht, Paige?«, fragte Milo.

»Na ja, ein wenig von allem«, sagte sie schließlich und fing an, den Inhalt der Tüten auf dem Couchtisch zu verteilen. Sie vermied es, mich anzusehen. Sie war so verdammt süß, dass ich am liebsten sie vernascht hätte. Und später hatte ich vor, genau das zu tun.

»Wow«, rief Milo, als er die ganzen Essenskartons musterte. Ich war mir ziemlich sicher, dass Paige in diesem Augenblick Milos Lieblingsperson war. »Du hast Popcorn *und* Nachos *und* M&Ms mitgebracht. *Und* Schokolade.«

»Wenn ich Zeit mit meinen Nichten verbringe, kaufe ich sogar noch mehr.«

»Du hast Nichten?«, fragte Milo aufgeregt.

»Ja. Drei Stück. Also kenne ich alle Tricks.«

Milo trommelte mit den Fingern auf den Tisch, als dächte er darüber nach, sie auf die Probe zu stellen.

»Kannst du ein M&M in die Luft werfen und mit dem Mund auffangen?«, fragte Milo, als wir uns auf die Couch setzten, direkt gegenüber der Glaswand, die auf den Balkon hinaussah.

»Aber natürlich.«

Zu meiner vollkommenen Überraschung öffnete Paige die Tüte und führte den Trick perfekt aus. Milo klatschte in die Hände. Aber da Milo nun einmal Milo war, forderte er Paige natürlich sofort wieder heraus, und sie ging darauf ein.

Ich lehnte mich einfach zurück und beobachtete die beiden. Diese Seite von Paige war unglaublich charmant. Ich konnte mich nicht erinnern, mich je in meinem Leben so vollkommen und mit innerem Frieden erfüllt gefühlt zu haben.

»Hey, du glaubst also, dass Onkel Will uns gar nicht beachtet?«, flüsterte Paige laut genug, dass ich sie verstehen konnte. Sie deutete mit dem Kinn auf die Essenskartons und zwinkerte. Milo zwinkerte ebenfalls, und in diesem Moment wusste ich, dass ich gegen die drohende Essensschlacht absolut nichts unternehmen konnte.

Drei Stunden später sah das Wohnzimmer viel schlimmer aus als vor unserer eiligen Aufräumaktion. Milo war auf der Couch eingeschlafen. Ich trug ihn ins Gästezimmer. Wir hatten so viel gelacht, dass mir der Bauch wehtat. Als ich ins Wohnzimmer zurückkam, sammelte Paige gerade ein paar der Verpackungen ein.

»Was tust du da?«, fragte ich.

»Ich räume auf.«

»Nein, das wirst du nicht tun. Komm, wir setzen uns auf den Balkon. Jetzt, wo du ganz mir gehörst, will ich dich auch genießen.«

Ich ging zu ihr und zog sie an mich.

»Pass auf, was du mit deinen Händen anstellst, Hottie.«

»Wieso?«

»Ähm … Milo?«

»Das Gästezimmer liegt am anderen Ende der Wohnung, und er wacht nachts nie auf.«

»Also sind anzügliche Handlungen durchaus möglich?«

Ich hob die Augenbrauen. »Habe ich das vorher nicht klargestellt?«

»Oh, ich dachte, du schwingst einfach nur große Reden. Du weißt schon … um mich zu beeindrucken.«

Ich führte sie auf den Balkon. Als wir nach draußen traten, drückte Paige meine Hand. Ich folgte ihrem Blick zu der Flasche Rotwein, die ich in einen Kühler gestellt hatte, den Gläsern und den Kerzen.

»Du … wann hast du das vorbereitet?«, fragte sie.

»Nachdem du gesagt hast, dass du dich uns anschließen wirst. Ich dachte, du willst dich nach der Fahrt wahrscheinlich entspannen. Wenn du keinen Wein möchtest, habe ich auch andere Getränke.«

»Wein ist toll.«

Sie setzte sich auf die Kante des bequemen Zweisitzers. Das war mein Lieblingsplatz in meiner Wohnung. Da ich im obersten Stock wohnte, gab es keinen Balkon über meinem, sondern nur den Blick in den Himmel. Eine hohe Palme vor dem Haus verbarg uns vor neugierigen Blicken. Ich zündete die Kerzen an, bevor ich uns Wein eingoss. Paige blieb ungewöhnlich still. Ich war kein Experte für die Gedanken von Frauen, aber eines hatten meine Schwestern mir eingebläut: Wenn eine Frau still war, dann nicht deswegen, weil ihr Kopf leer war, sondern weil er zu voll war.

Wir stießen an. Nach dem ersten Schluck fragte ich: »Willst du mir erzählen, worüber du so intensiv nachdenkst, meine Schöne?«

Sie drehte das Glas in den Fingern und sah zu den Sternen auf, ehe sie murmelte: »Du hast echt Sinn für… Romantik.«

Ich lächelte und küsste ihre Stirn. »Komm, wir sollten es uns gemütlich machen. Es ist ein wunderbarer Abend.«

Wir nippten noch einmal an unserem Wein, anschließend stellte ich die Gläser auf den niedrigen Tisch und rutschte in die Mitte der Couch. Ich lehnte mich zuerst zurück und positionierte den Arm so, dass sie ihn als Kissen verwenden konnte. Sie tat genau das, wobei sie nah genug an mich heranrückte, dass unsere Körper sich auf voller Länge berührten. Ich legte meine Finger unter ihr Kinn und hob ihren Kopf, dann küsste ich sie zärtlich. Ich liebkoste ihre Zunge und vertiefte danach den Kuss. Meine freie Hand glitt zu ihrem Rock, raffte den Stoff, bis ich ihre Haut fand. Glatt und warm. Einladend.

Ich küsste sie, bis wir beide außer Atem waren, danach drückte ich meine Stirn an ihre, weil ich die Berührung brauchte.

»Ich bin froh, dass du heute Abend vorbeischauen konntest«, gab ich zu.

»Danke, dass du mich eingeladen hast.«

»Ich wusste nicht, ob es wirklich dein Fall ist, mit Milo und mir abzuhängen.«

Sie lachte leise. »Für Spaß mit Kindern bin ich jederzeit zu haben.«

»Jetzt weiß ich das. Du bist eine tolle Frau, Paige. Je mehr ich über dich herausfinde, desto mehr mag ich dich.«

Sie vergrub ihr Gesicht an meinem Hals, und ich spürte ihr Lächeln an meiner Haut.

»O ja? Mir gefällt, wie das klingt.«

Ich konnte mir nicht sicher sein, aber ich hatte das Gefühl, dass sie mit den Zehen gewackelt hatte. Wir unterhielten uns eine Weile über dies und das. Paige zeigte mir sogar ein paar Sternbilder. Ich prägte mir ein, dass sie sich für Astronomie interessierte. Wer wusste schon, wann diese Info mal nützlich werden konnte?

Etwas vibrierte zwischen uns.

»Das ist mein Handy«, sagte ich und zog es aus der Hosentasche. Es war eine Benachrichtigung meines Kalenders für die Ferienwohnungen.

»Du fährst nächste Woche weg?«, fragte Paige, den Blick auf das Display gerichtet.

»Nein. Mir gehören ein paar Ferienhäuser, und das ist der Buchungskalender.«

»Wow, das sind ja eine Menge Buchungen. Wie viele Ferienhäuser besitzt du genau?«

»Zehn, im Moment.«

»Schön.«

Die Wohnungen lieferten mir das Geld für einen angenehmen Lebensstil, der trotzdem nicht offensichtlich war – und das gefiel mir.

»Willst du mir von deinem Tag erzählen?«, fragte ich, und das nicht nur aus Höflichkeit. Ich wollte es wissen.

»Ich habe Fortschritte bei der Finanzierung gemacht und

bin mir ziemlich sicher, dass ich in ungefähr einem Monat Zusagen für mindestens fünfundzwanzig Prozent der Kosten haben werde.«

Mir gefiel ihr Selbstvertrauen. Es beruhte nicht nur auf blindem Übermut. Sie wusste genau, wozu sie fähig war.

»Mann, ich liebe den August«, sagte sie plötzlich. Inzwischen war die zweite Augustwoche.

»Warum?«

»Ich weiß nicht. Es ist, als würde die Hitze erträglicher. Oder vielleicht habe ich mich einfach bloß daran gewöhnt. Übrigens, ich habe mit meinen Eltern zu Abend gegessen. Es … ähm, könnte sein, dass sie jetzt von dir wissen.«

Ich zog sie enger an sich und tätschelte ihren Hintern. »Was meinst du mit ›könnte sein‹? Ich dachte, man kann mit mir angeben. Nun bin ich tief getroffen.«

Paige lachte leise und pikte mich in den Arm.

»Was hast du ihnen von mir erzählt?«, hakte ich nach.

»Dass du unglaublich heiß bist und mich zum Lachen bringst.«

»Mehr nicht?« Ich bemühte mich, vollkommen vor den Kopf gestoßen zu klingen. Paige knabberte inzwischen an meinem Hals, und ich spürte jede Berührung ihrer Zungenspitze direkt zwischen den Beinen. Ich war mir nicht sicher, wie lange ich noch fähig wäre, ein Gespräch zu führen.

»Vertrau mir, bei meiner Mom ist weniger mehr. Dad war tatsächlich ein wenig schockiert darüber, dass du bei der Polizei arbeitest.«

Das gab mir zu denken. »Wieso?«

Paige hörte auf, an meinem Hals zu knabbern. Stattdessen rutschte sie ein kleines Stück nach hinten, um mich ansehen zu können. »Weil er bei all diesen jährlichen Treffen mit seinen Kameraden immer versucht hat, mich mit ihren Söhnen zu verkuppeln, ich aber keinerlei Interesse gezeigt habe.«

Ich sah sie unverwandt an. »Diese Zurückhaltung in Bezug auf meinen Job hat mit deinem Dad zu tun, habe ich recht?«

Paige nickte langsam. »Ich glaube schon. Es war einfach … hart, verstehst du? Als ich aufgewachsen bin, war er nie da. Das wäre nicht so schlimm gewesen, wenn er einfach auf Geschäftsreise gewesen wäre … aber was er getan hat, war echt gefährlich. Wir haben uns ständig Sorgen gemacht. Meine größte Angst war, dass eines Tages ein Mann in Uniform auf unserer Türschwelle erscheinen würde, um uns zu sagen, dass Dad nicht zurückkommen würde.«

Paiges Stimme brach, und sie so zu sehen, schnürte mir die Kehle zusammen. Ich zog sie in eine Umarmung, woraufhin sie sich sofort entspannte.

»Bei vielen seiner Kameraden ist es so gelaufen, also weiß ich, dass wir Glück hatten«, murmelte sie leise, doch dann sprach sie mit fester Stimme weiter. »Ich weiß, dass das, was er getan hat, wichtig war. Und dasselbe gilt für deinen Beruf.«

»Paige … mein Beruf ist bei Weitem nicht so gefährlich.«

»Ich weiß.« Sie zuckte mit den Achseln. Ich zog sie enger an mich, weil ich sie verstand. Ich kannte die tiefe Angst, jemanden zu verlieren, den man liebte, auch wenn meine Angst einer anderen Quelle entsprang. Konnten wir ihre Bedenken überkommen?

»Ich war so froh, dass ich heute Abend nicht in der Pension sein musste«, fuhr sie fort. Offensichtlich wollte sie das Thema wechseln.

»An welchen Abenden bist du eingeteilt?«

»Dienstags und mittwochs.«

»Wäre es okay, wenn ich mich dir anschließe?«

»Wieso solltest du das tun wollen?«

Ich rollte sie auf den Rücken und glitt über sie, dann stützte ich mich auf einen Ellbogen, um sie ansehen zu können. Mit der freien Hand umfasste ich ihre Wange.

»Um Zeit mit dir zu verbringen.«

Paige blinzelte ein paarmal, dann spürte ich, wie sie sich unter mir entspannte. Das Kerzenlicht erhellte nur die Hälfte ihres Gesichts, doch ich sah, wie ihre Lippen sich zu einem wunderschönen Lächeln verzogen.

»Das wäre wunderbar.« Sie wackelte mit den Augenbrauen und fügte hinzu: »Und ich verspreche, es dir zu versüßen. Werde dich mit nicht zu knapper Kleidung verlocken und so was.«

Ich lachte. »Achte darauf, dieses Versprechen zu halten. Außerdem weiß ich durchaus ein paar Dinge über Renovierungsarbeiten, also kann ich mich sicher nützlich machen.«

»Ist das so eine Männersache? Mein Bruder und Vater behaupten auch immer, sie wüssten *ein paar Dinge*, aber jedes Mal, wenn sie versuchen, etwas zu reparieren, entsteht nur Chaos.«

»Während der Highschool-Zeit habe ich in den Sommerferien für eine Baufirma gearbeitet, um Geld zu verdienen. So hat die Sache mit den Ferienhäusern angefangen. Ich habe Häuser renoviert. Eines führte zum anderen …«

»Okay, ich ziehe meine Beschuldigung der männlichen Angeberei zurück.«

Paige hob den Kopf und küsste mich. Das überraschte mich, aber trotzdem öffnete ich mich ihr. Es fühlte sich einfach unglaublich an. Ich genoss es, ihr die Führung zu überlassen… zumindest, bis die kleine Verführerin anfing, an meiner Zunge zu saugen, und mein Schwanz fast unangenehm hart wurde. Dann übernahm ich wieder die Kontrolle.

Ich löste ihre Hände von meinen Schultern und zog sie über ihren Kopf. Ich wurde noch härter, als Paige sofort die Beine spreizte. Diese Frau war wie für mich gemacht. Ihre Reaktionen auf mich waren unglaublich. Ich genoss ihren Mund, bis ich fühlte, dass sie unter mir zitterte und versuchte, sich an mir zu reiben. Doch ich hielt meine Hüften außerhalb ihrer Reichweite; gab ihr nicht die Reibung, nach der sie suchte. Nein, ich würde mir Zeit lassen. Ich hatte vor, sie in den Wahnsinn zu treiben.

»Will«, murmelte sie und versuchte, ihre Handgelenke aus meinem Halt zu lösen, »ich will dich berühren.«

»Noch nicht.«

Erneut hob sie die Hüften, doch ich zog mich zurück.

»Wie lange willst du ihn von mir fernhalten?« Sie nickte in Richtung meines Gürtels. Diese Frau war einfach zu süß.

»Bis ich dich zum Orgasmus gebracht habe.«

Sie starrte mich an und schluckte schwer.

»Was?«

»Du wirst durch meine Hand kommen, und erst dann bekommst du meinen Schwanz.«

Sie schluckte wieder. Ich fing ihren Mund ein und schob eine Hand unter ihr Kleid. Sie roch so unglaublich gut. Süß und würzig. Ich ertappte mich dabei, wie ich mir wünschte, die Kissen würden ihren Geruch aufnehmen, damit etwas von ihr zurückblieb, wenn sie wieder gegangen war. Meine Finger fanden ihr Höschen und schoben den Stoff zur Seite.

Sie war so bereit für mich, dass ich gleich zwei Finger in ihr versenken konnte. Ich krümmte sie langsam, auf der Suche nach der empfindlichen Stelle in ihr. Paige kam schnell und heftig. Ich presste meinen Mund auf ihren, spürte ihr Keuchen an meiner Brust. Meine Härte pulsierte fast schmerzhaft, und ich verzehrte mich danach, mich in ihr zu versenken, doch ich hielt Paige fest, während sie vor Lust zitterte.

Als ihre Atmung sich normalisierte und ihre Hände anfingen, über meinen Rücken zu gleiten, griff ich in die kleine Kiste unter dem Couchtisch und schnappte mir ein Kondom.

»Du bist... gut vorbereitet«, sagte Paige mit belegter Stimme.

»Bei dir geht es nicht anders als mit vorausschauender Vorbereitung. Denn sobald ich mit dir zusammen bin, vergesse ich mich.«

Ich schob Hose und Boxershorts nach unten, dann streifte ich unter Paiges wachsamem Blick das Kondom über. Sie wollte nach mir greifen, aber ich hielt sie davon ab. Ich umklammerte meine Wurzel, dann schob ich die Hand langsam nach vorne, drückte die Spitze meiner Erektion gegen ihren Unterleib. Ihr Rock lag um ihre Taille, also konnte sie nicht sehen, was ich tat. Sie konnte nur fühlen.

»Das ist es, was du willst... nicht wahr, Paige?«

Ich drückte meine Spitze gegen ihre Klitoris, als sie heftig nickte, dann glitt ich in sie. Mit großen Augen biss sie sich auf die Unterlippe, als die Muskeln in ihrem Inneren mich umfingen, anschließend schlang sie die Arme um meinen Hals und zog mich an sich. Ich drückte meine Wange an ihre, während ich mich bewegte, weil ich Paige hören wollte. Sie war nicht laut, doch ihr leises Seufzen und Stöhnen trieb mich an. Ich liebte sie langsam und träge, fühlte mit jedem Stoß, wie ihre Lust anstieg. Ich spürte, wie sich Hitze in meiner Erektion sammelte. Sie fühlte sich so gut an … ich wusste, dass ich nicht lange durchhalten würde. Sie schien ebenfalls kurz vor dem Höhepunkt zu stehen, aber ich wollte sicherstellen, dass sie noch einmal kam. Also hörte ich auf, mich zu bewegen, schob eine Hand zwischen uns und ließ meine Finger um ihre Klit kreisen, bis ihre inneren Muskeln sich um mich verengten. Dann stieß ich erneut in sie und küsste sie, während sie meine Welt aus den Angeln hob.

Nachdem wir uns sauber gemacht hatten, zitterte Paige ein wenig, und ich brachte ihr eine Decke. Anschließend glitt ich neben ihr unter den Stoff.

»Du bist so aufmerksam«, murmelte sie.

»Ich werde dich wärmen. Die Decke ist nur für alle Fälle.«

»Du wirst mich wärmen, hm?«

»Ja. Ich habe viele Talente.«

»Das hast du definitiv. Deine Finger sind quasi magisch.«

»Nur meine Finger?«

»Hmmm … andere Körperteile könnten ebenfalls magisch sein.« Ihre Stimme war leise, fast ein Schnurren. »Deine Brust ist das beste Kissen der Welt.«

»Ich verstehe.« Ich lachte leise, als sie ihren Kopf an meine Brust drückte und nach der bequemsten Position suchte.

Sie gähnte. »Ich sollte bald gehen, sonst schlafe ich hier ein.«

»Was wäre daran so schlimm?«

»Das morgen Milo zu erklären.«

Das war durchaus ein Argument, aber der einzige Grund,

warum sie gehen wollte. Ich drehte mich und drückte ihr einen Kuss auf die Schulter.

»Will, was tust du da?«

»Du wirst schon sehen. Ich bin noch lange nicht fertig mit dir.«

Ich küsste ihren Mund und schmeckte Wein und Schokolade auf ihren Lippen. Ihr Geschmack berauschte mich. Ich wollte niemals wieder ohne dieses köstliche Aroma auskommen müssen… ohne sie. Es war ein mächtiges Gefühl. Ich war mir einfach sicher, dass Paige in mein Leben gehörte. Und ich wusste noch etwas mit absoluter Sicherheit: Heute Nacht würde ich sie in den Wahnsinn treiben.

13

Paige

»Reiß dich zusammen, Ashley. Sonst läuft im Büro auch niemand mit Leichenbittermiene herum, weil irgendein Kind Halsweh hat.« Greg benahm sich noch mehr wie ein Arschloch als sonst. Er war genau in dem Moment in mein Büro gekommen, als Ashley mir gerade erzählte, dass sie fürchtete, ihren Jungen zu früh wieder in den Kindergarten geschickt zu haben.

Ich öffnete den Mund, um etwas zu sagen, doch Ashley brachte mich mit einem flehenden Blick zum Schweigen.

»Paige, ich möchte mit dir sprechen. Du musst die Leitung beim Wasserprojekt übernehmen.«

»Beim Wasserprojekt?« Ich blinzelte und bemühte mich, ruhig zu bleiben. Das war eines unserer Schlüsselprojekte dieses Jahr – und deswegen war Greg direkt für die Finanzierung verantwortlich. Wieso lud er mir noch mehr Arbeit auf?

»Ja. Gibt es ein Problem damit?«

Ich war klug genug, nicht mit ihm zu diskutieren. Er war schließlich mein Chef. Aber ich war nicht gerade begeistert, zusätzlich zu meinen anderen Projekten noch eine Aufgabe zu übernehmen. Ich bat ihn, mir alle nötigen Informationen zukommen zu lassen. Während ich mir die Berichte durchlas, sah ich immer wieder auf die Uhr, weil ich mich später mit Mom zu einem abendlichen Einkaufsbummel treffen wollte.

Ich war kein großer Fan von Ladenshopping. Ich war quasi süchtig nach Online-Einkäufen, seitdem ich meine erste Kreditkarte bekommen hatte … und als Express-Lieferungen eingeführt worden waren, hatte sich diese Abhängigkeit sogar noch verstärkt.

Doch an diesem wunderbaren Donnerstagabend würde ich mich zusammenreißen und mich mit Mom im Einkaufszentrum treffen. Sie mochte das altmodische Schlendern von Geschäft zu Geschäft und brauchte ein Outfit für ihren nahenden vierzigsten Hochzeitstag. Elsa und Miranda würden sich uns ebenfalls anschließen, also würde es ein richtiger Frauenabend.

Mom tauchte zuerst auf.

»Lass uns einen Smoothie trinken, während wir auf die anderen warten. Wir haben ihnen versprochen, dass wir nicht ohne sie losziehen«, schlug ich vor.

Mom nickte, und wir bestellten uns beide einen Erdbeer-Ananas-Smoothie. Ich betrachtete Mom genau, versuchte, mir ein Outfit für sie vorzustellen, dann fiel mir auf, dass meine Mutter mich ebenso eingehend musterte. Das wissende Lächeln, das um ihre Lippen spielte, jagte mir eine Heidenangst ein. Dieses Lächeln tauchte normalerweise auf, bevor sie mir Ratschläge für mein Leben erteilte, ob ich sie nun darum gebeten hatte oder – was häufiger der Fall war – eben nicht.

»Wie geht es deinem Detective?«, fragte Mom schließlich.

»Gut. Zwischen uns ist alles okay.« Ich wählte meine Worte sehr sorgfältig. Wenn ich zu viel Enthusiasmus zeigte, würde meine Mom bald schon Babynamen aussuchen und in der Hoffnung, Will zu begegnen, unangekündigt bei mir auftauchen. Okay, das war nur einmal passiert, vor fünf Jahren, aber ich hatte nicht vor, das noch mal zu riskieren. Ich sparte mir meine Schwärmerei für meine Schwestern auf, wenn Mom nicht in Hörweite war … denn ich war einfach hin und weg von ihm.

Will hatte nicht übertrieben, als er erklärte, dass er handwerklich sehr geschickt war. In den letzten zwei Wochen hatte er immer wieder in der Pension vorbeigeschaut und gelegentlich dem Handwerker geholfen. Und ich? Nun … ich hatte mir ein Glas Wein eingeschenkt und die Aussicht genossen. Ich mochte unsere zwanglosen Treffen in der Pension nach der Arbeit. So konnten wir uns in Ruhe kennenlernen, ohne den Druck einer offiziellen Verabredung.

»Wann wirst du ihn uns vorstellen?«

»Es ist noch zu früh, Mom.«

Mom wedelte mit der Hand, als spiele das überhaupt keine Rolle. »Ich wusste schon bei der zweiten Verabredung, dass dein Dad der Richtige für mich ist.«

Ich starrte sie an. »Wirklich?«

»O ja. Er hat mich sofort um den kleinen Finger gewickelt.« Mom trank ihren Smoothie aus. »Jedes Paar ist anders. Wenn man zusammenpasst, merkt man das einfach. Manche Leute wollen es nicht zugeben, aber sie wissen es trotzdem.« Mom zog einen Handspiegel aus der Tasche und musterte ihre Frisur. »Ich glaube, ich muss mir mal wieder die Haare färben.«

»Ich erinnere mich an die Nacht, in der du diese weißen

Strähnen bekommen hast.« Die Worte drangen einfach über meine Lippen.

Mom lächelte traurig. »Das war eine harte Nacht. Und es gab einige davon. Tut mir leid, dass ich nicht stärker war. Ich habe versucht, mich zusammenzureißen …«

»Wovon redest du? Du hast dich zusammengerissen. Du bist eine starke Frau, Mama.«

»Aber ich war nicht stark genug. Hin und wieder habe ich mich von der Angst überwältigen lassen.« Ihr Lächeln wurde noch trauriger, und ich wünschte mir, ich hätte das Thema nicht angesprochen. »Tut mir leid.«

»Mama, du musst dich für nichts entschuldigen. Du bist eine starke Frau, und ich bewundere dich. Das habe ich immer getan. Und die anderen auch. Tut mir leid, dass ich das zur Sprache gebracht habe.«

Mom schwieg einen Moment, doch ich wusste, dass die Zahnräder in ihrem Kopf sich drehten.

»Ich weiß, warum du es getan hast. Ich glaube, du fürchtest dich ein wenig vor der Liebe.«

Ich verschluckte mich fast. »Was? Wieso sagst du das?«

»Eine Mutter sieht so etwas einfach. Vielleicht hat es dir Angst gemacht, mich in diesen schweren Zeiten zu sehen. Vielleicht hat dich das glauben lassen, dass jemanden wirklich zu lieben, dieser Person Macht über dein Lebensglück gibt … was in gewisser Hinsicht ja auch stimmt. Aber eines will ich dir sagen: Müsste ich noch mal wählen, würde ich genau dieselben Entscheidungen treffen. Deinen Dad heiraten und ihn in seiner Entscheidung bestärken, zur Army zu gehen. Dass es schwer war, heißt nicht, dass wir nicht glücklich waren. Als Mutter kann ich bloß hoffen, dass du eines Tages diese Liebe auch findest. Tatsächlich hoffe ich, dass du sie nicht nur findest, sondern sie auch festhältst. Dafür kämpfst.«

Ich starrte sie ein paar Sekunden lang sprachlos an, bevor ich schließlich meinte: »Ich habe unsere Gespräche vermisst, als ich weg war.«

»Genau wie ich.«

»Du hast noch drei weitere Kinder.«

Mom zwinkerte. »Aber nur eine Paige.«

Wir unterhielten uns über unsere Pläne für den Abend, bis meine Schwestern auftauchten. Dann stürmten wir das Einkaufszentrum.

Wir fingen sofort an, uns zu zanken, weil wir uns – wie für gewöhnlich – auf so gut wie nichts einigen konnten. Das hatte ich auch vermisst.

»Wow, es ist wirklich seltsam, ohne mein Kind einkaufen zu gehen«, meinte Miranda. »Irgendwie geht alles zehnmal schneller.«

Während wir von Laden zu Laden gingen, dachte ich öfter an das Gespräch mit Mom zurück. Hatte ich Angst vor der Liebe? Ich hatte das nie so gesehen. Ich war immer viel ausgegangen und hatte sogar zwei längere Beziehungen geführt. Ich war in keinen dieser Freunde bis über beide Ohren verliebt gewesen, aber ich war davon ausgegangen, das würde einfach daran liegen, dass sie nicht zu mir gepasst hatten. Aber Mom hatte mir ein paar Denkanstöße gegeben.

»Also, erzähl uns alles über Will«, sagte Miranda, als Mom in der ersten Umkleidekabine verschwand. Wir standen ein gutes Stück entfernt, aber ich flüsterte trotzdem. Ich konnte mich nicht davon abhalten, mit meinem attraktiven Detective und seinen vielseitigen Fähigkeiten anzugeben. Er schaffte es immer, mich aufzumuntern, obwohl es mit der

Finanzierung für mein Projekt nicht so gut voranging, wie gehofft – was dafür sorgte, dass ich jeden Arbeitstag mit schwerem Herzen begann.

Ich war mir allerdings nicht sicher, wie er empfand. Er war kein Mann vieler Worte. Ein Teil von mir fragte sich, ob Will das bewusst tat oder ob er einfach nicht wusste, wie er sich mir öffnen und mich näher an sich heranlassen sollte.

Fünfzehn Klamotten- und fünf Schuhläden später hatte Mom endlich ein Outfit gefunden. Wir hatten einen echten Volltreffer gelandet: ein dunkelgrünes Kleid mit eng anliegendem Oberteil und bis auf die Knöchel fallendem, weitem Rock. Das Ganze vervollständigt durch goldfarbene Sandalen mit dünnen Riemchen und eine farblich passende Mini-Handtasche.

»Ist irgendjemand interessiert, noch schöne Unterwäsche zu kaufen?«, fragte Elsa, als wir aus dem Schuhladen traten.

Zu meiner Überraschung errötete Mom und meinte: »Ähm … ich … ich würde mir gerne mal ansehen, was sie so haben. Vielleicht probiere ich … bei dieser Gelegenheit … mal etwas Neues aus.«

Wir holten uns noch einen Smoothie und gönnten unseren Füßen ein paar Minuten Ruhe, bevor wir in den Dessousladen gingen. Er hatte eine große Auswahl, sogar eine erlesene Auswahl an Reizwäsche.

»Was soll denn das sein?«, stieß Mom entsetzt hervor. »Das hat ja gar keinen Schritt.«

Miranda warf mir einen panischen Blick zu. O Mann. Wenn dieses Gespräch weiterging, musste ich ein wenig Wein in meinen Smoothie schummeln. Oder Wodka.

Wir führten Mom in den Teil des Ladens, in dem wirklich alle angebotenen Teile einen Schritt hatten.

All diese Spitze um mich herum brachte mich auf Ideen. Ich hatte bereits ein paar Stücke entdeckt, die mich förmlich anschrien: »Öffne deinen Geldbeutel! Jetzt sofort!« Ich konnte mir lebhaft Wills Miene vorstellen, wenn er sie sah. Ich wollte etwas Elegantes, das gleichzeitig sexy war. Ich würde etwas kaufen, das Will umhaute.

Ich musterte mich zum hundertsten Mal kritisch im Spiegel. Die Dessous sahen sogar noch sexyer aus als im Laden ... und das hieß einiges. Es würde Will definitiv umhauen. Meine Neueinkäufe, die ich vor zehn Tagen erstanden hatte, zog ich nun zum ersten Mal an. Ich wollte Will beeindrucken – mal wieder.

Er hatte mich mit Karten für einen Blockbuster-Film überrascht, den ich unbedingt sehen wollte. Als ich ihn fragte, woher er das wusste, sagte er: »Paige, du redest. Eine Menge. Und ich habe die Angewohnheit, mir jedes Detail einzuprägen.«

Deswegen war ich heute so entschlossen, ihn zu beeindrucken.

Ich hatte mir eine neue Gesichtsmaske gekauft, die fast so viel kostete wie die Dessous. Das Model auf dem Karton sah so gut aus, dass ich einfach nicht widerstehen konnte.

Während ich die Anleitung las, rief Will an.

»Hey«, sagte ich, ein wenig panisch, dass er sich vielleicht früher treffen wollte. Ich war bei Weitem noch nicht fertig.

»Hey. Hör mal, könnten wir unsere Verabredung heute Abend verschieben?«

»Oh ... geht es dir gut? Ist etwas passiert?«

»Es war eine harte Schicht. Ich bin müde.«

»Ich kann mich um dich kümmern.«

»Ich bin wahrscheinlich keine gute Gesellschaft, Paige.«

Jetzt geriet ich aus ganz anderen Gründen in Panik. Will klang niedergeschlagen, doch ich war mir nicht sicher, ob es wirklich nur an der Arbeit lag oder … Ich fuhr mir mit der Hand durchs Haar, unsicher, wie ich vorgehen sollte. Ich wollte Will so gerne sehen. Aber war es richtig, darauf zu drängen? Vielleicht brauchte er einfach ein wenig Zeit für sich … vielleicht hatte er einfach keine Lust, mich zu sehen.

Allerdings standen die Chancen nicht schlecht, dass ich seine Stimmung bessern könnte. Ich hatte Angst davor, es zu riskieren, ihn unter Druck zu setzen und zurückgewiesen zu werden. Doch ich fürchtete mich auch davor, den Präzedenzfall für eine Beziehung zu schaffen, wo man sich nur traf, wenn man gut drauf war, und sich an den härteren Tagen aus dem Weg ging. Das war keine gute Basis, um … irgendetwas aufzubauen.

»Wieso lässt du mich das nicht entscheiden? Außerdem hatte ich Pläne, dich nach dem Film ordentlich zu beeindrucken.«

»Willst du wieder versuchen, die Küche in Flammen zu setzen?«

Ich lachte. »Nein. Ich habe sexy Pläne, Will.«

Ich hätte schwören können, dass ich ein Knurren hörte.

»Definiere sexy Pläne.«

»Auf keinen Fall, Mr stattlicher Detective. Du wirst schon vorbeikommen müssen, um es dir selbst anzusehen.«

Will antwortete nicht. Ich spürte förmlich, wie sich mein Herz verkrampfte. Machte ich mich hier gerade völlig zum Narren?

»Okay. Ich bin um sieben Uhr da.«

»Ich kann es kaum erwarten.« Ich konnte bloß hoffen, dass die Erleichterung in meiner Stimme nicht zu offensichtlich war. Nachdem wir aufgelegt hatten, trug ich die Gesichtsmaske auf. Zwanzig Minuten später las ich panisch noch einmal die Anleitung durch. Nirgendwo auf der blöden Verpackung stand, dass ich riechen würde wie ein Sumpf. Eilig wusch ich mir die Maske vom Gesicht. Will sollte in zwanzig Minuten kommen. Das sollte ausreichen, um diesen Geruch loszuwerden, oder? Nur gut, dass ich eine Menge Obst im Kühlschrank hatte. Ich fertigte eine Mango-Quark-Maske an und trug sie auf meine bereits empfindliche Haut auf. Geschah mir recht, wenn ich irgendein neues Produkt ausprobierte, statt meine alten Tricks anzuwenden. Ich konnte förmlich fühlen, wie die Mangos meiner Haut die Feuchtigkeit zurückgaben.

Es funktionierte – der Gestank war verschwunden. Ich föhnte mir die Haare, dann schlüpfte ich in die Dessous und warf mir ein leichtes Strandkleid über. Einer der Vorteile, in L.A. zu leben. Ich konnte bis in den Herbst hinein luftige Klamotten tragen. Gerade als es an meiner Tür klingelte, war ich fertig.

Ich warf einen letzten Blick in den Spiegel, bevor ich zur Eingangstür ging.

Ich öffnete sie, um mich dann so verführerisch wie möglich aufzubauen, ein Bein nach vorne geschoben, die Hand an der Hüfte. Will öffnete den Mund, danach wirkte er … überwältigt. Sein Blick glitt von meinem Kopf bis zu den Zehen, dann wieder nach oben, und mir wurde klar, dass ich mir diese Maske hätte sparen können. Will trat in meine Wohnung und schloss die Tür hinter sich.

»Paige, du siehst …« Er beendete den Satz nicht. Stattdessen trat er immer näher, bis er direkt vor mir stand. Er berührte meine Schulter, dann meine Hüfte. Schließlich wieder meine Schulter. Er schien sich nicht entscheiden zu können, wo er mich zuerst küssen oder berühren sollte.

Irgendwann drückte er seinen Mund auf meinen. Gleichzeitig glitt seine Hand unter mein Kleid. Ich trug einen knappen Tanga, sodass mein Hintern quasi nackt war. Will brummte anerkennend. Seine freie Hand glitt zu meinem Hinterkopf. Er schob seine Finger in mein Haar und zog mich für einen noch hitzigeren Kuss an sich. Seine Leidenschaft entzündete ein Feuer in mir. Seine Zunge stellte dekadente Dinge an, bewegte sich in einem Rhythmus, der dafür sorgte, dass ich mich nach ihm verzehrte.

Er ließ seine Finger über eine Pobacke gleiten, dann wandte er sich der anderen zu. Als seine Finger durch den Spalt dazwischen glitten, hatte ich das Gefühl, meine Knie müssten nachgeben.

»Wir sollten aufbrechen, wenn wir rechtzeitig im Kino sein wollen«, sagte er.

»Sicher. Los geht's.«

14

Will

Ich hatte ein Kino ausgesucht, das in der Nähe von Paiges Wohnung lag, aber es war trotzdem weit genug entfernt, um das Motorrad zu nehmen. Wir hatten Glück mit dem Verkehr, was allerdings bedeutete, dass wir zu früh da waren. Nachdem wir Popcorn und Getränke gekauft hatten, warteten wir in dem kleinen Barbereich im Innenhof.

Ich setzte mich auf einen der weißen Plastikstühle und zog Paige zu mir auf meinen Schoß.

»Es gibt hier genug Stühle, Detective«, sagte sie leise.

»Aber so kann ich dich jederzeit berühren.«

Sie schenkte mir ein verführerisches Lächeln. Heute war ein wichtiger Fall vollkommen vor die Hunde gegangen. Normalerweise reagierte ich auf so etwas, indem ich mich kopfüber in einen neuen Fall stürzte – oder, wenn es gerade nichts Aktuelles gab, einen ungelösten Fall wieder ausgrub. Ich war dann keine gute Gesellschaft, weil meine Laune im Keller war.

Paige hatte allerdings am Telefon so angespannt geklungen, dass ich ein guter Freund sein wollte. Ich wusste, wie sehr sie sich auf heute Abend gefreut hatte.

»Willst du mir erzählen, was am heutigen Tag so schlimm war?«, fragte sie beiläufig. Ich spannte mich an, hielt meine Miene ausdrucklos, doch bevor ich die Frage abwehren konnte, fügte sie hinzu: »Ich weiß, dass du nichts Genaueres sagen darfst … aber ganz allgemein darüber zu reden, könnte vielleicht helfen.«

Ich zögerte, dann gab ich zu: »Ein Fall, an dem wir über ein Jahr gearbeitet haben, wurde heute verworfen. Wir wissen, dass der Kerl schuldig ist, aber das Büro des Staatsanwaltes hat den Fall wegen einer Formalität zurückgewiesen. Wir können den Kerl wegen absolut nichts vor Gericht stellen.«

»Das tut mir leid, Will.«

»Die ganze Arbeit und … weißt du, es ist nicht mal die Arbeit, die mich stört, sondern einfach, dass er frei herumlaufen darf. Deswegen bin ich Polizist geworden. Unsere Eltern sind bei einem Unfall mit Fahrerflucht gestorben. Der Kerl wurde nie gefasst.«

»Du kannst nicht jeden Verbrecher schnappen.«

»Ich weiß.« Doch aus irgendeinem Grund tat es dennoch gut, die Worte von ihr zu hören. »Ich mache mir nur immer Sorgen, weil wir den Opfern keinen Abschluss liefern können. Das nagt an den Leuten.«

Paige schwieg ein paar Sekunden lang, dann küsste sie mich auf die Wange und drehte sich so, dass sie seitlich auf meinem Schoß saß.

»Ich rede normalerweise nicht über diese Dinge. Aber du sorgst irgendwie dafür, dass ich … dir alles erzählen will.«

»Erzähl mir nur, womit du dich wohlfühlst. Und sag mir, was ich tun kann, um dich abzulenken.«

»Oh, mit diesem Kleid lenkst du mich schon genug ab.«

Sie kicherte. »Und dabei hast du noch gar nicht gesehen, was ich darunter trage.«

Anschließend gingen wir ins Kino, auch wenn ich zugeben muss, dass ich öfter zu Paige sah als auf die Leinwand. Ihr Lachen war ansteckend. Ich war plötzlich wahnsinnig dankbar, dass ich nicht im Revier geblieben war, um mich in Arbeit zu vergraben. Das war durchaus ein Weg, meine Enttäuschung zu verdrängen, doch das hier machte mich glücklich.

Nach dem Film konnte ich kaum klar denken, als ich mit Paiges Armen um meinen Körper nach Hause fuhr. Sie machte es mir auch nicht leicht. An jeder roten Ampel gingen ihre Hände auf Wanderschaft.

»Paige«, warnte ich sie, weil ich befürchtete, dass meine Erektion bald für jeden sichtbar würde.

»Was?«, fragte sie heiser. »Ich nutze die Gelegenheit aus, dass du mich zur Abwechslung mal nicht berühren kannst. Du bist im Bett ziemlich herrisch. Das ist meine Rache.«

Ich bin mir nicht sicher, wie wir es in ihre Wohnung schafften, doch sobald sich die Tür hinter uns geschlossen hatte, zog ich sie an mich. Ich küsste ihre nackte Schulter und öffnete den Neckholder ihres Kleides. Der Stoff löste sich, und das Kleid fiel auf ihre Taille. Ich zog eine Spur aus Küssen über ihre Wirbelsäule, wobei ich im Nacken anfing und immer wieder auch meine Zunge einsetzte. Jedes Mal drückte sie den Rücken durch.

»Am Rock gibt es einen kleinen Reißverschluss«, flüsterte sie. Ich fand ihn, zog ihn nach unten, dann fiel das Kleid um ihre Knöchel und präsentierte mir Paiges atemberaubenden Hintern. Sie trug einen knappen Tanga. Ich berührte den

Stoff, erst den Teil mit dem Gummiband, dann den Fetzen Stoff zwischen ihren Pobacken. Paige spreizte zitternd die Beine. Ich berührte sie zwischen den Beinen, und sie fing meine Hand mit den Schenkeln ein.

Ich wirbelte Paige herum, küsste sie und schob sie rückwärts Richtung Schlafzimmer.

Ihre Unterwäsche fiel noch im Flur zu Boden, zusammen mit meiner Kleidung. Ich küsste sie leidenschaftlich, genoss ihren süßen Mund. Ich presste sie kurz gegen die Wand, doch mir war klar, dass ich uns ins Schlafzimmer bringen musste. Ich hörte auf, sie zu küssen, und sah sie einfach nur an, ließ meine Fingerknöchel über ihre Wangen gleiten.

»Was?«

Ich strich mit den Fingerspitzen über ihre Lippen, dann stahl ich mir noch einen Kuss. »Du machst mich glücklich, Paige. Unfassbar glücklich. Mit dir zusammen zu sein … ich habe mich bisher mit niemandem so gefühlt. Ich will nur, dass du das weißt.«

Sie lächelte scheu. Ich hob sie von den Füßen und trug sie zum Bett. Nachdem ich sie auf die Matratze gelegt hatte, erhob sie sich auf die Knie und ließ ihre Zunge über meine Erektion gleiten. Allein das Gefühl an meiner Spitze jagte mir einen Schauer über den Körper. Paige sah zu mir auf, als sie mich tiefer in den Mund nahm und … Wahnsinn: Wenn ich jetzt sterben sollte, würde ich als glücklicher Mann sterben. Ich vergrub meine Hand in ihrem Haar, um sie besser sehen zu können, und stöhnte leise. Ich ließ sie genau wissen, welche Lust sie mir bereitete, wie gut es war. Zu gut, weil ich plötzlich spürte, wie meine Hoden sich hoben.

»Paige, stopp.«

Stattdessen bewegte sie ihren Kopf schneller, bis ich fast

schielte. Ich wollte mich zurückziehen, doch sie gab mich nicht frei, sondern verwöhnte mich mit dem Mund, bis ich kam.

»Verdammt, Paige. Du bist so schön, mit deinen geschwollenen Lippen.« Ich drückte sie fest auf den Rücken, glitt zwischen ihre Beine und wäre fast noch mal gekommen, als mir klar wurde, wie sehr es sie erregt hatte, mich zu liebkosen.

Ich umfasste mich selbst, während ich die Finger meiner freien Hand um ihre Klitoris gleiten ließ. Und als Paige leise aufschrie, hätte ich fast vergessen, mir ein Kondom überzustreifen. Ich hob ihre Beine von der Matratze und legte sie auf meine Schultern. Paiges Keuchen trieb mich nur an. Ich schob ein Kissen unter sie, um ihren Hintern ein wenig anzuheben, dann nahm ich sie härter als je zuvor. Ich wollte mich in dieser Frau verlieren … und es war mir egal, ob ich jemals zurückfand.

15

Paige

Wie die meisten Leute hatte ich Strategien entwickelt, um mit schlechten Phasen umzugehen. Sie beinhalteten Wein und Orgasmen. Nicht unbedingt in dieser Reihenfolge. Doch nur drei Wochen nachdem Greg das Wasserprojekt auf mich abgeschoben hatte, erreichte ich langsam meine Belastungsgrenze … hauptsächlich, weil vier der Spender für mein Bildungszentrum, die ich für sicher gehalten hatte, kein Interesse zeigten und ich mich mit der realistischen Möglichkeit konfrontiert sah, dass mein Herzensprojekt zurückgestellt werden würde. Greg hatte mich am Samstagmorgen in sein Büro gerufen und quasi mit der Faust auf den Tisch gehauen, als er verlangte, dass ich seinem Wasserprojekt mehr Aufmerksamkeit schenkte. *Er* musste bald einen Bericht nach Paris schicken, und den sollte *ich* vorbereiten.

Im Moment fühlte ich mich danach, einfach laut »Endlich Wochenende!« zu schreien. Na ja, eigentlich eher: »Endlich Samstagnachmittag.«

Ich brauchte einen guten Plan, all meine Sorgen aus meinem Kopf zu vertreiben, sonst würde ich das ganze Wochenende in einem Teufelskreis aus Sorgen verbringen. Ich brauchte einen Ausflug mit den Mädels, bei dem wir über Gott und die Welt sprachen und uns generell albern benahmen. Diese Vorstellung begeisterte mich, doch ein paar Anrufe sorgten dafür, dass diese Fantasie platzte. Meine Schwestern fuhren mit den Kindern in die Universal Studios. Faith hatte eine Verabredung, und Luna besuchte ihre Eltern. Ich trommelte mit den Fingern auf die Schutzhülle meines Handys. Ich wollte die Connor-Schwestern fragen, ob sie Zeit hatten. Seit Loris Hochzeit vor fast zwei Monaten war ich dreimal zu Gast bei den freitäglichen Abendessen gewesen. Es machte Spaß, die Mädels zu treffen, selbst wenn die Männer auch dabei waren. Ich konnte mir vorstellen, dass ein Frauenabend mit ihnen der absolute Renner wäre. Ob Will wohl etwas dagegen hätte?

Sicherlich übertrat ich mit einem lustigen Abend keine Grenze. Ich schickte Will eine Nachricht, in der eine Menge grinsende Smileys, ein Engelsgesicht und ein kleiner Teufel vorkamen.

Eine halbe Stunde später konnte die Party steigen. Lori, Val und Hailey waren dabei, genauso wie Maddie, Landons Frau. Anscheinend fanden die Männer meine Idee fantastisch, weil sie dann ebenfalls ausgehen konnten.

O ja, dieser Tag schien sehr viel besser zu enden, als sein Beginn hatte vermuten lassen. Ich wusste, dass meine Probleme am Montag immer noch da wären, doch ich hatte vor, sie dieses Wochenende hartnäckig zu ignorieren.

Punkt acht Uhr traf ich mich mit den Mädels in einer Bar in der Nähe vom Santa-Monica-Beach. Wie es für L.A. typisch war, war die Bar überfüllt und laut, aber das verstärkte nur meine Partystimmung.

Die anderen waren bereits da. Als ich näher kam, bewunderte ich ihre Klamotten. Val war zeitlos elegant in einer Bluse mit weiten Ärmeln und einer ausgestellten Hose. Lori hatte Jeans und ein Tanktop an, und Hailey trug unglaublich schicke rote Stilettos, die den Rest ihres Outfits unwichtig werden ließen. Diese Schuhe waren einfach perfekt. Maddie hatte sich für ein leichtes Strandkleid entschieden, genau wie ich.

Ich pfiff anerkennend, als ich mich der Gruppe anschloss. »Toll seht ihr alle aus!«

Hailey rieb sich die Hände. »Das war eine geniale Idee.«

»Sieht ziemlich voll aus«, meinte Val und ließ den Blick über die lange Schlange vor dem Eingang gleiten.

Hailey wackelte mit den Augenbrauen. »Setz deine magischen Kräfte ein, Schwesterherz.«

Fünf Minuten später waren wir nicht nur in der Bar, sondern wir saßen auch an einem Tisch. Als ich meine Handtasche an den Stuhl hängte, machte ich Anstalten, mein Handy herauszuziehen. Aus den Augenwinkeln konnte ich sehen, dass Maddie und Hailey dasselbe taten.

Val räusperte sich und hob mahnend den Zeigefinger. »Hey, Mädelsabend-Regel: keine Handys. Sonst geht es los mit *Schau mal, ich habe eine Nachricht,* dann liest man dringende E-Mails und … ihr wisst alle, was ich sagen will.«

Widerwillig stimmte ich ihr zu und schob mein Telefon zurück in die Tasche. Hailey folgte meinem Beispiel.

Maddie ließ ihr Handy auf dem Tisch liegen. »Ich muss es im Blick behalten, falls Grace anruft. Sie passt auf die Kleine auf.«

»Hör auf, dir ständig Sorgen zu machen«, meinte Val. »Hab mal ein paar Stunden einfach Spaß.«

Wir bestellten schicke, überteuerte Drinks, und sofort fühlte ich, wie die Last des Tages von mir abfiel.

»Schreckliche Woche?«, fragte Hailey mitfühlend.

»O ja. Aber heute Abend will ich nicht darüber reden.«

Val trommelte mit den Händen auf dem Tisch herum. »Geht klar. Heute Abend haben wir Spaß.«

Als ich von einer Schwester zur nächsten sah, kam mir eine Idee. »Und ich will Geschichten über Will hören.«

Val tat so, als wäre sie tief beleidigt. »Willst du damit sagen, dass wir gegen die Geschwisterloyalität verstoßen sollen?«

Wir verstummten, als der Kellner unsere Drinks brachte, und stießen im Anschluss an.

Dann sagte ich: »Ich kenne ihn jetzt schon eine Weile. Ich denke, ich habe mir ein paar Geschichten verdient.« Wow. Ich konnte nicht glauben, dass bereits zweieinhalb Monate vergangen waren, seitdem ich Will das erste Mal begegnet war.

Hailey tippte sich nachdenklich mit dem Finger an die Lippen. »Ja, hast du absolut. Ich wollte ja schon auf der Hochzeit auspacken, also habe ich jetzt wirklich lange genug gewartet.«

Drei Cocktails später hatte ich genug Geschichten gehört, um ein Buch darüber zu schreiben: wie Will einmal versucht hatte, sich die Zunge piercen zu lassen, dabei aber an einen Pfuscher geraten war und eine Entzündung bekommen hatte. Wie Will erwischt worden war, als er über den Zaun zum Hollywood-Schriftzug geklettert war. Ich hörte alles über die Reihe von Damen, mit denen er über die Jahre ausgegangen war (zu diesem Zeitpunkt entschloss ich mich, lautstark meinen Cocktail zu schlürfen), und dass seine

Schwestern keine der Frauen gemocht hatten. Aber mich mochten sie. Ha!

»Ich persönlich finde, seine größte Leistung war, als er Jace und mir den Arsch gerettet hat, als wir uns an diesem einen Abend weggeschlichen haben, um auf ein Konzert zu gehen, und du dachtest, wir wären weggelaufen«, meinte Hailey. Ich lachte so heftig, dass ich Bauchweh davon bekam, und Maddie ging es genauso. Lori warf einen verlegenen Blick zu Val, die einfach nur… wie vor den Kopf geschlagen wirkte.

»Moment. Du und Jace, ihr beide wart an diesem Abend auf einem Konzert?«

Hailey hob in einer abwehrenden Geste die Hände. »Ups. Ich hatte ganz vergessen, dass du das nicht wusstest.«

Val öffnete den Mund, nur um ihn wieder zu schließen. »Ich glaube, ich bin zu betrunken, um das wirklich zu verarbeiten.«

Hailey rutschte auf ihrem Stuhl herum. »Ach, komm schon. Jemand musste Leben in die Bude bringen.«

Ich grinste. »Du warst die Göre in der Familie. Ich bin übrigens die stolze Trägerin dieses Titels in meiner Familie.«

Hailey dachte darüber nach. »Na ja, Jace war der Frechdachs und ich die Göre, aber im direkten Vergleich habe ich wahrscheinlich gewonnen.«

Darüber lachten alle, auch Val.

»Also vergibst du mir?«, fragte Hailey Val.

»Einfach so? O nein, Schwesterherz. Dafür musst du dich schon anstrengen.«

Hailey schob die Unterlippe vor wie ein Kleinkind, als unsere vierte Runde Cocktails geliefert wurde. Oder war es bereits die fünfte? Ich war angetrunkener als gedacht.

»Nun, ich habe auf den richtigen Zeitpunkt gewartet, es anzusprechen«, verkündete Hailey dramatisch, »aber was du heute kannst besorgen … Meine Damen, ich habe uns nicht nur Tickets für die Oscarverleihung besorgt, sondern auch zu einer der After-Show-Partys.«

»O mein Gott.« Wir alle kreischten so laut, dass andere Gäste in unsere Richtung starrten.

Hailey sah Val an und klimperte mit den Wimpern. »Vergibst du mir jetzt?«

Val klimperte direkt zurück. »Das hängt ganz davon ab. Wird jemand mit dem Namen Hemsworth anwesend sein? Ich frage nur für einen Freundin.«

Wir stießen wieder an, obwohl unsere Gläser bereits halb leer waren, dann stellte Lori eine Frage, auf die ich die Antwort gar nicht wissen wollte.

»Ist das unsere vierte Runde Cocktails?«

Val rümpfte die Nase. »Schwesterherz, wir sind an einem Punkt, wo wir nicht mehr zählen sollten.«

»Aber ich spüre meine Zehen nicht mehr«, hielt Lori dagegen.

Hailey kicherte. »Du hast noch nie viel vertragen.«

Ich dagegen fand, dass Loris Frage durchaus berechtigt war. Ich konnte meine Zehen noch fühlen … aber auf keinen Fall noch geradeaus laufen.

Ich ertappte Val dabei, wie sie einen Kerl an einem Nebentisch abcheckte, rutschte näher an sie heran und flüsterte: »Worüber sprechen wir? Willst du nur schauen, oder überlegst du, jemanden mit nach Hause zu nehmen?«

Val lächelte verlegen. »Nur schauen.«

»Worüber unterhaltet ihr euch?«, fragte Hailey. Ich deutete mit dem Kinn auf den Kerl, der Vals Interesse erregt hatte.

Hailey sah in die angegebene Richtung und stieß einen anerkennenden Pfiff aus. »Er ist heiß. Und das gilt auch für seinen Freund.« Sie legte den Kopf schief. »Hey, Val, was sind für dich die wichtigsten fünf Kriterien bei einem Mann?«

Val starrte ins Leere, während sie ernsthaft über die Frage nachdachte. »Also … er sollte klug und charmant sein«, setzte sie dann an und zählte die Punkte an den Fingern ab. »Außerdem sollte er groß sein. Größer als ich, damit ich hohe Absätze tragen kann, ohne neben ihm zu wirken wie eine Giraffe. Ein Waschbrettbauch wäre natürlich toll, aber grundsätzlich stehe ich mehr auf Oberarme. Starke Arme, die einen festhalten können, versteht ihr?«, meinte sie verträumt.

»Starke Arme sind wichtig.« Ich nickte, weil ich an Will denken musste und ihn sofort vermisste. Unauffällig zog ich mein Handy heraus und hielt es unter der Tischkante, damit die Mädels nichts bemerkten.

Mist, ich sah das Display doppelt. Ich presste die Lider zu, dann öffnete ich die Augen wieder. Jetzt sah ich alles dreifach. Ich schloss ein Auge, was dafür sorgte, dass ich wieder doppelt sah. Okay. Auf keinen Fall konnte ich so eine Nachricht schreiben. Ich würde mit dem Dirty Talk warten müssen, bis ich Will wieder gegenüberstand. Ich schob mein Handy zurück in die Tasche.

Hailey stützte den Kopf in ihre Handfläche. »Dass er klug ist, steht für mich auch ganz weit oben. Intelligente Männer machen mich heiß. Aber ich mag auch Sixpacks. Ein Waschbrettbauch … macht mich total an. Allerdings wäre das nur ein schöner Nebeneffekt. Absolut unerlässlich ist nur, dass er gut im Bett ist. Anzügliche Tätigkeiten sind wichtig.«

Val schlug sich die Hand vor die Stirn. »Wie konnte ich das vergessen? Du hast recht. Das steht ganz weit oben auf der Liste. Das Leben ist zu kurz für schlechten Sex.«

Wir bestellten noch eine Runde Cocktails, um darauf zu trinken. Dann tauchten wir in die ernsthafteste Diskussion des Abends ein: über den besten Schuhdesigner. Sobald wir genug Alkohol intus hatten, stürmten wir die Tanzfläche, was bedeutete, dass jeder in einem Meter Umkreis um uns in Gefahr geriet, geschlagen zu werden. Wir waren ziemlich angeheitert und voller Energie, die wir auf der Tanzfläche verbrannten.

»Wenn ich betrunken tanze, bin ich mir nie sicher, ob ich wirklich gute Moves draufhabe oder es mir nur einbilde«, sagte Val. Na ja, wahrscheinlich Letzteres, aber wieso sollten wir uns davon den Spaß verderben lassen? Nachdem wir eine Weile getanzt hatten, traten die Kerle zu uns, die Val und Hailey den ganzen Abend beäugt hatten, und tanzten mit den beiden.

»Wer hier hat am wenigsten getrunken?«, fragte Val, als wir uns verschwitzt und durstig wieder auf unsere Stühle fallen ließen.

Maddie meldete sich zu Wort. »Ich bin nüchtern. Kein Alkohol für mich, schon vergessen?«

»Oh, stimmt. Hatte ich tatsächlich vergessen. Also wirst du dafür sorgen, dass wir alle brav nach Hause gehen, ja?«

Maddie nickte.

Hailey lächelte ihre ältere Schwester an. »Val, ich glaube, du machst dich eigentlich nur bei Mädelsabenden richtig locker.«

Val grinste. Ab da bestellten wir Wasser, und eine Weile später meinte ich, Will in der Menge entdeckt zu haben.

Hä? Bildete ich mir das nur ein, weil ich ihn vermisste? Als er näher kam, hatte ich meine Antwort. Da stand er, mein Prachtexemplar von Freund. Flankiert von Landon, Jace und Graham.

»Woher wussten die Männer, wo sie uns finden können?«, fragte Val verwundert.

Ich war so stolz auf mich. Ich hatte es doch geschafft, Will eine Nachricht zu schicken. Ich hatte nur einen alkoholbedingten Filmriss und konnte mich nicht daran erinnern, es wirklich getan zu haben. Dann zerstörte Maddie meine Illusionen, als sie sagte: »Ich habe Landon vorhin die Adresse geschickt.«

Die Männer erreichten unseren Tisch. Da es keine Stühle mehr gab, zog jeder von ihnen seine Frau auf den Schoß. Jace blieb als Einziger gestehen. Val sah von Will zu Landon und Graham und meinte: »Ihr seid alle so süß.« In ihrer Stimme schwang so viel Melancholie und Zuneigung mit, dass ich den Drang verspürte, sie zu umarmen.

Ich kuschelte mich an Will, suchte so viel Körperkontakt wie möglich … ohne unanständig zu werden. War es seltsam, dass ich ihn vermisst hatte?

»Hey, mein Schöner«, flüsterte ich. Will flüsterte ein Hallo zurück, doch seine Stimme war heiser, und seine Hand glitt auf eine Weise über meinen Rücken, die mich vermuten ließ, dass er mich am liebsten leidenschaftlich küssen wollte … vorzugsweise, während er mich an eine Wand presste und meine Beine um seine Hüften lagen.

Jace stand immer noch und beobachtete die anderen mit breitem Grinsen. Doch schon in der nächsten Sekunde wurde unsere Party von einer Gruppe junger Frauen gesprengt. Sie umringten Jace und baten ihn um Autogramme und Fotos. Er war so freundlich, aber ich fand, dass sein Lächeln ein wenig zu aufgesetzt wirkte.

Irgendwann brachte der Geschäftsführer der Bar einen Stuhl für Jace, doch er hatte im Grunde nichts davon, weil alle paar Minuten mehr Fans herandrängten.

»Also, das ist wirklich nervig«, sagte er, nachdem eine weitere Gruppe verschwunden war. Er fuhr sich mit der Hand durch die Haare.

»Sollen wir die Party an einen anderen Ort verlagern?«, schlug ich vor.

»Gute Idee. Irgendwohin, wo ich nicht erkannt werde.«

Hailey tätschelte seine Schulter. »Da müsstest du dir schon eine Papiertüte über den Kopf ziehen.«

»Oder wir könnten es für heute einfach gut sein lassen. Es ist bereits spät«, schlug Will vor. Alle anderen hörten wahrscheinlich einen ganz unschuldigen Vorschlag. Doch ich saß auf Wills Schoß, also hatte ich *Insider*-Informationen. Er dachte gerade nicht an Schlaf.

»Das können wir machen«, sagte Val. Alle stimmten zu, und wir standen auf. Jace ging als Erster, und wir folgten ihm.

»Hey, ist dir aufgefallen, dass Jace mit keinem einzigen weiblichen Fan geflirtet hat?«, flüsterte Hailey Val zu. Die beiden gingen vor Will und mir.

Val nickte. »Ja. Ich deute das als Zeichen, dass er es mit der Frau, mit der er in letzter Zeit ausgegangen ist, ernst meint, aber …«

»Das ist es nicht«, unterbrach Will. »Die Sache mit den beiden hat nicht funktioniert … überhaupt nicht. Er hat uns gerade bei einem Bier davon erzählt. Er war schon den ganzen Abend über irgendwie komisch.«

Hailey massierte sich den Nasenrücken. »Val, wir müssen eine Geheime Connor-Intervention organisieren.«

»Mist. Ich bin angetrunken. Für eine GECOIN brauche ich einen klaren Kopf.«

Hailey wedelte mit der Hand. »Quatsch. Du musst nur einfach deinen Instinkten vertrauen.«

Als wir vor der Bar standen, bestellten die Pärchen jeweils ein Uber, und Hailey verkündete, dass Val und sie Jace noch begleiten würden, um bei ihm zu Hause noch etwas zu trinken. Ich konnte mein Lachen über Jace' panische Miene kaum unterdrücken, als Val und Hailey sich bei ihm unterhakten und zusammen mit ihm in einen Wagen stiegen.

»Glaubst du, er weiß, dass er gerade in einen Hinterhalt geraten ist?«, fragte ich Will.

»Hast du seinen Gesichtsausdruck gesehen? Natürlich weiß er das.«

Wir waren die Letzten, weil unser Uber noch nicht angekommen war. Will schlang die Arme um meine Taille und hielt mich eng an sich gedrückt.

»Du warst heute die schönste Frau dort.«

»Ich glaube, du bist voreingenommen.« Ich drückte mich an ihn. »Dein kleiner Freund beeinträchtigt dein Urteilsvermögen.«

Will blinzelte entsetzt… und sofort passte ich meine Aussage an.

»Ich meine natürlich deinen großen und sehr harten Freund.«

Will legte die Hände an meine Hüften. Gott, ich liebte es, diese großen, rauen Hände dort zu spüren. Oder an meinem Rücken. Oder meinen Brüsten. Eigentlich spürte ich seine Hände überall gerne.

»Paige…«

Ich nahm seinen warnenden Tonfall nicht ernst, bis er meine Handgelenke packte. Ups… meine Hände hatten schamlos seine Brust befingert. Ich versuchte, unschuldig zu ihm aufzublinzeln.

»Ich habe keine Ahnung, wie das geschehen ist. Muss an den Cocktails liegen.«

»Vielleicht bin ich einfach unwiderstehlich.«

»Pffft…« Ich spielte die Lässige, aber ich wusste, dass ich dabei vollkommen versagte. Es fiel mir einfach schwer, wenn ich doch nichts anderes tun wollte, als meine Hände unter sein Shirt und über seinen Waschbrettbauch gleiten zu lassen.

Ich entwand meine Hände seinem Halt (nur fürs Protokoll: er hätte mich festhalten können, aber er gab mich frei, also… wollte er befingert werden), und diesmal schob ich die Finger tatsächlich unter sein Shirt.

»Hmmm… ich frage mich, ob ich einen Twelve-Pack sehen würde, wenn ich jetzt den Blick senke. Ich sehe bereits vier Oberarme.«

»Du wirst erst schauen, wenn wir allein sind.« Wills Stimme klang tief und rau. Ich liebte dieses Timbre.

»Oh, sobald wir allein sind, werde ich mehr tun, als bloß zu schauen. Ich werde meine Zunge darüber gleiten lassen… nur, um meine Anerkennung deutlich zu machen, natürlich.«

Wills Blick wurde glühend. Er küsste eine meiner Handflächen, dann die andere, danach legte er meine Hände auf seine Schultern, als wolle er nicht, dass ich aufhörte, ihn zu berühren. Er wollte nur, dass ich mich auf sichere Stellen konzentrierte. Cool. Das konnte ich machen. Ich war angeheitert und erregt, aber das würde ich hinkriegen.

»Du siehst heute Abend heißer aus als je zuvor, Detective.« War das meine Stimme? Rau und heiser … lasziv.

Will ließ seine Lippen über meine Wange gleiten. Sein Bartschatten liebkoste meine Haut auf wunderbare Weise.

Glücklicherweise kam unser Uber an und unterbrach uns, denn langsam geriet die Sache ein wenig außer Kontrolle.

Auf der Fahrt nüchterte ich ein wenig aus, doch das störte mich nicht. Es war angenehm gewesen, auf diese Weise zu schweben, aber für den sexy Teil des Abends wollte ich voll bei Sinnen sein. Ich rutschte näher an Will heran.

»Glaubst du, der Fahrer weiß, dass wir nichts Gutes im Schilde führen werden, sobald er uns absetzt?«, fragte ich.

»Wer sagt, dass das so ist?«

Oh, genau … Will spielte den Unnahbaren, nicht wahr? Ich zog mich ein wenig zurück und lächelte aufreizend … oder versuchte es zumindest. Will schmunzelte, was mich vermuten ließ, dass mein aufreizendes Lächeln eher ein irres Grinsen gewesen war.

Nun, das war auch in Ordnung. Ich hatte das mit der Anzüglichkeit nie gut hingekriegt. Aber ich hatte eine Menge anderer Talente. Ich stürzte mich in meine Aufgabe, Will Connor in Versuchung zu führen. Ich hob den Saum meines Kleides, bis ich jede Menge Bein zeigte. Dann rieb ich unabsichtlich meinen Oberschenkel an seinem. Will verspannte sich, und ich grinste in mich hinein. Mein Plan funktionierte.

Als wir aus dem Wagen stiegen, küsste mich Will bereits, ehe wir auch nur mein Gebäude betreten hatten. *Ha! Das war einfach.* Ich empfand ein gerüttelt Maß an Selbstzufriedenheit, als er mich plötzlich hochhob.

»Was tust du da?«

»Ich trage dich, weil du mir sonst die Klamotten vom Leib reißt, bevor wir in deiner Wohnung angekommen sind.«

Verdammt. Meine Hände waren unter sein T-Shirt geglitten. Schon wieder. O Mann. *Das Ziel im Blick behalten, Paige. Immer das Ziel im Blick behalten.* Aber es war nett, getragen zu werden. Tatsächlich war es mehr als nett. Ich konnte Will so viel berühren, wie ich wollte, und er konnte nichts dagegen unternehmen. Er war so männlich, wie er die Türen mit den Schultern aufschob und nicht mal ins Schwitzen geriet, als wäre es keine große Sache, mich zu tragen. Das sorgte dafür, dass ich mich sicher und beschützt fühlte. Dieser große, muskulöse Mann hielt mich sanft und zärtlich, und das sprach etwas tief in mir an … einen Teil von mir, dessen ich mir bis jetzt nicht einmal bewusst gewesen war.

Will stellte mich erst im Schlafzimmer ab. Gott, der Blick in seinen Augen. Voller Hitze und Zuneigung. Niemand hatte mich je so angesehen.

»Hattest du heute Abend Spaß?«, fragte er.

»O ja. Jede Menge Cocktails, und getanzt haben wir auch. Val und Hailey hatten sogar zwei ziemlich heiße Kerle als Tanzpartner.«

»Und du …?« Er schluckte. »Du hast den ganzen Abend allein getanzt?«

Er klang beiläufig, aber trotzdem wusste ich, es würde ihn verletzen zu hören, dass ich mit einem anderen Mann getanzt hatte.

»Wenn du Lori und Maddie nicht als Tanzpartner zählst, ja, dann habe ich allein getanzt«, versicherte ich ihm.

Er umfasste mein Gesicht, dann küsste er meine Unterlippe. »Ich weiß nicht, ob es falsch ist, in Bezug auf dich so besitzergreifend zu sein, Paige. Aber ich kann nicht anders. Der Gedanke, dass ein anderer Mann dich berühren könnte ...«

»Du bist der Einzige, der mich berührt, Will.«

»Genau.« Er zog eine Spur aus Küssen über meinen Hals und murmelte: »Ich liebe dein Kleid.« Ehe ich fragen konnte, warum genau, zog er es nach unten und lieferte mir so die Antwort: weil man es leicht ausziehen konnte.

Wir fielen aufs Bett, dann flogen Klamotten nach rechts und links, bis wir beide nackt waren.

»Reite mich, Paige«, sagte Will und streifte sich ein Kondom über. Er lehnte sich gegen das Kopfende und zog mich in einer schnellen Bewegung über sich, sodass ich mit dem Rücken zu ihm saß. Er rieb die Spitze seiner Erektion über meinen Po, anschließend packte er meine Hüften, und ich sank langsam auf ihn herab. Wills Hände lagen an meiner Taille, dann glitten sie nach oben, bis er meine Brüste berühren konnte.

Seine Finger liebkosten meine Nippel. Ich mochte oben sein, aber Will hatte trotzdem die Kontrolle, was ich unglaublich genoss. Ich war im täglichen Leben ein ziemlicher Kontrollfreak, doch hier, wenn wir beide allein waren, liebte ich es, dass er die Führung übernahm und mich damit in Höhen der Lust trieb, die ich nicht für möglich gehalten hätte. Ich bewegte mich schneller, auf und ab. Ich liebte diese neue Stellung.

Mein Hintern traf immer wieder auf seine Schenkel, dann hielt Will mich fest und begann, hart von unten in mich zu stoßen.

»Will, verdammt. Dieser Winkel ... du bringst mich noch um.«

Er küsste meinen Nacken, meinen Rücken, jeden Teil von

mir, den er erreichen konnte. Als er eine Hand zwischen meine Schenkel schob, um meine Klit zu drücken, keuchte ich seinen Namen. Ich hatte der Lust, die mich stichartig durchfuhr, nichts entgegenzusetzen.

Ich drückte die Wirbelsäule durch und lehnte mich vor, weil ich die Begierde im ganzen Körper fühlte. Ich atmete schwer und bemerkte, dass meine Schenkel zitterten. Will war erstarrt. Er stieß nicht mehr in mich, sondern umkreiste nur mit zwei Fingern meine Klit. Meine inneren Muskeln verkrampften sich. Ich wusste nicht, ob er noch mal härter geworden war oder ob ich mich so verengt hatte, aber plötzlich wurde die Lust einfach zu viel.

Die Muskeln in meinen Beinen und meinem Bauch verspannten sich. Ich würde jede Sekunde kommen.

»Genau so, Baby. Ich will fühlen, wie du auf meinem Schwanz kommst.«

Ich explodierte. Der Orgasmus erschütterte jede Zelle meines Körpers. Ich fühlte mich, als würde ich von Kopf bis Fuß in Flammen stehen. Meine Augen tränten, weil die Lust so intensiv war, und mein Körper schien bloß noch aus Gefühlen zu bestehen. Will schlang die Arme um mich. Er hielt mich um die Taille und ließ Küsse auf meinen Rücken niederregnen. Er hielt mich fest, bis ich wieder normal atmen konnte, dann wechselte er die Stellung und positionierte mich auf Händen und Knien.

Ich fühlte ihn hinter mir, dann ließ er seine Hand zwischen meine Schenkel gleiten und neckte erneut meine Klitoris. Ich drückte meine Stirn auf die Matratze, bereits erfüllt von gespannter Erwartung.

Als ich seinen Ständer zwischen meinen Pobacken spürte, schoss Hitze durch meine Wirbelsäule.

»Rein. Jetzt. Bitte.«

Ich konnte keine vollständigen Sätze mehr bilden, doch Will erfüllte meinen Wunsch. Er drang mit einem tiefen Stoß in mich ein, dann bewegte er sich schneller als jemals, nahm mich härter als je zuvor. Er schenkte mir so viel Lust, wie ich ertragen konnte, und kam dabei auch auf seine Kosten. Ich war immer noch erregt von meinem ersten Orgasmus, und das Gefühl war nicht von dieser Welt. Will füllte mich vollkommen aus, bis ich glaubte, vor Lust zerspringen zu müssen. Ich kam vor ihm. Will hielt keinen Moment inne, sondern stieß weiter in mich, bis auch er explodierte.

Als er sich aus mir zurückzog, fluchte er leise.

Ich verspannte mich. »Was ist los?«

»Das Kondom ist geplatzt.«

Ich schnappte nach Luft und drehte mich zu ihm um.

»Bist du dir …« Ich hatte fragen wollen, ob er sich sicher war, doch ich konnte es sehen. Mein Magen verkrampfte sich. Auf zitternden Beinen eilte ich ins Bad. Will folgte mir. Ich wünschte mir fast, er hätte es nicht getan, weil ich ein paar Sekunden für mich selbst brauchte. Ich sprang direkt in die Dusche. Ich hatte zu zittern begonnen und freute mich auf den heißen Wasserstrahl.

Da meine Dusche nicht groß genug war für zwei, stand Will direkt vor der Kabine und beobachtete mich. Er hatte sich am Waschbecken sauber gemacht. Was er wohl dachte? Ich wollte, dass er mit mir sprach, aber gleichzeitig hatte ich Angst davor, was er sagen würde. Ich zitterte immer noch, obwohl das warme Wasser über meinen Körper lief.

»Tut mir leid«, sagte Will sanft.

»Es ist nicht deine Schuld. So was passiert.« Ich versuchte meine Stimme ruhig und fest zu halten.

Will schlang sich ein Handtuch um die Hüfte und trat näher.

»Paige, du zitterst ja. Du bist nervös.«

Das konnte er sehen? Wie? Ich zitterte bestimmt nicht allzu offensichtlich, oder? Ich drehte das Wasser aus, unsicher, was ich jetzt tun sollte, und trat von einem Fuß auf den anderen. Will reichte mir einen Bademantel. Ich trat aus der Kabine und schlüpfte hinein. Ich wusste, dass wir reden sollten, aber in diesem Moment wollte ich einfach nur Wills Arme um mich spüren. Doch ich fürchtete mich davor, um eine Umarmung zu bitten. Als wir das Badezimmer verließen, erhaschte ich einen Blick auf mein Spiegelbild. Ich war kreidebleich, als hätte ich Blut verloren. Kein Wunder, dass Will mein Entsetzen bemerkt hatte. Ich ging in die Küche, obwohl ich gar nicht wusste, was ich dort wollte.

»Paige?« Will sprach leise und sanft. »Was brauchst du? Ich will dir helfen. Du zitterst ja immer noch. Möchtest du einen Tee?«

Ich nickte. »Gerne.«

Nur gut, dass er die Sache in die Hand nahm, weil meine Hände zu sehr zitterten, um von Nutzen zu sein. Ein paar Minuten später reichte Will mir eine dampfende Tasse. Wir standen nach wie vor unbeholfen in der Küche herum.

»Willst du mir erzählen, warum du solche Angst hast?«

Ich umklammerte meine Tasse fester. »Weil das Konsequenzen haben könnte und … ich die Pille danach nicht nehmen kann. Ich habe sie vor ein paar Jahren einmal genommen, und dabei sind meine Hormone vollkommen aus dem Gleichgewicht geraten. Meine Gynäkologin hat mir geraten, sie nie wieder zu nehmen. Deswegen nehme ich auch nicht die normale Pille. Ich bin hormonell sehr empfindlich.«

Innerlich sammelte ich meine Argumente, weil ich darauf wartete, dass er mich zur Pille danach drängte. Will wirkte nicht wütend, was immerhin etwas war.

»Okay, dann keine Pille.« Ich entspannte mich ein wenig, doch ich war immer noch nervös. »Paige, rede mit mir.«

Er musterte mich mitfühlend, daher fiel es mir leichter, die nächsten Worte auszusprechen.

»Ich weiß, dass die Gefahr einer ... Schwangerschaft eher gering ist. Der Eisprung dürfte noch nicht erfolgt sein. Aber wir können diesen Druck auf unsere Beziehung nicht brauchen.«

Will trat vor mich und umfasste meine Wange. »Das bedeutet nicht, dass wir nicht damit klarkommen.«

»Und was, wenn es wirklich passiert?«, flüsterte ich.

»Dann bekommen wir ein kleines Mädchen oder einen kleinen Jungen. Ich hätte am liebsten eine kleine Paige.«

Ich blinzelte ein paarmal, dann stellte ich meine Tasse auf die Arbeitsplatte. »Du hast keine Angst.«

»Überhaupt nicht.« Er drückte mir einen Kuss auf die Stirn und umarmte mich fest, womit er mir genau das gab, was ich so dringend brauchte – seine Nähe. »Ich verstehe, dass du dich mit dem Gedanken nicht wohlfühlst, aber keine deiner Ängste muss irgendetwas mit mir zu tun haben. Was auch immer geschieht, ich bin für dich da, Paige.«

»Weil du das Richtige tun willst.«

Er lehnte sich gerade weit genug zurück, um mir in die Augen zu sehen. »Hier geht es nicht nur um Pflicht. Du bist mir wichtig.«

Und in diesem Augenblick geschah etwas Erstaunliches.

Eine angenehme Wärme breitete sich in meiner Brust aus und vertrieb die Angst … dicht gefolgt von Verlegenheit. Ich richtete den Blick auf Wills Adamsapfel.

»Tut mir leid, dass ich ausgetickt bin.«

»Angst zu haben, ist menschlich, Paige. Ich werde auf jeden Fall für dich da sein, egal, was auch geschieht.«

Ich lächelte. »Sagst du das alles nur, weil in meinem Bauch vielleicht ein kleiner Will sein könnte?«

»Vielleicht wollte ich dir das alles schon länger sagen, habe aber irgendwie nie den richtigen Moment gefunden.«

Plötzlich hatte ich Schmetterlinge im Bauch. »Ist das eine Umschreibung dafür, dass du auch Angst hattest?«

Will saugte an meiner Unterlippe, dann küsste er mich auf die Nase.

»Da ich gerade erklärt habe, dass Angst zu haben menschlich ist, wage ich den Sprung und gebe zu, dass ich nervös war.«

Ich fühlte mich viel leichter, obwohl ich mir bewusst war, dass eine ungewollte Schwangerschaft unsere Beziehung trotzdem unter Druck setzen würde.

»Willst du deinen Tee noch austrinken?«

»Nun, ich dachte, er könnte mich aufwärmen, aber inzwischen ist mir ein besserer Weg dafür eingefallen.«

Er legte den Kopf schräg und schenkte mir ein schiefes Lächeln. »Und der wäre?«

»Körperkontakt. Die dabei entstehende Wärme ist indirekt proportional zur Menge der beteiligten Kleidung und direkt proportional zu den vorhandenen Muskeln. Fällt dir vielleicht jemand ein, der an dieser Lösung interessiert sein könnte?«

Will ließ das Handtuch zu Boden fallen. Mir wurde schon

warm, bevor er mich auch nur berührte, doch dann hob er mich in seine Arme, und ich brannte regelrecht.

»Du hast meine Gedanken gelesen«, informierte er mich, als er mich zurück ins Schlafzimmer trug. »Ich glaube, wir haben beide zu viel Adrenalin im Körper, um zu schlafen.«

»Pffft, sprich von dir selbst. Ich wollte einfach bloß geknuddelt werden.«

»Und was lässt dich glauben, dass ich von etwas anderem gesprochen habe?« Er zog mir den Bademantel aus, ehe wir ins Bett stiegen.

»Hmpf.« Eigentlich hatte ich etwas sagen wollen, doch Will leckte über einen meiner Nippel, um ihn im Anschluss in seinen Mund zu saugen.

»Was war das?« Er wandte sich meiner anderen Brust zu. Ich sparte mir die Antwort. Ich war zu sehr damit beschäftigt, mich zu winden und seine Liebkosungen zu genießen. Will zog eine Spur aus Küssen zu meinem Ohr, und mir wurde bewusst, dass er sich auf voller Länge seitlich an meinen Körper drückte.

»Paige, ist zwischen uns alles okay?«, fragte er sanft.

Ich nickte, dann rollte ich mich ebenfalls auf die Seite, um ihn anzusehen. »Ja.«

Er küsste mich lange und leidenschaftlich, dann hielt er mich fest, bis ich einschlief.

16 Will

»Val, wie lange willst du uns noch so quälen?«, fragte ich. Es war unser freitägliches Abendessen. Val hatte Parfümproben aus dem Büro mitgebracht, um uns nach unserer Meinung zu fragen. Sie bezeichnete uns als Testpersonen. Die Frauengruppe, die aus Lori, Hailey, Maddie und Paige bestand, probierte begeistert alles aus und lieferte Val detaillierte Rückmeldungen zu jedem Duft.

»Bis ihr mir endlich eure Meinung sagt«, antwortete Val süßlich.

»Wieso brauchst du unser Feedback zu Frauendüften?« Damit nahm Jace mir die Worte aus dem Mund.

»Weil ich wissen will, ob ihr die Düfte an einer Frau mögen würdet. Das ist ein wichtiger Teil der Wirkung.«

Jace und ich vermieden es, uns anzusehen.

Ich war immer gerne bereit, meinen Schwestern zu helfen, aber im Moment konnte ich nur sagen *Ich mag das Parfüm* oder *Ich mag es nicht.* Doch das reichte Val nicht. Sie bombardierte uns mit Fragen wie *Wie findet ihr die Untertöne? Den Ersteindruck? Riecht ihr die Pfeffernote? Wäre Minze besser?*

Milo war der Einzige, der dieser Tortur entkommen war, und das bloß, weil er bei einem Freund übernachtete.

Graham und Landon ging es genauso wie mir, aber wir gaben unser Bestes. Wir behielten das Endziel im Blick: Abendessen. Nur dass die Mädels viel zu viel Spaß mit den Parfümproben hatten … so viel Spaß, dass das Abendessen scheinbar in weite Ferne rückte.

»Dieser Kerl, mit dem ich neulich abends getanzt habe, hat mich nach meiner Telefonnummer gefragt, und wir waren Mittwoch miteinander aus«, erzählte Val den anderen Frauen.

Sie hatte die Stimme gesenkt, aber trotzdem drangen Teile des Gesprächs an meine Ohren. Die Mädels saßen am Esstisch, während die Männergruppe sich im Wohnzimmer versammelt hatte.

Als wir das Wort Zunge hörten, räusperte Landon sich laut. »Val, wie wäre es, wenn ihr dieses Frauengespräch ein andermal führt? Wir können euch hören, weißt du?«

Val sah über die Schulter und lächelte verlegen. »Ups, mir war gar nicht bewusst, dass ich so laut gesprochen habe.«

»Über wen redet sie?«, fragte Jace. »Den Kerl von dem Mädelsabend vor zwei Wochen? Ich fand, er wirkte wie ein Trottel.«

Ich tätschelte seine Schulter. »Bruderherz, mach sie nicht wütend, sonst kriegen wir vielleicht gar nichts zu essen.«

Jace überstürzte für gewöhnlich nichts. Das war mein Job. Er steckte viele Irritationen einfach weg, aber in letzter Zeit wirkte er gereizt. Er hatte angefangen, mit einer Frau auszugehen, auf die er sehr stand, nur um festzustellen, dass sie mehr an seinem Ruhm interessiert war als an ihm. Normalerweise machte ihm so was nicht viel aus, doch mein Bruder veränderte sich. Er war großzügig und schenkte Leuten leicht Vertrauen – was manchmal eine wirklich schlechte Kombination sein konnte. Ich hatte mir immer Sorgen um ihn gemacht.

Endlich hatte Val Gnade mit uns, und das Abendessen wurde serviert.

»Will, ich habe gehört, im Fall des Autoschieberrings wurde der Anführer vom Richter auf freien Fuß gesetzt«, sagte Landon, nachdem wir gegessen hatten und wieder im Wohnzimmer saßen.

Ich nickte. »Ja. Wir kämpfen noch, aber leider sieht es so aus, als würde der Kerl ohne Strafe davonkommen.«

Val machte große Augen.

»Halt dich nicht zurück. Ich kann sehen, dass du darauf brennst, etwas zu sagen«, meinte ich.

Sie räusperte sich. »Vielleicht stelle ich einfach nur geheime Beobachtungen an.«

Es gelang mir nicht, mein Lächeln zu unterdrücken. »Deine geheimen Beobachtungen enden meistens in Kommentaren.«

Sie presste die Lippen zusammen, dann wandte sie sich an Hailey. »Wir hatten davon überhaupt nichts mitbekommen.«

»Genau«, antwortete Hailey. »Wie kann das sein? Du trägst gar nicht dein übliches, grüblerisches Stirnrunzeln zur Schau.«

Val deutete auf Paige, die neben mir saß. »Bist du dafür verantwortlich?«

Paige grinste meine Schwestern an, dann drehte sie sich halb zu mir um. »Ich glaube, das liegt im Bereich des Möglichen.«

Ihre linke Hand lag auf dem Tisch, also ergriff ich ihre

Finger. »Das werde ich nicht bestätigen. Sonst könnten einige Leute auf seltsame Ideen kommen.«

Paige entzog mir ihre Hand und kniff mich in den Oberschenkel. Val hatte hundertprozentig recht. Paige veränderte mich. Oder vielmehr war ich bereit, mich für sie zu ändern.

Selbst wenn ich nicht in ihrer Nähe war, dachte ich ständig an sie und überlegte, wohin ich sie zu Verabredungen ausführen konnte. Paige glücklich zu machen, hatte sich zu meinem Lebensinhalt entwickelt. Im Moment behielt ich die Seite des Griffith Observatory im Blick, weil man sich dort nächste Woche eventuell Meteorschauer ansehen konnte. Paige hatte an dem Abend auf meinem Balkon viel über Sternenkonstellationen gesprochen, also ging ich davon aus, dass ihr das gefallen würde.

Als es Zeit wurde, eine neue Flasche Wein zu öffnen, bot ich an, sie zu holen. Val folgte mir auf den Fersen. Wir brauchten auch neue Gläser, weil wir von Weiß- zu Rotwein übergingen.

Mir war nicht mal bewusst gewesen, dass ich mein Handy herausgezogen hatte, um noch mal auf die Webseite der Sternwarte zu schauen, bis meine Schwester mir über die Schulter spähte.

»Hey, halt dich aus meinen Angelegenheiten raus«, mahnte ich.

»Aber vielleicht brauchst du Tipps.«

»Nö, ich komme klar.«

»Ich wusste es immer.«

»Was?«

»Dass du tief im Inneren ein Romantiker bist.«

»Was hat dich das vermuten lassen? Ich war als Jugendlicher ein echter Rabauke.«

»Nein, du hast versucht, ein Rabauke zu sein – das ist ein großer Unterschied. Darunter warst du ein echter Schatz.«

Ich starrte meine Schwester an, während ich die Flasche Wein und ein paar Gläser packte und sie sich mit den restlichen Gläsern belud. Ein Schatz? Ernsthaft? Von allen Worten, die sie hätte wählen können, um mich zu beschreiben …

»Bitte erklär mir das genauer«, sagte ich, als wir ins Wohnzimmer zurückgingen … obwohl ich mir gar nicht sicher war, ob ich es hören wollte.

»Nun, du hast zwar so einiges angestellt, aber zu Lori, Jace und Hailey warst du immer unglaublich nett. Hast ständig angeboten, etwas mit ihnen zu unternehmen. Hast ihnen sogar Gute-Nacht-Geschichten vorgelesen, wenn Landon und ich arbeiten mussten.«

Ich versuchte, meine Miene ausdruckslos zu halten, denn … verdammt, sie hatte recht. Ich hatte das alles nicht nur aus Pflichtgefühl getan, sondern weil es mir wirklich Spaß gemacht hatte. Meine Freunde in der Schule hatten sich stets über mich lustig gemacht, weil ich so viel Zeit mit meinen jüngeren Geschwistern verbrachte, doch das war mir egal.

»Und was ist mit dir, meine Liebe? Mehr Limonade?«, fragte ich Paige, sobald Val und ich die Weingläser verteilt hatte.

»Ja, bitte.«

Paige trank heute Abend nicht. Seit dem Kondom-Vorfall waren zwei Wochen vergangen. Sie hatte in dieser Nacht solche Angst gehabt, dass ich an nichts anderes hatte denken können, als ihr diese Ängste zu nehmen. Nach unserem Gespräch hatte sie sich ein wenig entspannt. Doch ein Teil von mir fragte sich, ob sie deswegen so panisch geworden war, weil sie unsere Beziehung anders sah als ich. Ich hatte darüber nachgedacht, dass Paige schwanger sein könnte … sehr viel sogar. Auf keinen Fall würde ich das laut aussprechen, aber ein Teil von mir hoffte fast, dass es passieren würde. War das verrückt? Vielleicht. Doch dasselbe galt für meine Gefühle gegenüber Paige. Sie waren verrückt, intensiv und wild.

17 Paige

Ich forderte mein Glück heraus, das wusste ich. Aber ich konnte nicht damit aufhören. Greg hatte mich angewiesen, das Bildungsprojekt fallen zu lassen, doch ich suchte weiter verzweifelt nach Investoren. Ich konnte mich einfach nicht dazu überwinden, das Projekt aufzugeben. Noch nicht. Ich wollte alles versucht haben, bevor ich die Waffen streckte. Was auch der Grund war, warum ich an einem schönen Samstag arbeitete. Gestern hatte ich nach dem Familienessen geschlafen wie ein Stein, um dann voller Energie aufzuwachen. Will musste ebenfalls arbeiten, also wollte ich meine Zeit so gut wie möglich nutzen. Ich saß in meinem Stammcafé in Venice Beach.

Um sechs Uhr abends, kurz nachdem ich meinen Laptop zugeklappt hatte, fiel ein Schatten über meinen Tisch. Ich konnte die Silhouette eines großen, muskulösen Mannes erkennen. Herrgott noch mal. Wenn mich noch ein nerviger Surfer belästigte, würde ich drastische Maßnahmen ergreifen.

Doch es war Will.

Er schirmte mit seinem Körper die Sonne von mir ab.

Wahnsinn, dieser Körper. Mit der Sonne im Rücken sah er sogar noch besser aus als sonst. Seine Haut wirkte golden, und selbst sein verwuscheltes Haar schimmerte dunkelblond. Er trug ein schwarzes T-Shirt, das eng an seiner breiten Brust anlag. Hmmm … diese Bauchmuskeln waren genau das, was der Arzt mir verschrieben hatte. Über einer seiner Schultern hing ein Rucksack.

»Hey, attraktiver Detective. Du hast mir gar nicht gesagt, dass du kommst.« Ich hatte ihm eine Nachricht geschrieben, um ihn wissen zu lassen, wo ich mich aufhielt, doch er hatte nicht geantwortet.

»Ich wollte dich überraschen.«

Wills Blick glitt über meinen Körper, und trotz meines knielangen Rocks fühlte ich mich nackt. Er stellte den Rucksack auf den Boden und lehnte sich vor, um mich zu küssen.

Oh là là. Das war nicht einfach ein normaler Begrüßungskuss. Will hob mein Kinn und umfasste mit einer Hand mein Gesicht. Sein Daumen drückte sich an meine Wange; der Rest seiner Finger umfasste meinen Hals. Seine Zunge duellierte sich mit meiner, bis ich das Gefühl hatte, mein Höschen müsste in Flammen aufgehen. Und mein BH auch. Ich brannte für ihn. Alles um mich herum verschwamm, bis ich nichts mehr wahrnahm als Will Connor – den Geschmack seines Mundes, das Gefühl seiner Haut an meiner. Für einen Moment vergaß ich, wo wir uns befanden, doch dann fiel es mir plötzlich wieder ein.

»Will, erinnerst du dich an die Regeln über Küsse in der Öffentlichkeit?«

Er fuhr mit dem Zeigefinger meine Lippen nach. »Erinnerst du dich daran, was ich über Regeln gesagt habe?«, hielt er dagegen. »Mache ich dich heiß?«

»Du weißt, dass du das tust.«

»Ich höre es trotzdem immer wieder gerne.« Er schob seinen Mund neben mein Ohr. »Und ich fühle es gerne.«

Seine Hand glitt an meinen Schenkel. Ich schob sie halbherzig zur Seite, weil ich seine Berührung liebte. Doch seine Liebkosungen waren so verführerisch, dass ich in Versuchung geriet, jeglichen Anstand über Bord zu werfen. Will zog sich ein kleines Stück zurück und sah mich mit brennendem Blick an. Ja, auch dieser heiße Blick half nicht dabei, anständig zu bleiben. Er küsste mich wieder, noch leidenschaftlicher, als hätte ich ihn nicht gerade ermahnt. Ich hatte das Gefühl, dass er noch etwas besitzergreifender war als sonst.

»Jetzt weiß jeder Surfer hier, dass du mir gehörst«, erklärte Will, als er seinen Mund von meinem löste und sich neben mich setzte.

»Oh, ich verstehe. Also hast du nicht nur versucht, mich scharfzumachen. Du hattest Hintergedanken.«

»Als ich zu deinem Tisch gegangen bin, habe ich gesehen, wie ein paar der Idioten hier dich anschauen.«

»Und du gehst davon aus, dass nächste Woche dieselben Surfer wieder hier sind?«, fragte ich herausfordernd. Vielleicht war das eine hinterhältiger Versuch meinerseits, ihn dazu zu bringen, nächste Woche wieder vorbeizuschauen. Nur vielleicht.

»Ich weiß nicht, aber ich werde da sein.«

Mission erfolgreich! Will küsste diese empfindliche Stelle, wo mein Hals in meine Schulter überging. Zuerst ließ er seine Lippen bloß leicht darübergleiten … doch dann brachte er auch seine Zunge ins Spiel, und das spürte ich in meinem gesamten Körper. Ob er das wohl absichtlich tat? Was für eine Frage – natürlich tat er das. Er schien sich in meiner Nähe einfach nicht zurückhalten zu können, und ich musste zugeben … ich fand das wunderbar.

»Du bist alles, was ich brauche, Paige.«

Ich fühlte mich unglaublich geehrt davon, ihm das zu geben, was er brauchte. Mir wurde bewusst, dass ich seinen Atem nicht auf meiner Haut spüren konnte, was bedeutete, dass er den Atem anhielt, als hätten seine eigenen Worte ihn überrascht. Dann sprach er weiter, und ich drehte leicht den Kopf, weil er unendlich leise sprach, ich allerdings kein Wort verpassen wollte.

»Ich glaube, ich habe es immer vermieden, jemanden zu brauchen, aber mit dir … scheint die Nähe niemals auszureichen.« Sein warmer Atem glitt erneut über meine Haut. »Ich bin mir nicht sicher, ob das überhaupt Sinn ergibt, aber ich wollte, dass du es weißt.«

»Das ergibt absolut Sinn«, versicherte ich ihm sanft. Ich verstand, was in ihm vorging. Ich hatte mich als Kind immer davor gefürchtet, Dad zu verlieren, doch Will hatte seine Eltern wirklich verloren. Für ihn hatte es wahrscheinlich gewirkt, als würde er sich verletzlich machen, wenn er jemanden zu nahe an sich heranließ.

Ich konnte nicht genug von seiner Körperwärme bekommen, von der Schönheit dieses Augenblicks. Will hatte mir seine verletzliche Seite gezeigt. Obwohl ich niemand war, der viel über seine Gefühle sprach, wollte ich mich Will gegenüber öffnen.

»Als ich mit Mom shoppen war, hat sie mir erklärt, dass ich immer Angst vor der Liebe gehabt hätte. Aber bei dir empfinde ich keinerlei Angst. Ist das nicht verrückt?«

Will zog sich ein kleines Stück zurück, um mir in die Augen zu sehen. Nie, niemals zuvor hatte ich Will so lächeln sehen. Es war ein breites, warmes Lächeln, das von unendlichem Glück sprach. Und ich hatte das zu verantworten, hm? Ich hatte meinen attraktiven Detective so glücklich gemacht, dass er über das ganze Gesicht strahlte.

»Was?«, fragte ich, obwohl ich genau wusste, was los war. Vielleicht wollte ich einfach hören, wie er die Worte sprach. Doch Will waren die Worte ausgegangen. Er war zu sehr damit beschäftigt, mich leidenschaftlich zu küssen. Ich verlor mich in seiner Magie und verschwendete keinen Gedanken mehr daran, dass wir uns in der Öffentlichkeit aufhielten. Er wollte einen brennend heißen Kuss? Dann sollte er ihn bekommen. Wir lösten uns erst voneinander, als uns der Erstickungstod drohte.

»Immer mit der Ruhe, Detective. Mir ist schon so heiß, dass ich gleich anfange zu schwitzen.«

»Lass uns schwimmen gehen.«

»Ich habe einen Bikini, aber hast du eine Badehose dabei?«, fragte ich skeptisch.

»Ja, habe ich. Und zwei Handtücher.« Er deutete auf den Rucksack.

»Dann lass uns gehen.«

Ich lagerte meinen Laptop und meine Tasche hinter dem Tresen beim Barista, mit dem ich mich inzwischen angefreundet hatte, weil ich so oft hier war. Wir zogen uns in einer der kleinen Hütten hinter der Bar um, dann wanderten wir zum Strand und legten unsere Handtücher auf den Sand, bevor wir ins Wasser gingen.

Will schaltete in den *Stille Bürgerwehr*-Modus und sah sich prüfend um.

»Ich tue es schon wieder«, sagte er verlegen, als er meinen Blick auffing.

»Ist egal. Ich habe mich daran gewöhnt.«

Er riss den Kopf herum. »Wirklich?«

Ich nickte. »Das gehört zu dir, Will. Es hat nur eine Weile gedauert, das zu akzeptieren.«

Wir rannten aufs Wasser zu und sprangen hinein. Es war kühl, aber nicht kalt. Ich war immer schon lieber am Abend schwimmen gegangen, wenn die Sonne den ganzen Tag Zeit gehabt hatte, das Wasser zu erwärmen.

Ich schwamm ein Stück hinaus, und Will blieb an meiner Seite, als ich einen kurzen Krampf im Bauch spürte – wie Unterleibsschmerzen. Bisher hatte ich meine Periode noch nicht bekommen. Eigentlich sollte es auch erst in einer Woche so weit sein, aber die Ungewissheit brachte mich fast um. Ich beobachtete meinen Körper genau: War ich zu müde? Bekam ich zu oft Hunger? Ich schwamm schneller. Was auch immer geschah, ich war nicht allein. Daran musste ich immer denken. Doch trotz Wills Versicherungen konnte ich nicht anders, als mich zu fragen, welche Auswirkungen eine Schwangerschaft auf unsere Beziehung haben würde.

Als ich erschöpft war, schwamm ich langsamer.

»Hier ist mir das Wasser zu tief. Können wir zurückschwimmen, bis ich den Boden mit den Zehen berühren kann?«

»Ich kann noch stehen. Ich werde dich halten.«

Das musste er mir nicht zweimal sagen. Schon in der nächsten Sekunde hing ich an ihm. Beine um seine Hüften, Arme um seinen Hals. Ich presste meine Brüste gegen seine Brust. Und unter der Gürtellinie hatten wir einen absoluten Härtefall. Er hatte eine Erektion, die sich gegen meinen Bauch drückte.

»Hey, wann ist das passiert?« Ich bewegte mich ein

wenig, um sicherzustellen, dass ich mir nichts einbildete. Nein, tat ich nicht. Will war hart.

»Als du in deinem knappen Bikini vor mir hergelaufen bist.« Er ließ seine Hände an meinen Hintern gleiten, um ihn zu kneten.

»Will …«

»Meine Hände sind unter Wasser. Niemand kann sehen, was ich tue.«

»Das würdest du nicht wagen …« Oh, und wie er es wagte. Noch bevor ich den Satz beenden konnte, glitt eine Hand nach vorne. Er schob den Stoff des Bikinis zur Seite und ließ seine Finger über meine Mitte gleiten. Ich zitterte in seinen Armen.

Will liebkoste mein empfindliches Fleisch, sodass ich mich anstrengen musste, nicht zu zappeln. Irgendwann stieß ich seine Hand weg, weil der Miesling gar nicht mehr damit aufhören wollte.

»Lass uns zurückschwimmen«, sagte ich.

Will schmunzelte. »Tu das. Ich werde noch eine Weile schwimmen, bis meine Erektion verschwunden ist.«

Okay. Ich fühlte mich durchaus schlecht wegen seiner Situation, aber er war absolut selbst schuld. Ich hatte ganz unschuldig schwimmen wollen, doch er musste ja losziehen und uns beide heißmachen. Also bekam er nur, was er verdient hatte.

Ich zitterte, als ich aus dem Wasser stieg, aber die Sonne war noch stark genug, um mich aufzuwärmen. Ich sah über die Schulter zurück und ertappte Will dabei, wie er mich beobachtete, also trocknete ich mich aufreizend langsam ab, hielt den Hintern in seine Richtung gewendet und beugte mich langsam vor, um mir die Beine abzutrocknen.

Danach holte ich meine Tasche und meinen Laptop beim Barista ab. Ich hatte mich gerade wieder auf mein Handtuch gesetzt, als Will aus dem Wasser kam. Lust erfüllte mich. Er war nicht einfach nur gut aussehend. Er war … mir fehlten die Worte. Heißer als die Sünde? Der Inbegriff von sexy? Worte reichten einfach nicht aus, um ihn zu beschreiben. Er kam langsam auf mich zu. Wasser spritzte in alle Richtungen, als er mit der Hand durch sein Haar fuhr. Seine hellbraunen Strähnen standen in Stacheln von seinem Kopf ab, und Wassertropfen rannen über seine Brust. Sein Blick war unverwandt auf mich gerichtet, intensiv und glühend.

Ich warf ihm sein Handtuch zu, und er trocknete sich ab. Dann ließ er sich auf mein Handtuch sinken, ein Knie zwischen meinen Knöcheln, um sich über mich zu schieben, bis unsere Gesichter auf einer Höhe schwebten.

»Ich weiß genau, was du da vorhin getan hast«, sagte er heiser.

Ich drückte ihm einen kurzen Kuss auf den Hals. »Ich habe dich gefoltert. Ich gestehe es offen ein. Warum auch nicht?« Ein tiefes Stöhnen entrang sich seiner Kehle. Es war ein wunderbar männliches Geräusch. »Das hat dir in deiner misslichen Lage nicht weitergeholfen, oder?« Er ließ eine Hand über meinen Arm nach oben gleiten, bis sie in meinem Nacken lag. Dann senkte er den Kopf, um in mein Ohr zu flüstern.

»Du wusstest genau, was du mir damit antust.«

»O ja. Wie du mir, so ich dir.«

»Dafür wirst du bezahlen. Ich werde dich heute Abend nicht kommen lassen.«

Ich leckte mir die Lippen. Verdammt, damit hatte ich nicht gerechnet.

»Was? Ich habe dich nicht richtig verstanden. Hast du gesagt, dass du mich unzählige Male kommen lassen willst?«

Er biss leicht in mein Ohrläppchen und zog leicht daran. »Du hast mich schon richtig verstanden. Ich werde dich lecken, dich mit meinem Schwanz füllen, aber du wirst nicht kommen.« Damit setzte er sich neben mich und beobachtete mich, als hätte er mich nicht gerade heißgemacht und mir gleichzeitig eine Heidenangst eingejagt.

»So grausam kannst du sein?«

»Wart's nur ab.«

Ich überlegte, ob ich auf Konfrontationskurs gehen sollte, beschloss aber, mir lieber nicht in die Karten schauen zu lassen: Ich konnte genauso grausam sein.

Wir aßen am Strand zu Abend, dann setzten wir uns wieder in den Sand, um Meer und Sonne zu bewundern. Ich konnte mich nicht erinnern, jemals glücklicher gewesen zu sein.

»Oh, das habe ich ganz vergessen: Hast du nächste Woche irgendwann Zeit für ein Abendessen? Bei meinen Eltern?«

»Sicher.«

»Es dürfte ziemlich verrückt werden. Ich wette, dass mein Bruder ebenfalls auftauchen wird.«

»Ich habe deine Familie bereits getroffen.«

Jedes einzelne Mitglied meiner Familie hatte an den Abenden, an denen ich den Handwerker überwachte, unter den verschiedensten Vorwänden vorbeigeschaut.

»Sicher, aber diesmal werden wir alle zusammen sein. Das ist einschüchternder.«

»Ich bin Polizist. Mich kann man nicht einschüchtern.«

»Das wird sie nicht davon abhalten, es zu versuchen.«

»Ich komme schon damit klar. Nur nicht am Mittwoch. Tatsächlich wollte ich dich bitten, dir den Abend freizuhalten.«

»Warum?«

»Du wirst schon sehen.«

Ich hob den Kopf und musterte ihn. »Sag es mir.«

»Nein.«

Ich pikte ihn in die Brust. Er grinste. Ich pikte ihn in den Bauch unterhalb des Nabels. Sein Blick senkte sich auf meine Lippen. Als ich meine Hand noch tiefer senkte, packte er mein Handgelenk. Doch ich hatte ja noch eine Hand, und die setzte ich geschickt ein. Ich fing an, ihn unter dem Arm zu kitzeln. Er war so überrascht, dass er meine andere Hand losließ. *Großer Fehler, Detective.* Ich kitzelte auch die andere Achsel, schob mich über ihn, bis ich rittlings über ihm saß. Mein Angriff dauerte nur ein paar Sekunden. Er fing meine Hände ein und hielt sie in der Luft fest. Sofort wurde ich mir unserer Position bewusst. Meine Mitte schwebte über seinem Nabel, und meine Nippel berührten fast sein Gesicht. Als hätten sie gemerkt, wie nah sie vor Wills Mund schwebten, richteten sich die Spitzen auf.

»Schön, du gefährliche Frau. Wir gehen zusammen ins Griffith Observatory.«

»Oh?«

»Du kennst dich gut mit Sternbildern aus, also dachte ich, du könntest dich auch für einen Meteorschauer begeistern. Ich habe die Webseite im Blick behalten. Und für Mittwoch ist so ein Termin angekündigt.«

Wow. Meine Muskeln entspannten sich. Tatsächlich fühlte ich mich insgesamt plötzlich ganz leicht, als ich in diese atemberaubenden Augen sah. Will nutzte meine vorübergehende Ablenkung auch, und schon wenige Sekunden später lag ich unter ihm. Er hielt immer noch meine Hände fest, und nun konnte ich auch meine Beine nicht mehr bewegen.

»Bist du jetzt glücklich? Du hast mich gezwungen, die Überraschung zu ruinieren.«

»Dass ich es schon weiß, macht doch gar nichts kaputt. Ich hatte nicht damit gerechnet, dass du dir so etwas Tolles einfallen lassen würdest, William Connor.«

Mein Herz schlug wie wild, als er voller Zuneigung auf mich heruntersah. Ich verlor mich so sehr in seinen Augen, dass ich erst bemerkte, dass er mich kitzeln wollte, als seine Finger bereits meine Achselhöhlen gefunden hatten. Ich kreischte, trat um mich und lachte wie eine Irre. Will wusste, wie man sich rächte. Stimmt, ich hatte es verdient, aber verdammt, wenn er nicht aufhörte, würde ich mich vollkommen in Verlegenheit bringen.

»Stopp, stopp, stopp.« Ich war mir nicht sicher, ob er mich überhaupt verstand, da ich immer noch kreischte. Doch anscheinend schon, weil er aufhörte. Aber vielleicht hatte er auch einfach beschlossen, Gnade walten zu lassen.

Ich atmete schwer, doch Will drückte seinen Mund an meinen Hals. Und hielt wieder meine Hände über dem Kopf fest.

»Lass uns kurz die Dinge durchgehen, die du nicht tun darfst«, flüsterte er an meiner Haut. »Du darfst mich nicht kitzeln, damit ich dir meine Pläne für Verabredungen verrate.«

»Also planst du noch mehr Überraschungen?«

»Verdammt, ja, ich plane noch mehr Überraschungen.«

Ich hob die Hüften, bis mein Bauch sich an seine Erektion drückte.

»Was tust du da?«, brummte er streng.

»Ich zeige Anerkennung für deine Bemühungen. Du hältst meine Hände fest, also ist mir kein anderer Weg eingefallen.« Ich klimperte unschuldig mit den Wimpern. »Du wolltest sagen?«

»Du darfst deine Brüste nicht in die Nähe meines Mundes bringen, wenn wir uns in der Öffentlichkeit aufhalten und ich sie nicht lecken darf.«

»Gibt es denn irgendwas, was ich tun darf, Detective?« Wieso klang ich so heiser?

»Ja. Du darfst mit mir nach Hause gehen und alles genießen, was ich heute Nacht mit dir anstellen werde.«

Ich lächelte, weil deutlich wurde, dass er nicht vorhatte, seine vorherigen Drohungen wahr zu machen.

Am nächsten Morgen wachte ich grundlos bereits im Morgengrauen auf. Die Sonne war gerade erst aufgegangen, aber ich konnte einfach nicht verstehen, wieso ich wach war. Bis ich nach links sah und feststellte, dass Will den Kopf in die Hand gestützt hatte und mich träge anlächelte.

»Guten Morgen.« Wie konnte er früh am Morgen so sexy klingen? Und so verdammt gut aussehen? Das war nicht fair.

»Morgen. Wie lang bist du schon wach?«

»Eine halbe Stunde. Du bist süß, wenn du schläfst.« Er glitt näher und legte eine Hand an meine Wange. »Du hast hier ein Grübchen.« Er drückte seinen Daumen an meinen linken Mundwinkel. »Und du hast von mir geträumt.«

»Moment … was?« Ich hatte wirklich von ihm geträumt und es war ein unerhört sexy Traum gewesen, aber woher wusste er das?

Er liebkoste meine Brust. Meine Nippel waren hart. Okay. Untrügliches Zeichen. Ich schlief morgens gerne aus, aber da ich schon wach war, warum die Gelegenheit auf Morgensex vergehen lassen? Ich rutschte näher an Will heran. Er beobachtete mich mit einem trägen Lächeln, schob seine Hand erst auf meinen Bauch und dann zwischen meine Beine. Ich stöhnte, als er einen Finger in mich gleiten ließ.

»Du bist feucht aufgewacht. Wovon hast du geträumt, Paige?«

»Wieso zeige ich es dir nicht einfach?«

Sein Blick verdunkelte sich.

Nach der Bettgymnastik und einer Dusche zog ich erneut die Kleidung von gestern an, allerdings ohne Höschen. Wir waren in seiner Wohnung, also hatte ich keine Wechselkleidung parat.

Will schnitt gerade Brot, als ich das Wohnzimmer betrat. Und er trug nur Boxershorts. Hmmm … Als er mich sah, runzelte er die Stirn.

»Wieso hast du dich so chic gemacht?«

»Ich muss ein paar Stunden arbeiten.«

»Das kannst du auch von hier aus tun. Dafür brauchst du keine Klamotten.«

»Ich weiß, dass das seltsam klingt, aber ich kann mich in Businesskleidung besser konzentrieren. Du dagegen solltest nackt bleiben. Ich kann die Aussicht heute gut brauchen.«

Er lachte. »Die Aussicht?«

»Wie soll ich deine starken Arme denn sonst umschreiben? Und wenn du die Boxershorts ablegst, kriegst du noch einen Bonus.«

»Nur, wenn du den BH ablegst.«

Ich dachte darüber nach. Einerseits brachte mich die Einschränkung durch einen BH in »Arbeitsstimmung«. Andererseits, wie sollte ich Nein sagen? Das war ein geringer Preis dafür, Will nackt herumlaufen zu sehen.

Ungeschickt entfernte ich meinen BH und warf ihn auf die Couch. Als Wills Blick sich auf meine Brüste senkte, konnte ich den Fehler in meinem Plan erkennen. Meine Nippel waren sichtbar. Und sie waren interessiert – schon wieder … und Will war bereits halb hart, als er die Boxershorts auszog. Aber wir waren stark, Will und ich. Stimmt doch, oder? Oder?

Ich hatte mich selbst fast überzeugt, als Will das Brotmesser zur Seite legte und auf mich zukam.

Er gab mir einen Guten-Morgen-Kuss, dann küsste er auch meinen Busen durch den Stoff der anständigen weißen Bluse.

»Will«, stöhnte ich, »vielleicht ist das keine so gute Idee. Wie soll ich da arbeiten?«

Er richtete sich auf, legte eine Hand an mein Gesicht und ließ den Daumen über meine Lippen gleiten. Ich konnte nicht anders – ich öffnete den Mund und saugte an seinem Finger.

»Wenn du so weitermachst, wirst du nicht arbeiten.« Er zog seine Hand zurück, und ich richtete mich höher auf.

»Ich werde mich zurückhalten, versprochen.«

»Dann dürfte es keine Probleme geben.«

»Bist du dir sicher, dass ich von hier aus arbeiten soll? Ich werde kaum etwas tun, außer E-Mails und Berichte schreiben und telefonieren.«

»Und ich werde dir Frühstück und Mittagessen machen und dich massieren, wenn du verspannt bist. Ich werde mein Bestes geben, dich nicht abzulenken. Aber versprechen kann ich es nicht.«

»Was hast du davon?«

Er lächelte verführerisch. »Ich habe noch nicht gesagt, welche Stellen genau ich massieren werde.«

Wir machten uns Sandwiches, und nach dem Frühstück fing ich an zu telefonieren. Ich hatte mir selbst eine Zwei-Wochen-Frist gesetzt. Wenn ich es bis dahin nicht geschafft hatte, mehr Spender anzuwerben, musste ich diejenigen anrufen, die bereits Hilfe zugesagt hatten, und ihnen mitteilen, dass das Projekt durchgefallen war. Das machte mir Sorgen, weil ich wusste, dass sie danach wahrscheinlich nicht mehr so gerne mit mir zusammenarbeiten würden. Niemand verschwendete gerne seine Zeit.

Ashley schrieb mir irgendwann eine Nachricht, was überraschend war, da sie nie am Wochenende arbeitete.

> **Ashley:** Ich weiß nicht, was wir mit Greg machen sollen. Er ist ein noch größeres Arschloch als sonst.

Ich fühlte mit ihr. Gregs frauenverachtende Tendenzen schlugen in letzter Zeit fast in emotionalen Missbrauch um. Ashley und ich hatten schon darüber nachgedacht, wie wir am besten mit der Personalabteilung darüber sprechen soll ten.

Als der Nachmittag näher rückte, verspürte ich den Drang, mich einfach auf Wills Couch fallen zu lassen. Ich hatte zwei unbestimmte Zusagen, doch selbst wenn die Spender Wort hielten, ging es nur um kleine Summen. Um fünf Uhr rollte ich mich auf dem Sofa zusammen und vergrub mein Gesicht in den Kissen.

»Baby?«

»Es wird nicht funktionieren, Will. Es funktioniert einfach nicht… und das bringt mich fast um. Diese Leute zählen auf mich. Ich habe keine Versprechungen gemacht, aber du hättest sehen sollen, wie sie mich angeschaut haben, als ich ihnen die Möglichkeiten dargelegt habe.«

Ich fühlte seine Hand an meinem Nacken. Er massierte mich genau da, wo ich es gerade brauchte.

»Du kannst das so gut«, flüsterte ich ins Kissen. »So verdammt gut.«

Er setzte sich neben mich, und ich rutschte ein Stück zur Seite, um Platz für ihn zu schaffen.

»Ich bin schlecht gelaunt«, informierte ich ihn. Ich war bereits seit dem dritten Telefonat genervt gewesen und inzwischen total gereizt. Ich war emotionaler als normalerweise und wusste nicht, ob es an PMS lag oder einer möglichen Schwangerschaft.

»Das ist mir schon aufgefallen. Ich plane bereits etwas.«

Ich warf ihm einen interessierten Blick zu. »Du meinst, mich erwartet bald ein Orgasmus?«

Er grinste. »Ein vorgezogenes Abendessen und Wein.«

»Oooh, das ist sogar noch besser.«

»Jetzt willst du meinen Stolz verletzen. Abendessen und Wein ist besser als Orgasmen?«

Ich erkannte meinen Fehler und versuchte sofort, ihn wiedergutzumachen. Sonst könnte dieser heiße Typ auf gefährliche Ideen kommen, wie, mir *keine* Orgasmen zu verschaffen.

»Nein, nein. So habe ich das doch gar nicht gemeint. Aber

eine schlecht gelaunte Paige mit vollem Magen ist besser als eine schlecht gelaunte Paige mit leerem Magen.«

»Ich verstehe. Bist du heute fertig mit Arbeiten?«

»Ja.«

Er gab mir einen kleinen Klaps auf den Hintern. »Dann weg mit den Klamotten.«

»Was?«

»Nimm ein T-Shirt aus meinem Schrank. Und trag kein Höschen. Ich will deinen sexy Hintern sehen.«

»Das sind sehr… klare Anweisungen. Und übrigens, ich trage schon den ganzen Tag kein Höschen.«

Wills Hand erstarrte an meinem Hintern. »Das hast du mir gar nicht gesagt.«

»Na ja, nein. Warum dich in Versuchung führen?«

Er biss mich leicht in die Schulter und knetete gleichzeitig meine Pobacke. »Geh dich umziehen.«

»Ja, Chef.«

Ich war gerade von der Couch aufgestanden, als Wills Telefon klingelte. Ich blieb stehen, als er abhob.

»Hi, Elliot!« Will runzelte die Stirn, dann nickte er und rieb sich das Gesicht. »Na ja, wir wussten, dass die Chance bestand, es könnte so laufen. Danke für den Anruf.«

Als er auflegte, umklammerte Will das Telefon so fest, dass ich fast damit rechnete, das Plastik würde brechen.

»Es tut mir leid, Will.«

Er nickte angespannt, dann presste er sich die Handballen auf die Augen. Ich ging zu ihm und schlang die Arme um seine Hüfte – er trug immer noch nur Shorts. Er erwiderte die Umarmung und ließ das Kinn auf meinem Scheitel ruhen.

»Geh dich umziehen. Das Essen kommt bald.«

Jetzt hatten wir beide schlechte Laune. Doch während ich die Stapel mit T-Shirts in seinem Schlafzimmer durchsuchte, konzentrierte ich mich nicht auf meine eigenen Probleme, sondern dachte darüber nach, wie ich Will trösten konnte. Erster Schritt: Ich würde das kürzeste T-Shirt anziehen, das er besaß. Es war nicht einfach, etwas zu finden, da Will ziemlich groß war, aber irgendwann fand ich ein Shirt, das aussah, als wäre es in der Waschmaschine eingelaufen, sodass unter dem Stoff meine Pobacken sichtbar wurden. Okay, das dürfte ihm etwas geben, was er anstarren konnte. Ich band mir die Haare zu einem Dutt, bevor mir wieder einfiel, wie gern er bei sexy Aktivitäten die Hände darin vergrub, also ließ ich es stattdessen offen um meine Schultern fallen.

Unser Abendessen war bereits geliefert worden, als ich ins Wohnzimmer zurückkehrte. Will deckte gerade den Tisch.

»Riecht köstlich.«

Er sah über die Schulter zu mir zurück, dann drehte er sich langsam um. Seine Augen funkelten, und sein Blick saugte sich an meinen nackten Beinen fest. Ich drehte mich einmal im Kreis, um ihm meinen Hintern zu präsentieren.

»Gefällt es dir?«

Er antwortete nicht. Oder zumindest nicht mit Worten. Der Blick in seinen Augen war … wild. Ich ging mit schwingenden Hüften auf ihn zu, bis wir nur noch wenige Zentimeter voneinander entfernt standen. Will stand mit hängenden Armen da, als koste es ihn all seine Kraft, mich nicht zu berühren. Doch dann verlor er den Kampf. Eine Hand packte meine Hüfte, und die andere glitt an meinen Hintern, um mich an sich zu ziehen.

»Du bist so verdammt sexy, Paige.«

»Ebenso, attraktiver Detective.« Ich sah um seine Oberarme herum zu den Avocado-Nuggets, die er bestellt hatte. »Das Essen wird kalt.«

Will senkte seinen Mund auf meinen und ließ die Zunge über meine Unterlippe gleiten.

»Vielleicht genieße ich stattdessen dich.«

O Mann. Ich presste die Beine zusammen und nagte an seiner Unterlippe.

»Bleib heute Nacht hier.« Es war keine Frage, doch es war auch keine Forderung. Ich hatte vorgehabt, nach Hause zu fahren, weil ich neue Kleidung benötigte, aber als Will hinzufügte: »Ich brauche dich«, kam mir nicht einmal der Gedanke, Nein zu sagen.

»Natürlich werde ich bleiben. Ich werde dir das Bett wärmen und jemanden sehr, sehr glücklich machen.« Ich drängte ihm die Hüften entgegen, um meinen Standpunkt klarzumachen.

Mein großer, starker Mann brauchte mich. Ich ließ Küsse auf seine Brust niederregnen, bewegte meinen Mund von einer Seite zur anderen. Will vergrub seine Finger in meinem Haar, und ich spürte, dass er noch etwas zu sagen hatte.

»Was würdest du davon halten, an meinen freien Tagen immer von hier aus zu arbeiten?« Seine Schichten fanden oft zu seltsamen Zeiten stand, also hatte er auch regelmäßig unter der Woche frei.

»Du meinst, ich sollte hier meine Basis errichten?«

»Ja. Oder ich könnte mit dir an irgendeinem Strand abhängen, an dem du gerne arbeitest. Mir gefällt nur einfach nicht, dass wir uns immer wieder tagelang nicht sehen.«

»Kann ich machen. Außer wenn ich Meetings habe.«

»Ich freue mich schon darauf.«

»Und du wirst dich jedes Mal so um mich kümmern, wie du es heute getan hast?«

»Das werde ich.«

»Und du wirst mir auch die Muskel-Aussicht gönnen?«

Er lachte. »Ja.«

»Und wirst du dich mehr anstrengen, mich in Versuchung zu führen, als du es heute getan hast?«

Will warf lachend den Kopf in den Nacken. »Das hast du gerade nicht wirklich gesagt.«

Ich schenkte ihm mein schelmischstes Lächeln. »Und ob ich das habe. Du hast dir heute nicht mal die Mühe gemacht, herauszufinden, ob ich ein Höschen trage. Du lässt nach, Will Connor.«

Jetzt würde er es mir bestimmt heimzahlen – auf seine Art. Er bewegte sich so schnell, dass ich erst verstand, was vor sich ging, als er mich bereits gegen die Wand presste. O ja. Meine Beine waren gespreizt, und er schob eine Hand dazwischen.

»Was tust du da?«, flüsterte ich.

»Ich überprüfe, ob du ein Höschen trägst.«

Mistkerl. Er wusste genau, dass ich das nicht tat, aber trotzdem gab er sich viel Mühe bei der Kontrolle.

Er ließ seine Finger über meine Schamlippen gleiten, dann umkreiste er meine Klitoris, bis ich stöhnte.

»Bist du dir immer noch nicht sicher?«

»Man muss immer gründlich sein.« Er presste den Daumen auf meine Klit, und Energie durchfuhr mich. Ich beugte mich nach vorne, und Will ließ die Hand über meinen Schenkel gleiten, um im Anschluss meinen nackten Hintern zu umfangen.

»Ich mag es, dich in meinem T-Shirt zu sehen. Ich mag es, dich hierzuhaben, in meiner Wohnung, in meiner Kleidung. Ich mag es, deine Frauendüfte im Bad zu riechen.«

Und da wurde mir klar, dass ich Wurzeln geschlagen hatte. Mein Leben war mit dem von Will verbunden … und das gefiel mir. Es fühlte sich an, als würden diese Wurzeln uns stärker machen. Wir hatten gerade beide keine leichte Zeit in der Arbeit, aber hier waren wir, lachten zusammen und zogen uns gegenseitig auf. Ich wusste, dass das für Will ein genauso großer Schritt war wie für mich. Ich versuchte, alle Sorgen über das geplatzte Kondom zu verdrängen, doch das gelang mir nur halb.

»Willst du über den Fall reden? Nicht im Detail, sondern einfach … um deine Gedanken zu sortieren?«

»Wir haben unser Bestes gegeben. Das gesamte Revier hat an dem Fall gearbeitet, aber jetzt können wir nichts anderes tun, als das Ergebnis zu akzeptieren.«

»Und das ist okay für dich?«

Er schenkte mir ein reumütiges Lächeln. »Seltsamerweise ja. Ich glaube, dein knackiger Hintern lenkt mich ab.«

»Nur mein knackiger Hintern?« Ich klimperte mit den Wimpern und drängte mich noch enger an ihn.

»Dein freches Mundwerk auch.«

»Hey, eine Frage: Wenn ich Kleidung von mir hier lagere, kann ich trotzdem noch deine Shirts tragen? Sie sind sehr bequem.«

»Nur, wenn du dazu kein Höschen trägst.«

Ich gab vor, darüber nachzudenken. »Nun, ich nehme an, das ist eine angemessene Forderung, da ich deine Sachen tragen werde und du außerdem zugestimmt hast, in deiner muskulösen Pracht vor mir herumzulaufen.«

Wir setzten uns auf die Couch, um zu essen, doch nach wenigen Minuten stellte Will seinen Teller ab und konzentrierte sich ganz auf mich.

»Wieso siehst du mich so an?«

»Ich warte darauf, dass du fertig isst.«

Hmmm… er sagte sonst nichts, aber das Funkeln in seinen Augen machte es leicht, seine Absichten zu erkennen. Ich aß unglaublich schnell. Dann deutete ich auf die Schokoladenmousse. »Und jetzt gibt es Dessert?«

»Darauf kannst du wetten.«

18 *Will*

Paige stellte ihren leeren Teller auf den Tisch, doch als sie Anstalten machte, nach der Mousse zu greifen, packte ich ihre Knöchel und zog sie dorthin, wo ich sie haben wollte, und zwar genau so, wie ich sie haben wollte – mit weit gespreizten Beinen auf der Couch. Ich schob mich zwischen ihre Schenkel, schob das Shirt nach oben und zog eine Spur aus Küssen über ihre nackte Haut, angefangen bei ihrem Schambein, dann über ihren Nabel nach oben und zwischen ihren Brüsten hindurch. Ich liebkoste kurz jeden Nippel mit meiner Zunge. Danach zog ich ihr das T-Shirt über den Kopf, bevor ich denselben Weg wieder nach unten küsste. Als meine Lippen erneut über ihrem Schambein schwebten, zog ich einen Teller mit Mousse näher an den Tischrand. Ich zog einen Finger durch die Mousse und verteilte die Köstlichkeit ein kleines Stück über ihrer Klit. Paige schnappte nach Luft, als ich alles aufleckte, ohne dabei ihre empfindlichste Stelle zu berühren. Noch nicht. Dann wandte ich mich ihren Brüsten zu, verschmierte Mousse auf der Unterseite und leckte sie langsam wieder ab. Anschließend widmete ich mich der Oberseite und ließ mir noch mehr Zeit mit dem Saubermachen. Ihre Nippel waren so hart; einfach wunderschön. Doch ich schenkte ihnen immer noch keine Aufmerksamkeit.

»Ich habe gerade meine liebste Art entdeckt, Dessert zu essen.«

»Will, du bringst mich um.« Sie klang atemlos und heiser.

Als ich feststellte, dass Paige sich an mir rieb, erinnerte ich mich an meinen Masterplan.

»Ich habe dir nicht erlaubt, das zu tun.«

»Du warst zu beschäftigt, um überhaupt etwas zu sagen, also dachte ich, ein wenig Eigeninitiative könnte nicht schaden.«

»Du darfst dich nicht an mir reiben.«

Sie senkte die Hände an meine Boxershorts, doch ich fing ihre Handgelenke ein. »Oder meinen Schwanz berühren.«

Sie leckte sich die Lippen. Verdammt.

Wieder verteilte ich Mousse auf ihr, diesmal auf der gesamten Fläche zwischen Schambein und Klitoris.

»Deine Muschi ist so weich, so schön.«

Zwischen den Worten ließ ich meine Zunge über sie gleiten. Ihre Schenkel zitterten. Plötzlich wollte ich sie nicht mehr necken. Ich schnappte mir ein Kondom, streifte es über und glitt in sie. Verdammt. Ich hatte sie zu sehr erregt; sie war so eng, dass ich nicht lange durchhalten würde. Ich bewegte mich langsam, drängte mich bei jedem Stoß gegen ihre Klit. Paiges Höhepunkt war wunderschön anzusehen, und ich saugte den Anblick in mich auf. Sie drückte den Rücken durch und vergrub die Fersen in der Couch. Ihre Beine zitterten, als sie sich mir entgegenhob.

»Will. Will. O Gott. Ich kann nicht … Will.«

Ich hielt noch zwei Sekunden durch, nachdem sie gekommen war, dann explodierte ich so heftig, dass mir der Atem stockte.

Ich ließ mich auf sie sinken und sog ihren Duft in meine Lunge.

»Ich bin erledigt«, flüsterte Paige. »Ich kann mich nicht bewegen.«

»Kann nicht reden«, war alles, was ich hervorpressen konnte.

Ich suchte ihren Mund und küsste sie innig. Ihre leidenschaftliche Reaktion und die Art, wie sie ihre Brüste an mich drückte, zerstörten mich fast. Doch so war es bei Paige fast immer.

Ich hatte heute erfahren, dass der Fall, an dem wir ein Jahr lang gearbeitet hatten, nie vor Gericht kommen würde ... doch ich nahm die Nachricht besser auf, als es für gewöhnlich der Fall gewesen wäre. Und das lag an Paige. Ich wusste mit absoluter Sicherheit, dass sie die Eine für mich war, ohne dass ich hätte erklären können, woher ich das wusste. Es war ein mächtiges Gefühl – und auch beängstigend. Ich konnte nur hoffen, dass sie ebenso stark für mich empfand. Ich wollte mir die Liebe dieser Frau verdienen.

»Es wird eine Menge Spaß machen, versprochen«, sagte Paige, als wir zum Abendessen am Haus ihrer Eltern ankamen. Es war das zehnte Mal, dass sie das sagte. Mein Mädchen war tatsächlich nervös, wie ich daraus schloss. Ich verschränkte meine Finger mit ihren und küsste ihren Handrücken.

»Ich weiß, dass es unterhaltsam wird«, versicherte ich ihr.

Ihre Familie hieß uns als Gruppe willkommen. Ihre Schwestern sprangen quasi auf und ab, und Mrs Lamonica umarmte mich sofort. Paiges Vater und ihr Bruder lächelten freundlich, doch beim Händeschütteln zerquetschten sie mir förmlich die Finger, was ich als generellen Männer-Code für *Wenn du ihr wehtust, werde ich dich fertigmachen* deutete. Ich hatte Graham genau denselben Händedruck verpasst, als er zum ersten Mal zum Familienabendessen am Freitag gekommen war. Ein Händeschütteln sagte mehr als tausend Warnungen.

Sie hatten einen Grill im Garten aufgestellt, und ihr Dad wendete Steak, Thunfisch und Lachs.

»Schatz, du kannst kein Steak essen«, mahnte Mrs Lamonica ihren Ehemann, sobald wir am Tisch saßen und alle sich etwas zu essen nahmen. »Nimm ein Stück Fisch. Du weißt, was der Arzt gesagt hat.«

»Ja, ja. Steak wird mich umbringen. Von Butter werde ich einen Herzinfarkt bekommen. Was hat das Leben dann noch für einen Sinn?« Mr Lamonica schüttelte den Kopf, nahm sich aber ein Stück Lachs.

Mrs Lamonica kümmerte sich um alle, doch wie mir auffiel, am meisten um Paige. Außerdem lud sie mir drei Portionen von allem auf den Teller.

»Tut mir leid, sie ist einfach nur aufgeregt, dass du hier bist«, murmelte Paige leise, als ihre Mom in die Küche ging, um den vierten Nachschlag Kartoffelbrei zu holen.

»Erzähl Will keinen Unsinn«, sagte ihr Dad. »Deine Mutter ist immer so.«

»Mir macht es nichts aus«, sagte ich. Mom hatte sich früher genauso benommen. Sie hatte am Essenstisch ständig darauf geachtet, dass wir genug (heißt: zu viel) von allem bekamen. Ich lächelte bei der Erinnerung. Daran könnte ich mich gewöhnen.

Nachdem wir alle satt waren, entspannten wir uns am Schwimmbad, und ich durfte aus der ersten Reihe bezeugen, wie Paige in den Gören-Modus schaltete. Sie verbreitete sogar mehr Chaos als die Kinder. Ihr Bruder stand am Rand des Schwimmbades, um seine Füße zu kühlen, aber Paige spritzte so viel Wasser in seine Richtung, dass er von Kopf bis Fuß durchnässt war.

Sie hatte ein paarmal versucht, mich heranzuwinken, doch obwohl ich eine Badehose anhatte, traute ich mich nicht, mich ihr zu nähern, solange sie nur diesen knappen Bikini anhatte. Ich kämpfte schon vom reinen Hinschauen mit einer Erektion. Paige war glücklich und entspannt, als sie ihren Nichten die richtigen Armbewegungen für Brustschwimmen zeigte. Sie hatte letzte Woche ihre Periode bekommen. Ich wollte nicht lügen, das hatte mich tiefer getroffen, als ich erwartet hatte.

Ihre Mom saß auf dem Liegestuhl neben mir. Die Stühle standen an der Breitseite des Schwimmbades, ein Stück von den anderen entfernt.

»Stehen Sie Ihrer Familie nahe, Will?«, fragte sie aus dem Nichts heraus. Die Frage klang beiläufig, doch ich war ein verdammt guter Detective, also verstand ich sofort, worum es ihr ging.

»Ja, Ma'am.«

»Schön zu hören.« Wir sahen beide zum Schwimmbad, wo Paige sich darangemacht hatte, ihren Vater nass zu spritzen.

»Sie war immer Daddys Mädchen«, meinte Mrs Lamonica voller Zuneigung. »Sie hat ihn so sehr vermisst, wann immer er weg war. Früher war es noch schwerer als heute, wo es zumindest Videoanrufe gibt.«

»Es muss schwer sein, wenn der Ehemann so oft abwesend ist.«

»Ich habe mich an die Trennungszeiten gewöhnt, aber nie an die Gefahr.« Sie lächelte traurig und deutete auf ihre Schläfe. »In einer einzigen Nacht sind meine Haare hier weiß geworden. Wir hatten schlechte Nachrichten von seiner Einheit bekommen. Ich habe versucht, mich vor den Kindern zusammenzureißen. Sie waren jung. Paige war elf. Sie hat mich in meinem Schlafzimmer beim Weinen überrascht. Hat mich umarmt und gesagt: ›Mama, wir werden uns um dich kümmern, wenn Daddy etwas passiert. Weine nicht.‹ Zu meiner Schande muss ich gestehen, dass es viele Tage gab, wo ich morgens kaum aus dem Bett gekommen bin. Paige hat dann Frühstück für die anderen gemacht und dafür gesorgt, dass sie ein Lunchpaket für die Schule hatten. Ich glaube, von mir hat sie gelernt, sich zu verstecken, wenn sie weint. Sie ist wirklich stark, mein Paige.«

»Das ist sie«, stimmte ich ihr zu. Das hatte ich schon bei unserem ersten Treffen gespürt. Paige war eine Träumerin, doch wenn es nötig wurde, konnte man sich auf etwas gefasst machen. Sie kämpfte für das Projekt, an das sie glaubte, weil sie entschlossen war, ihr Bestes zu geben. Sie war eine wahnsinnig tolle Frau, und ich empfand es als Privileg, an ihrer Seite sein zu dürfen.

Ich wusste, dass sie nicht ganz glücklich mit meinem Beruf war. Ja, sie hatte gesagt, dass sie sich daran gewöhnt hatte, aber ich kannte sie inzwischen gut genug, um die versteckten Hinweise zu erkennen: sich an etwas gewöhnen war nicht dasselbe, wie mit etwas einverstanden zu sein. Ich erinnerte mich daran, wie sie nach unserer ersten gemeinsamen Nacht auf den Kratzer an meinem Hals reagiert hatte, und fragte mich, ob diese Ängste sie davon abhielten, mich zu lieben. Gab es etwas, was ich tun konnte, um es ihr leichter zu machen?

Paige unterbrach unser Gespräch, indem sie Wasser in unsere Richtung spritzte und mich damit total durchnässte. Als ich sie böse ansah, zuckte sie bloß mit den Achseln. »Tut mir leid, aber ich musste dich vor Mom retten, bevor sie dich verschrecken konnte.«

»Und du konntest mich nur retten, indem du mich nass spritzt?«

Sie nickte voller Überzeugung. »Ja genau.«

Mrs Lamonica lachte. Ich sprang ins Wasser. Paige stieß eine Mischung aus Lachen und Kreischen aus, als ich sie an mich zog. Wir waren die Einzigen im Wasser, doch alle anderen standen um den Pool herum und beobachteten uns.

»Du bist ganz schön dreist«, flüsterte ich.

»Alle beobachten uns. Du kannst nichts unternehmen.«

»Jetzt gerade nicht. Aber warte, bis wir in ein paar Stunden wieder allein sind.«

Ich hielt sie immer noch an mich gedrückt und positionierte meinen wachsenden Ständer zwischen ihren Schenkeln. Ihr stockte der Atem. Ich kam noch näher. Sie biss sich auf die Unterlippe.

»Was willst du tun, Detective? Mir wieder Orgasmen vorenthalten?« Sie sprach sehr leise, klang dabei aber total sinnlich, sodass meine Erektion sich verhärtete. Ich umfasste ihre Wangen, wobei ich sicherstellte, dass es aussah wie eine rein zärtliche Geste, dann lehnte ich mich zu ihrem Ohr.

»Ich wechsele die Taktik.«

Als ich mich zurückzog, bemerkte ich zu meiner Zufriedenheit, dass ihre Pupillen vor Lust erweitert waren. Verdammt, ich wollte sie küssen, gegen den Rand des Schwimmbades drücken und ihre Beine spreizen. Noch ein paar Stunden. Ich musste nur noch ein paar Stunden überstehen, dann gehörte diese unglaubliche Frau wieder ganz mir.

»Nehmt euch ein Zimmer, ihr zwei!«, rief Miranda. Paige grinste ihre Schwester bloß an. Als ich daran zurückdachte, was ihre Mutter über Paige erzählt hatte, vertiefte sich meine Zuneigung noch. Ich wollte dafür sorgen, dass sie nur noch vor Glück weinte. Ich hoffte, sie würde ihre verletzlichen Momente mit mir teilen, wenn es dazu kam; mir vollkommen vertrauen. Wie sonst sollte ich mich um sie kümmern?

Paige sah mich mit großen Augen an und lächelte. »Du wirst später damit weitermachen müssen, sexy Drohungen auszusprechen. Ich glaube, Miranda hat bemerkt, in welche Richtung dieses … Gespräch läuft. Man kann sie nicht an der Nase herumführen.«

Jetzt, wo ich in ihrer Nähe war, wollte ich Paige einfach nur weiter berühren. Ich verzehrte mich nach ihr. Aber ich wollte die Sympathiepunkte nicht verlieren, die ich bei ihrer Familie gesammelt hatte, also war es klüger, meine Hände bei mir zu behalten.

Ich schwamm eine Weile, dann servierte Mrs Lamonica uns eine zweite Portion Dessert. Paige und ich brachen auf, kurz nachdem die Sonne untergegangen war.

»Also, was denkst du? Ich habe gesehen, wie Mom dich in die Ecke getrieben hat. Ich hoffe, es war nicht zu schlimm«, fragte Paige, als wir wieder in meiner Wohnung waren und auf dem Balkon lagen.

»Paige, ich fand es toll, deine Familie kennenzulernen. Mach dir nicht solche Sorgen.«

»Hmmm. Ich warte noch auf den verzögerten Schock.«

»Ich habe nachgedacht. Wie fändest du es, eine Woche freizunehmen und mal Urlaub zu machen? Du hast hart gearbeitet, also hast du dir etwas Freizeit verdient. Und ich will dich eine Woche lang ganz für mich haben.«

Sie kuschelte sich an mich und wackelte mit den Zehen. »Das fände ich toll. Allerdings braucht mich Greg in den nächsten zwei Wochen. Wir haben einen Abgabeschluss. Aber danach kann ich mir eine Woche freinehmen.«

»Warst du je in einem Redwood-Wald?«

»Wir haben uns einmal Mammutbäume angeschaut, als ich noch klein war, aber ich fände es toll, sie noch mal zu sehen.«

»Ich werde alles organisieren«, versicherte ich. Um sie aufzuziehen, fugte ich dann vollkommen ernst hinzu: »Dort gibt es tolle Zeltplätze.«

Sofort sackte sie in sich zusammen. Es kostete mich viel Mühe, nicht zu lachen.

»Wir werden in einem … Zelt … schlafen?«

»Ja. Und wir können jeden Abend ein Lagerfeuer machen.«

»Aber da werden Insekten sein und … noch mehr Insekten.«

Inzwischen klang sie fast panisch, und ich konnte mein Lachen nicht mehr unterdrücken.

»Ah! Du hast mich nur verarscht.« Sie rammte mir den Ellbogen in die Rippen.

»Ich habe dort eine gemütliche Hütte.« Sie versuchte, mich noch mal zu schlagen, doch ich wehrte den Angriff ab und rollte mich über sie.

»Prinzessin auf der Erbse, hm?«

Sie grinste. »Das hast du erst heute kapiert? Du bist ein lausiger Ermittler.«

»Nö. Heute habe ich nur die Bestätigung bekommen.«

»Also wirst du mich nicht Zelten und Insekten aussetzen?«

»Die Hütte ist supermodern.«

»Welche Art von Heizung?«

»Gas. Warum?«

»Verdammt. Ich hatte gehofft, dich beim Holzhacken beobachten zu können. Mit nacktem Oberkörper, natürlich.«

»Es wird jede Menge Gelegenheiten geben, mich ohne Hemd zu sehen, mach dir da mal keine Sorgen.«

Sie strich mit einem Finger über meine Brust und leckte sich die Lippen. »Aber Holzhacken ist etwas anderes. Da wäre der Anblick noch von männlichem Stöhnen unterlegt. Ein Mädchen darf doch träumen, oder. Mmmmmm.«

»Du treibst mich mit diesen Geräuschen in den Wahnsinn.«

Sie zog das Mmmmm noch weiter in die Länge, dann sagte sie: »Was willst du jetzt tun?«

»Dich verschlingen«, erklärte ich ernst.

»Endlich. Ich hatte damit gerechnet, dass du mich gegen die Tür presst, sobald wir die Wohnung betreten haben. Hatte schon Angst, dass du deine Meinung geändert hast.«

Ich küsste diesen frechen Mund, schob eine Hand unter ihr Kleid und vergrub die Finger in der glatten Haut ihrer

Schenkel. Ich fing an, meinen Gürtel zu lösen, dann öffnete ich Knopf und Reißverschluss an meiner Hose.

Als Paige klar wurde, was ich tat, bildete sich Gänsehaut auf ihren Armen. Ich schob ihr Kleid nach oben und befreite meinen Schwanz, dann ließ ich meine Erektion über ihr Höschen gleiten, bis ich ihre Klitoris fand. Sie zog die Beine an, und der Winkel veränderte sich. Ich konnte fühlen, wie ihr Höschen feucht wurde. Das Wissen, dass ich ihr so viel Lust bereitete, hätte mich fast in den Höhepunkt getrieben.

Und während unseres Urlaubs plante ich eine Überraschung für sie.

19

Paige

Mit dem Flug und der Fahrt im Mietwagen dauerte die Strecke zum Redwood-Wald ein wenig über vier Stunden. Ich hatte etwas zu viel Wein getrunken, um meine Nerven im Flieger zu beruhigen, und befingerte daher Will, sooft ich konnte. Aber der Mann berührte mich auch ständig, als könnte er nicht in meiner Nähe sein und mich *nicht* berühren, also waren wir wohl quitt.

»Wow«, rief ich, als die Hütte in Sicht kam. Ich hatte mir ein kleines Holzhaus vorgestellt. Das hier war eine Villa. Die Wände waren hinter einer eleganten Steinverkleidung verborgen, und die Fenster waren riesig.

»Das ist wunderschön, Will.«

»Jace und ich haben sie vor ungefähr acht Jahren gekauft, um sie zu renovieren und wieder zu verkaufen. Nach der ganzen Arbeit hat sie uns einfach zu gut gefallen, also haben wir beschlossen, das Haus zu behalten. Wir vermieten es, wann immer keiner von uns es benutzen will … also einen Großteil des Jahres.«

Ich verliebte mich in das Haus, kaum dass ich es betreten hatte. Die Wände waren abwechselnd in frischem Weiß gestrichen oder mit Stein verkleidet, und es gab sogar einen Kamin. Ich ging zu einem der großen Fenster und lächelte, als ich die Mammutbaum-Wälder in der Ferne sah.

»Die Aussicht ist atemberaubend.«

Ich fühlte, wie Will hinter mich trat. Er schlang einen Arm um meine Taille. »Freut mich, dass es dir gefällt. Wir können herkommen, wann immer wir wollen.«

Ich liebte es, wie er *wir* sagte, als wären wir eine natürliche Einheit.

»Ich würde vorschlagen, ich zeige dir kurz alles, und dann werde ich uns etwas zum Abendessen machen, und wir können uns im Wintergarten den Sonnenuntergang ansehen.«

»Klingt toll.«

Das Haus hatte drei Schlafzimmer und zwei Bäder. Eines davon glich eher einer Wellness-Oase, komplett mit Whirlpool. O ja, ich plante hier jetzt schon sexy Aktivitäten mit meinem Mann.

Letztendlich sprang ich kurz unter die Dusche, während Will in die Küche ging. Ich zog ein langärmliges Wollkleid an, das mir bis auf die Knie fiel. Ich entschied mich, kein Höschen anzuziehen, aber Strapse. Ich fühlte mich heute Abend frech. Dieses Haus inspirierte mich.

Ein köstlicher Duft empfing mich, als ich die Stufen ins Erdgeschoss nach unten ging. Ich folgte dem Geruch in die Küche. Will schnitt gerade Hühnchen, und auf der Arbeitsfläche lagen die verschiedensten Zutaten für einen Salat. Wir hatten auf der Fahrt hierher eingekauft. Ich war glücklich. Gott, war ich glücklich. Von den Haarspitzen bis zu den Zehen. Ich konnte mich nicht erinnern, je so beschwingt gewesen zu sein.

Während Will das Hühnchen briet, machte ich den Salat fertig. Als ich gerade Kräuter so klein wie möglich hackte, hörte ich, wie Will ein Foto schoss.

»Was tust du?«

»Du siehst süß aus.« Er drehte das Handy, um mir das Bild zu zeigen. Ich wirkte jung mit meinem ungeschminkten Gesicht und dem Pferdeschwanz.

»Man kann meine Sommersprossen sehen.«

»Ich liebe deine Sommersprossen. Du solltest sie nicht überschminken.« Er drückte mir erst einen Kuss unter ein Auge, dann unter das andere.

»Ich werde kein Make-up auflegen, während wir hier sind.«

»Das ist mein Mädchen.« Er küsste mich leidenschaftlich, bis unsere Zungen sich duellierten und mir ein Stöhnen entkam. Ich verlor mich so sehr in dem Kuss, dass ich kaum bemerkte, wie er mein Kleid nach oben schob ... bis er plötzlich ein tiefes Stöhnen ausstieß, das mich sofort feucht werden ließ.

»Was ist das?«

»Strapse.«

Wills Atem glitt heiß über meine Haut. Seine Pupillen wurden groß.

»Hattest du die schon im Flieger an?«

»Nö. Habe ich nach meiner Dusche angezogen. Willst du wissen, was ich *nicht* trage? Ein Höschen.«

Sein Blick huschte nach unten, dann sah er mir wieder ins Gesicht. Ich legte spielerisch den Kopf schräg. »Glaubst du, du könntest Probleme haben, dich aufs Abendessen zu konzentrieren?«

Will ließ seine große Hand von meiner Schulter zu meinen Brüsten gleiten, um durch den Stoff die Nippel zu liebkosen. Hitze schoss zwischen meine Beine.

»Keine Sorge, ich bin Meister der Selbstkontrolle, Paige.«

Herausforderung angenommen, Detective.

Sobald das Essen fertig war, trugen wir alles in den Wintergarten, der in warmen Erdtönen eingerichtet war.

»Es war clever, dieses Haus zu behalten. Es ist wirklich wunderschön«, erklärte ich Will beim Essen.

»Ich weiß. Und es wird das ganze Jahr über von Touristen gebucht.«

»Also hast du alle Häuser, die du jetzt vermietest, selbst renoviert?«

»Ja. Eine Menge davon sind in der Umgebung von L.A.«

»Ich kann nicht glauben, dass du auf dem Bau gearbeitet hast, als du in der Highschool warst. Die meisten Teenager würden sich so was nicht antun.«

»Die Arbeit wurde gut bezahlt. Und da meine Eltern gestorben waren, brauchten wir das Geld. Außerdem hat mir die Beschäftigung beim Umgang mit meiner Trauer geholfen. Dann, kurz vor meinem letzten Jahr an der Highschool, hat Landon ein Haus gekauft. Er wollte es renovieren lassen und weiterverkaufen. Ich habe angeboten, die Arbeiten zu übernehmen, und alles allein gemacht. Als er es verkauft hatte, hat er darauf bestanden, dass ich den Gewinn behalte. Das hat ausgereicht, um zwei weitere kleine Häuser zu kaufen. Von da an ging es immer weiter. Ich habe auch während der Collegezeit nicht aufgehört. Nachdem wir dieses Haus hier behalten hatten, habe ich beschlossen, dass Ferienhäuser kluge Investitionen sind, also habe ich mir Häuser in Gegenden gesucht, die das ganze Jahr über Touristen anziehen.«

»Wow.« Ich überschlug im Kopf ein paar Zahlen aus der Zeit, als meine Grandma noch die Pension geführt hatte. »Also könntest du allein von den Mieteinnahmen leben.«

Er lächelte. »Streng genommen ja. Die Entscheidung, zur Polizei zu gehen, hatte jedenfalls nichts mit Geld zu tun.«

»Und du hast überall jemanden, der sich um die täglichen Aufgaben kümmert?«

»Genau.«

»Das ist ziemlich klug.«

»Danke.«

Ich nickte, dann ließ ich mir die letzten Bissen Hühnchen schmecken. Will beobachtete mich mit glücklicher Miene.

»Weißt du, was heute ist?«, fragte er, sobald wir es uns im Wohnzimmer vor dem Kamin gemütlich gemacht hatten.

»Ähm … Samstag?«

Er schmunzelte. »Heute ist es drei Monate her, dass wir angefangen haben, miteinander auszugehen.«

Schon drei Monate? Stimmt, Loris Hochzeit war Ende Juli gewesen, und jetzt hatten wir Ende Oktober.

»Ich habe ein Geschenk für dich.«

»Will …«, murmelte ich.

Er erhob sich von der Couch, suchte seine Jacke – die über der Armlehne hing – und holte eine kleine Schmuckschatulle aus der Tasche. Er öffnete sie, sodass ich ein wunderschönes Armband sehen konnte: Es war aus Platin mit darin eingelassenen Jadesteinen.

»Das ist so schön«, flüsterte ich, als er das Band um mein Handgelenk schloss.

»Es ist ein Familienerbstück.«

Er sah mich mit liebevollem Blick an. Ich schaute wieder

auf das Armband, weil es mir jetzt in vollkommen neuem Licht erschien.

»Ich glaube, ich bin verliebt«, sagte ich glücklich.

»Nur in das Armband oder auch in mich?« Seine Stimme klang rau.

Ich riss den Kopf hoch und sah ihm tief in die Augen. »Beides. Du hast mich dazu gebracht, mich in dich zu verlieben, Will Connor.«

Er lehnte sich vor und gab mir einen tiefen, sinnlichen Kuss.

»Ich kann nicht gut mit Worten umgehen«, flüsterte er, als er seine Lippen auf meine Wange gleiten ließ. »Es ist Jahre her, dass ich diese Worte laut ausgesprochen habe. Da haben meine Eltern noch gelebt.«

»Oh, Will. Du zeigst es mir. Mehr brauche ich nicht.«

Ich kannte ihn inzwischen gut genug, um zu wissen, dass Will seine Gefühle in Handlungen ausdrückte.

Wir lagen miteinander verschlungen auf der Couch. Will küsste mich sanft, die Arme eng um mich geschlungen, als hätte er nicht vor, mich jemals wieder freizugeben.

»Können wir ein Feuer machen?«, fragte ich eine Weile später und deutete auf den Kamin.

»Sicher. Ich werde mich darum kümmern.«

»Oooh, kann ich mit rauskommen, wenn du das Holz hackst?«

Er grinste, als wir aufstanden. »Das Holz ist bereits fertig, Paige.«

Ich schob die Unterlippe vor. »Können wir so tun, als wäre es das nicht? Damit ich dich dabei beobachten kann, wie du schwitzt und männliche Geräusche von dir gibst?«

Will ließ seinen Blick über meinen Körper wandern,

bevor er meine Lippen anstarrte. Er trat näher, bis ich den Kopf in den Nacken legen musste, um ihn anzusehen. Er ließ seine Finger über mein Kinn gleiten, dann legte er die Hand sanft an meine Kehle.

»Du wirst noch genug zu hören bekommen, wenn ich tief in dir vergraben bin.«

Ich musste eingeschlafen sein, denn als ich das nächste Mal die Augen öffnete, war es Morgen, und ich befand mich im Schlafzimmer. Ich hatte kaum zweimal geblinzelt, als mir klar wurde, dass Will mich fotografierte.

Ich konnte mir die Decke nur bis zur Nase ziehen, weil Will darauf saß, am Rand des Bettes.

»Verdammt, nein. Du wirst mich nicht nach dem Aufwachen fotografieren.«

Will grinste träge. »Habe ich schon getan. Und ich habe auch ein Bild, wie du schlafend beide Kissen umklammerst.«

»Ich verlange, dass du sie sofort löschst.«

Er beugte sich vor und biss sanft in meinen Handrücken. »Bring mich dazu.«

Verdammt, direkt nach dem Aufwachen war ich ihm verbal nicht gewachsen, aber ich traute mir einen schnellen Überraschungsangriff zu.

Der erste Teil meines Plans lief reibungslos. Ich senkte die Decke und zeigte ihm eine Brust. Da er definitiv auf meinen Busen stand, sank sein Blick sofort nach unten. Beim zweiten Teil meines Plans versagte ich kläglich. Will bemerkte sofort, was ich vorhatte, als ich mich auf das Handy stürzte. Er schleuderte es auf den Lehnsessel gegenüber dem Bett, dann warf er sich auf mich. Irgendwie gelang es ihm mühelos, mich auf der Matratze festzunageln.

»Ich habe deine Fähigkeiten unterschätzt, Detective.« Klang ich atemlos? O ja. Weil er kein Hemd trug und seine Brust meine fast berührte.

»Du hast eine Lektion verdient, Paige.«

Ich schluckte. »Oh?«

»Absolut. Du solltest wissen, was passiert, wenn du mich früh am Morgen provozierst.«

»Und das wäre?«

Statt mir zu antworten, schob er die Decke zur Seite und spreizte meine Schenkel. Er rutschte nach unten, bis sein Mund zwischen meinen Beinen schwebte, dann rieb er seine Nasenspitze über meine Klit und versenkte seine Zunge in mir.

Verdammt! Instinktiv versuchte ich, ihm die Hüften entgegenzudrängen, doch Will hielt mich davon ab. Stattdessen schob er die Hände unter meinen Hintern und hob mich an, um besseren Zugang zu bekommen. Und dann war sein Mund überall. In meiner Mitte. Er knabberte an meinen Pobacken, dann an meiner Klitoris, bevor er mit seiner Zunge in mich eindrang. Ich explodierte, schrie seinen Namen, zerrte an den Laken.

»Was für ein Start in den Morgen«, murmelte ich, als Will in einem Regen aus Küssen wieder nach oben glitt. »Wieso kann nicht jeder Tag so anfangen?«

»Dafür hätte ich eine einfache Lösung anzubieten. Schlaf jede Nacht bei mir, dann kannst du mich jeden Morgen haben.«

Ich rechnete damit, dass er breit grinste, doch er meinte es scheinbar ernst. »Du willst wirklich, dass ich jede Nacht in deiner Wohnung verbringe?«, fragte ich mit angehaltenem Atem.

Sein Mund lag inzwischen an meinem Hals, dann küsste er mein Schlüsselbein. »Ich liebe es, dich bei mir zu haben, Paige. In den Nächten, wo du nicht bei mir bist, vermisse ich dich.«

»Du fehlst mir auch«, gab ich zu. »Ich würde gerne Ja sagen, aber … bist du dir sicher?«

Will hob den Kopf, um mich anzusehen. »Wieso sollte ich dich darum bitten, wenn ich mir nicht sicher bin?«

»Im Überschwang des Augenblicks?«, bot ich an.

»Du bist diejenige, die gerade einen Orgasmus hatte, Süße. Ich denke vollkommen klar.«

»Nun dann, Will Connor. Bereite dich darauf vor, jede Nacht das Bett mit mir zu teilen.«

Wir genossen unser Frühstück im Sonnenschein auf der Terrasse, saßen Seite an Seite auf den Holzstühlen.

»Wo warst du gerade?«, fragte Will.

Ich blinzelte, dann schüttelte ich den Kopf. »Ich habe mich in meinen Gedanken verloren. Deine Erzählung von den Hausrenovierungen hat mich nachdenklich gemacht … Was wäre, wenn ich Grandmas Pension in ein Bildungszentrum verwandle, statt sie zu verkaufen? Ich müsste den Rest der Familie auszahlen, weil sie das Geld brauchen. Das dürfte ein wenig schwierig werden. Ich habe ein paar Rücklagen, aber nicht genug. Wenn wir zurück sind, werde ich mal mit der Bank über einen Kredit reden. Das wird meinem Chef zeigen, dass ich wirklich hinter dem Projekt stehe.«

Will zog mich an sich. »Ich hätte einen Vorschlag. Nimm

keinen Kredit auf. Ich wäre gerne dein Partner in dieser Sache.«

Ich riss den Kopf zu ihm herum. »Will, meinst du das ernst?«

»Verdammt, ja.«

»Aber… du hast noch nicht mal den Businessplan gesehen. Ich meine, eigentlich wäre das kein Geschäft. Es wäre gemeinnützig.«

»Ich brauche keinen Businessplan. Ich vertraue deiner Erfahrung und deinen Instinkten. Ich vertraue dir.«

Mein Herz, das schon vorher wie wild geschlagen hatte, geriet langsam in Gefahr, aus meiner Brust zu springen. »Ich werde dir den Businessplan trotzdem zeigen. Und wenn du deine Meinung dann ändern solltest, werde ich das verstehen.«

Er zog mich auf seinen Schoß. »Ich werde meine Meinung nicht ändern.«

»Dein Geld wäre ein Kredit.«

»Nein, wäre es nicht. Ich will das mit dir zusammen machen, als Team. Wenn wir zusammenarbeiten können, um die Träume des jeweils anderen zu verwirklichen, nun… ich kann mir ehrlich nichts Besseres vorstellen.«

Ich war vollkommen überwältigt von diesem großen, attraktiven Mann, der sein Leben auf so vielen Ebenen mit meinem verbinden wollte. Und ich war bereit, mich kopfüber hineinzustürzen.

»Gehen wir heute wandern?«, fragte ich.

»Na klar. Wir können zum Aussichtspunkt gehen und dort ein Picknick veranstalten.«

Er küsste meinen Handrücken, dann drehte er meine Hand um und ließ seine Lippen von der Mitte meiner Handfläche zu meinem Handgelenk gleiten, um dort kleine Kreise mit seiner Zunge zu ziehen. Ich biss mir auf die Unterlippe.

»Gefällt dir das?«, fragte er heiser.

»Wenn du so weitermachst, werden wir nicht wandern gehen.«

Er ließ seinen Mund über meinen Unterarm höher gleiten. Verdammt. Wieso machte mich das so heiß? Es hatte irgendetwas damit zu tun, wie er seine Zunge bewegte … mich nur mit der Zungenspitze neckte.

Zwei Stunden später verließen wir endlich das Haus. Die Couch hatte mal wieder sexy Aktivitäten zu sehen bekommen, genau wie die Dusche.

»Ich habe mich daran gewöhnt, dass du mit nacktem Oberkörper herumläufst«, beschwerte ich mich, als ich auf Wills weißes T-Shirt zeigte. Es lag eng an seiner Brust an, sodass ich immer noch eine Menge Muskeln sehen konnte, aber trotzdem war es nicht dasselbe.

Will benahm sich halb wie ein Wanderer, halb wie ein Detective, musterte jede Gruppe genau, an der wir vorbeikamen. Als ich ihm einen strengen Blick zuwarf, schenkte er mir ein verlegenes Lächeln.

»Ich habe dir gesagt, dass es mich nicht stört. Du musst meinetwegen nicht ändern, wer du bist. Ich habe nur nicht das Gefühl, dass du dich wirklich entspannst. Aber das ist auch okay. Ich kenne ein paar Wege, dabei etwas nachzuhelfen.«

»Ach wirklich?« Er stieß mich spielerisch mit der Schulter an.

»O ja. Heute Morgen sahst du sehr entspannt aus.«

Er gab mir einen Klaps auf den Hintern.

»Hey, wofür war das denn?«

»Weil du mich an heute Morgen erinnerst hast.« Er schob mir eine lose Strähne hinters Ohr und fügte hinzu: »Wir sind drei Stunden vom Haus entfernt. Führ mich nicht in Versuchung.«

»Was war mit letzter Nacht? Kannst du dich daran erinnern?«

Er lehnte sich nach hinten und sah mich mit funkelnden Augen an. Seine Leidenschaft für mich war überwältigend. Er drückte mir einen Kuss auf die Stirn, dann zog er mich auf dem Wanderweg weiter.

Am Ende der Woche, nach sieben Tagen Wandern, verkündete Will, dass er einen Tisch in einem Restaurant in der Stadt reserviert hatte. Also machte ich mich chic für einen Abend mit meinem Freund – auch wenn ich mir eigentlich vorgestellt hatte, den Abend in der heißen Badewanne zu verbringen, vorzugsweise mit Will. Vielleicht konnte ich später noch Spaß im Whirlpool haben. Ich trug ein knielanges Sweaterkleid mit langen Ärmeln und nicht allzu tiefem Ausschnitt. Doch trotzdem erstarrte Will, als er mich sah.

»Was? Das ist nicht sexy.«

»Für mich schon. Aber vielleicht liegt das daran, dass ich weiß, was sich unter dem Stoff verbirgt.« Er drückte mir einen kurzen Kuss auf die Lippen, bei dem er mich trotz allem ein wenig Zunge spüren ließ. Mir war ganz schwummrig zumute, als ich mir meinen roten Schal um den Hals wickelte. Uff… wieso konnten wir das Abendessen nicht einfach ausfallen lassen?

Der Grund wurde mir klar, als wir das Restaurant erreichten, Will hatte einen der kleineren Räume nur für uns reserviert. Wir waren umgeben von Kerzenschein, dazu spielte sanfte Musik im Hintergrund. Dazwischen waren auch Magnolien-Räucherstäbchen aufgestellt, und der süßlich frische, liebliche Blütenduft hing in der Luft. Will wusste, wie viel mir diese Blumen bedeuteten und dass ich sie wunderschön fand, spätestens seit ich Loris Brautstrauß gefangen und damit die Geschichte ihren Lauf genommen hatte …

»Will …« Ich wusste nicht, was ich sagen sollte. Doch er musste gehört haben, dass meine Gefühle mich überwältigten, weil er die Arme von hinten um mich schlang und an meinem Ohrläppchen knabberte.

»Es ist unser Jubiläum, Baby.«

Das Essen war köstlich, die Gesellschaft noch besser. Ich verstand einfach nicht, dass das Leben so schön sein konnte. Ich hatte mein Leben immer gemocht, aber das … das war etwas anderes. Es war, als hätte ich nicht gewusst, dass ein Teil von mir fehlte, bis Will in mein Leben getreten war.

Nach dem Abendessen gingen wir zum Parkplatz hinter dem Restaurant. Als wir beim Auto ankamen, merkte ich, dass ich meinen Schal vergessen hatte.

»Ich werde ihn holen«, meinte Will. »Setz dich schon ins Auto, damit dir nicht kalt wird.«

Er gab mir den Schlüssel und ging zurück ins Restaurant, während ich den Wagen aufschloss. Ich hatte nur eine leichte Jacke an, aber im Kofferraum lag mein Parka, also wollte ich ihn mir holen, um mich warm zu halten, bis die Heizung des Autos ansprang.

Ich hatte den Deckel kaum aufgeklappt, als ich spürte, dass jemand hinter mich trat. Mein erster Gedanke lautete

Will, aber dann wurde mir klar, dass er noch nicht zurück sein konnte. Und dann hörte ich die Stimme.

»Gib mir dein Geld, und dir wird nichts passieren.« Es war die Stimme eines Mannes. Kalter Schweiß trat mir auf die Stirn. Ich hatte mein Pfefferspray nicht dabei und auch kein Geld. Das würde nicht gut ausgehen. »Her damit.«

»Ich habe kein Geld.«

»Red keinen Müll.«

»Schauen Sie in meine Tasche. Ich habe keinen Geldbeutel dabei. Nur mein Smartphone.«

Mit zitternden Händen öffnete ich die Tasche. Eine Hand schoss vor und schnappte sich mein Handy.

»Dann im Auto. Irgendwo muss Geld sein.«

Konnte ich um Hilfe rufen? Ich ging davon aus, dass er mich niederschlagen konnte, bevor ich auch nur den Mund aufmachte. Und mich zu wehren, würde den Angreifer bloß wütend machen.

»Lassen Sie mich nachsehen. Vielleicht liegt irgendwo Geld«, sagte ich leise. Und plötzlich fühlte ich einen scharfen Stich im Rücken.

»Ich habe ein Messer. Mach keine Dummheiten.«

Angst erfüllte mich, und Adrenalin schoss durch meine Adern, doch die Angst war stärker. Auf zitternden Beinen ging ich zur Fahrertür. Der Mann blieb direkt hinter mir.

Ich durchsuchte die Konsole, doch Will bewahrte dort kein Geld auf.

»Kein Geld.«

»Dann nehme ich dieses hübsche Armband.«

Verdammt, nein. Das Blut rauschte in meinen Ohren, und für eine Sekunde war meine Wut stärker als meine Angst. Ich richtete mich auf und rammte dem Angreifer meinen

Ellbogen in den Bauch. Er schrie auf, und ich hörte, wie etwas Metallisches zu Boden fiel. Ich wirbelte herum.

»Du Miststück.«

Ich trat und schlug auf jeden Teil des Angreifers ein, den ich erreichen konnte, aber der Mann war groß und stark… und mein einziger Vorteil war der Überraschungseffekt. Doch inzwischen erholte er sich davon, und es gefiel ihm gar nicht, dass ich nicht so zaghaft und verängstigt war, wie ich gewirkt hatte.

»Paige!«

Wills Stimme hallte über den Parkplatz. Der Angreifer wirbelte herum, packte sein Messer und stellte sich Will.

»Er hat ein Messer«, schrie ich, aber da hatte Will sich schon auf den Mann gestürzt. Er war so schnell, dass ich seine Bewegungen kaum verfolgen konnte. Ein Schlag gegen das Kinn, ein zweiter gegen die Brust und der Angreifer klappte zusammen.

Mein Blick blieb auf das Messer gerichtet, das der Mann immer noch festhielt. Er stach blind damit aus. Mein Magen verkrampfte sich, als die Klinge direkt auf Wills Bauch zuhielt. Will fing sein Handgelenk ein, drehte dem Kerl den Arm auf den Rücken und setzte ihn so außer Gefecht.

»Paige, geht es dir gut?«, fragte Will. Er zitterte.

»Ja. Und dir?«

Er nickte. Die nächsten Minuten vergingen wie im Nebel. Will gab den Kerl erst frei, als die örtliche Polizei ankam und die Sache in die Hand nahm.

20 Will

Es dauerte eine gute halbe Stunde, bis wir wieder in unserem Ferienhaus ankamen, weil wir noch unsere Aussagen zu Protokoll geben mussten. Ich war voller Adrenalin, als wir das Haus betraten. Paige wirkte ruhig und gefasst, aber ich zitterte nach wie vor.

»Will, bist du verletzt?«, flüsterte sie.

Ich schüttelte den Kopf. »Nein. Mir fehlt nichts. Und du? Bist du verletzt? Oder verängstigt?«

»Nein.«

Ich ballte ständig die Hände zu Fäusten. Paige sah mich an, als wüsste sie nicht, wie sie mich beruhigen sollte. Wir gingen nach oben, und sie ließ uns ein heißes Bad ein. Ich brauchte kein Bad. Ich brauchte nur sie.

»Die Wanne ist voll«, verkündete sie, als sie ins Schlafzimmer trat. Ich öffnete gerade mein Hemd, und verdammt, meine Finger hatten Probleme mit den Knöpfen. Paige kam mir zu Hilfe.

»Wieso zitterst du, Will?«, flüsterte sie.

Ich atmete tief durch, dann umfasste ich ihre Handgelenke. Mein Daumen berührte ihr Armband.

»Als ich dort gesehen habe, ich … Du hast keine Ahnung, wie sehr ich dich liebe. Wie sehr ich dich vor allem beschützen will, was dich verletzen könnte.«

Ich eroberte ihren Mund. So hatte ich sie noch nie geküsst: in reinem, ursprünglichem Verlangen. Ich wollte, dass sie alles fühlte, was ich fühlte. Meine Liebe für sie, die Angst davor, mich ihr so verwundbar zu zeigen.

Wir schafften es nicht in die Badewanne. Unsere Kleidung lag schon im Raum verteilt, bevor wir das Bett erreichten.

Paige ließ Küsse auf meine Brust niederregnen, sank langsam tiefer, doch sie bewegte sich dabei im Zickzack, um mich aufzuziehen. Als sie tief genug gekommen war, leckte sie meine Erektion, von der Spitze bis zur Wurzel und zurück. Dann nahm sie mich in den Mund. Ich schloss die Augen und vergrub den Kopf im Kissen, weil ich um meine Selbstkontrolle kämpfen musste. Sie ließ ihre Zunge kreisen, schloss die Lippen eng um mich. Als ich blinzelnd die Augen öffnete, sah ich sie direkt an. Sie löste ihren Mund nicht von mir, bis ich nichts anderes mehr tun konnte, als lustvoll ihren Namen zu stöhnen.

Danach legte ich Paige auf den Rücken und machte mich daran, sie überall zu küssen, mal zurückhaltend, mal mit Zunge. Ich küsste die Innenseite ihrer Schenkel, ihren Bauch und ihre Brüste. Ihren Hals, dann wieder ihre Schenkel. Sie wand sich unter mir, ermunterte mich, bis ich nichts mehr wahrnehmen konnte außer ihr. Mein Daumen lag auf ihrer Klitoris, und ich liebkoste ihre Schamlippen. Anschließend bewegte sich meine Zunge in ihr, trieb ihr Verlangen erbarmungslos höher, statt sie zu befriedigen.

»Will, fick mich. Biiiiitte.« Sie zerrte an meinem Haar. Mit einem wilden Lächeln auf dem Gesicht ließ ich meine Küsse wieder höher gleiten.

Schnell streifte ich mir ein Kondom über, dann spreizte ich ihre Schenkel weit und drang langsam in sie ein. Sie fühlte sich eng an und wurde noch enger. Ich lehnte mich über sie, fing ihren Mund ein, drängte ihre Beine noch weiter auseinander, hielt sie in der Position, in der ich sie haben wollte, ihren Busen an meine Brust gedrückt.

Ich hatte bisher noch nie den Drang verspürt, Paige so vollkommen in Besitz zu nehmen, körperlich und seelisch. Sie explodierte in einem Feuersturm, warf mir die Hüften verzweifelt entgegen, bis ich mich nicht mehr zurückhalten konnte. Dann küsste ich sie, lang und leidenschaftlich, und wusste, dass ich nie, niemals, genug von ihr bekommen würde.

»Danke, dass du mich so voller Hingabe liebst, Will«, flüsterte Paige zwischen Küssen.

21

Paige

Was war das Schlimmste an einem tollen Urlaub? Man wollte nicht, dass er endete. Ich war etwas wehmütig, als ich am Montagmorgen ins Büro fuhr. Es wurde Zeit, in die reale Welt zurückzukehren, wo ich noch einige Kämpfe wegen des Bildungszentrums auszufechten hatte. Aber jetzt hatte ich einen Businessplan, den ich Will in unserem Urlaub gezeigt hatte. Ich hatte nicht zugelassen, dass er ihn bloß überflog. Auf mein Drängen hin rechnete Will alles einmal durch, und am Ende wollte er noch immer mitmachen. Ich war wahnsinnig glücklich. Raten Sie mal, wer nicht glücklich war? Greg.

»Nur, damit ich das richtig verstehe: Du willst weitermachen, obwohl ich dir gesagt habe, dass das Projekt tot ist?«

»Es ist nicht tot, wenn ich genügend Gelder auftreibe«, antwortete ich ruhig.

»Es ist tot, wenn ich das sage.« Seine Stimme war eiskalt, und zum ersten Mal dämmerte mir, dass es um mehr ging als einzig das Projekt.

»Wieso willst du so dringend, dass ich das Projekt aufgebe?«

»Wir haben andere Projekte, auf die wir uns konzentrieren müssen. Paris drängt darauf, das Wasserprojekt umzusetzen, und ich werde nicht zulassen, dass du mich meine Beförderung kostest.«

Ich blinzelte, als könnte mir das dabei helfen, wirklich zu verstehen, was er sagte. »Du hast das auf mich abgewälzt, damit du eine Beförderung dafür kriegen kannst?«

»Du bist meine Angestellte. Stell mich nicht infrage.«

Ich richtete mich hoch auf und verschränkte die Arme vor der Brust. »Ich stelle dich sehr wohl infrage, wenn du mich überlastest, um beruflich davon zu profitieren. Dieses Projekt unterstand deiner direkten Verantwortung.«

»Himmelherrgott, ich wusste, dass du Ärger machen würdest. Deswegen mag ich es nicht, Frauen einzustellen. An einem Tag kann man sich auf euch verlassen, am nächsten habt ihr PMS und redet nur Mist. Du bist hier, um zu tun, was ich sage. Du bist nicht hier, um zu denken.«

»Du schikanierst gerade eine Angestellte, Greg. Die Personalabteilung wird dazu einiges zu sagen haben.«

Er schenkte mir einen herablassenden Blick, als glaube er nicht, dass ich meine Drohung wahr machen würde.

»Ich habe eine Telefonkonferenz, die den gesamten Nachmittag dauern wird. Vergiss das Bildungszentrum und mach dich an die Arbeit.«

Zornentbrannt verließ ich sein Büro. Ich kochte vor Wut. Doch ich würde nicht aufgeben. Also tauchte ich am nächsten Tag um Punkt acht Uhr in seinem Büro auf.

»Ich dachte, ich hätte mich gestern klar ausgedrückt«, sagte er, als ich das Thema ansprach.

»Ich habe genug Mittel dafür …«

»Indem du dein persönliches Vermögen einsetzt. Und was

dann?« Greg schlug mit der flachen Hand auf den Tisch. »Verdammt, kannst du deine Gefühle nicht ausblenden? Ich brauche dich für andere Projekte. Das ist das Problem mit euch Frauen. Ihr nehmt euch alles zu Herzen, und plötzlich kann man sich nicht mehr auf euch verlassen.«

Ich ballte die Hände zu Fäusten und biss die Zähne zusammen. Ich hatte immer gewusst, dass Greg nicht viel von Frauen hielt, doch das war einfach … inakzeptabel.

»Das ist inakzeptabel, Greg.«

»Dasselbe gilt für dein Verhalten. Du missachtest meine Anweisungen. Du bist mir gegenüber weisungsgebunden.«

»Du bist mein Chef, das stimmt, aber das heißt nicht, dass ich mich von dir beleidigen lassen muss. Ich habe bereits die Personalabteilung kontaktiert und mich beschwert.«

»Du hast was getan?«

»Dachtest du im Ernst, du könntest mich einfach ungestraft beleidigen?«

Er deutete bloß auf die Tür. Ich atmete tief durch die Nase ein und stieß die Luft durch meine zusammengebissenen Zähne aus, als ich sein Büro verließ und mich in meinem verkroch. Ein wenig entgeistert und unglaublich wütend setzte ich mich an meinen Schreibtisch. Ich konnte es einfach nicht glauben. Dieser frauenfeindliche Mistkerl! Ich hatte meine anderen Aufgaben nicht im Mindesten vernachlässigt, und jetzt wollte er, dass ich mein Projekt aufgab, obwohl es realisierbar war? Nun, das konnte er vergessen. Nicht, wenn ich so kurz davorstand, es Realität werden zu lassen. Aber was, wenn Greg mich feuerte? Ich arbeitete schon so lange für Three Emeralds, dass ich gar nicht wirklich wusste, welche Möglichkeiten mir sonst offenstanden.

Greg hatte nicht die Zeit gefunden, das Thema noch einmal anzusprechen, doch als ich später an diesem Tag zu Wills Wohnung ging, war ich niedergeschlagen. Mir war keine Möglichkeit eingefallen, einen Kompromiss mit Greg zu finden. Ich war mir nicht mal mehr sicher, ob ich das überhaupt noch wollte, weil mir eine andere Idee gekommen war … eine sehr gefährliche Idee.

Ich betrat Wills Wohnung und lächelte, als ich gegrilltes Steak roch. Ich war noch nicht offiziell bei Will eingezogen, aber ich war seit meinem Urlaub eigentlich nicht mehr zu Hause gewesen.

Und war das Zusammenleben mit diesem Mann nicht einfach wunderbar? Ich meine, hier war ich, nach einem schrecklichen Tag, und meine Laune verbesserte sich allein durch den Anblick von Will, der nur mit Jeans bekleidet für mich kochte.

Nachdem er mich innig geküsst hatte, musterte er mich eingehend, bis ich mich fühlte, als läge ich unter dem Mikroskop.

»Was ist passiert, Baby?«

Ich erzählte ihm von Gregs Reaktion. Dann verkrampfte sich mein Magen, als ich ihm meine gewagte Idee darlegte.

»Also dachte ich … ich könnte kündigen und mich ganz dem Bildungszentrum widmen. Bisher habe ich immer nur die Mittel beschafft, aber ich könnte mich auch um die Umsetzung kümmern.«

Erst nachdem ich die Worte ausgesprochen hatte, wurde mir klar, dass es klingen könnte, als wolle ich ihn ausnutzen oder zu viel von ihm erwarten.

»Ich habe Ersparnisse, von denen ich eine Weile leben kann. Sobald das Zentrum eröffnet hat und gut läuft, könnte ich mich nach einem neuen Job umsehen.«

Will legte die Hände auf meine Schultern und beschrieb mit den Daumen kleine Kreise über meinen Schlüsselbeinen.

»Paige, was auch immer du entscheidest, ich bin dabei. Ich finde es toll, dass du bereit bist, so viele Mühen auf dich zu nehmen. Und wenn du nie wieder arbeiten willst, wäre das für mich auch in Ordnung. Wie du vor Kurzem festgestellt hast, bin ich wohlhabend«, erklärte er mit einem Grinsen. »Ich kann mich gut um uns beide kümmern.«

»Nein, nein. Ich will nicht ausgehalten werden«, versicherte ich ihm. Innerlich legte ich ein Freudentänzchen aufs Parkett, weil mein wunderbarer Mann mir gerade den Abend versüßt hatte.

Und er schien im Moment interessierter daran, mich zu befingern, als das Abendessen fertig zu machen. Irgendwie schaffte er es, mich gegen die Arbeitsplatte zu drängen, um meinen Hals zu küssen und mit der Zunge meine erogenen Zonen dort zu liebkosen, bis ich mich nach ihm verzehrte.

»Will … Abendessen«, flüsterte ich schwach und fühlte, wie er an meinem Hals lächelte.

»Das Abendessen kann warten.«

22 Will

Am nächsten Abend ging ich zu Paiges Firma, obwohl sie nicht dort war. Das war auch in Ordnung so, weil ich ein Wörtchen mit Greg dem Arschloch wechseln wollte. Paige würde in ein paar Tagen kündigen, doch ich wollte nicht, dass sie sich in der Zwischenzeit noch irgendwelchen Müll von ihm anhören musste.

Während ich darauf wartete, dass der Idiot das Gebäude verließ, wanderten meine Gedanken zu der Stiftung. Paige hatte bereits alles angestoßen. Bisher hatte ich mich nur mit Kapital beteiligt, doch ich wollte richtig eingebunden sein und zusammen mit ihr etwas aufbauen. Meine Arbeit im Schichtdienst ließ mir nicht viel Zeit, aber ich war entschlossen, einen Weg zu finden. Über die Jahre hatten einige meiner Kollegen andere Karrierewege eingeschlagen. Damals hatte ich das nicht verstanden, inzwischen ahnte ich allerdings, warum sie diese Entscheidung getroffen hatten. Doch mein Beruf war so sehr Teil meines Lebens, dass ich mir nicht mal vorstellen konnte, etwas anderes zu machen.

Punkt sechs Uhr schlenderte Greg aus dem Gebäude, wie Paige gesagt hatte.

»Gregory Pemberton?«, fragte ich.

Er hielt an. »Ja. Wer sind Sie?«

»Detective Will Connor. Ich bin Paiges Freund.«

Er zog die Augenbrauen hoch. »Und? Sie ist nicht hier. Wenn Sie sie treffen wollten …«

»Ich bin hier, um mit Ihnen zu reden. Über die Art und Weise, wie Sie Paige behandeln.«

Greg nahm eine leicht drohende Haltung an. »Die Art und Weise, wie ich was tue? Ich glaube das nicht. Sie hat es überall herumerzählt?«

»Ich werde es Ihnen leicht machen. Wenn Sie Paige in irgendeiner Weise falsch behandeln, werden Sie ein größeres Problem am Hals haben als die Personalabteilung.«

»So können Sie nicht mit mir reden. Und Sie können auch nichts machen.«

»Lassen Sie es drauf ankommen.«

Ich war größer als dieser Trottel und um einiges fitter. Er riss seine Schweinsäuglein auf und trat einen Schritt zurück. Ich hatte nicht damit gerechnet, dass er so leicht einen Rückzieher machen würde, aber anscheinend war er einfach ein Feigling.

»Das hatte ich mir schon gedacht.«

23

Paige

Ich hatte immer geglaubt, dass ich in Panik geraten würde, falls ich je kündigen sollte. Stattdessen fühlte ich mich nicht einfach nur erleichtert, sondern war richtig aufgeregt.

Ich konnte quasi sofort mit dem Arbeiten aufhören, also tat ich genau das. An dem Tag, an dem ich meine Habseligkeiten aus dem Büro holen wollte, überraschte mich Will, indem er verkündete, mich begleiten zu wollen.

»Warum?«

»Ich will in der Nähe sein, falls Greg auftaucht.«

»Er ist nicht mehr mein Chef. Wenn ich will, kann ich ihn beleidigen.«

»Baby, du bist meine Freundin«, sagte er, als erkläre das alles. Ich lächelte nur in mich herein, erfüllt von einem seltsamen Stolz, und stellte mir schon einen Showdown vor. Unglücklicherweise hielt Greg sich nicht mal im Gebäude auf. Aber Ashley schon, und ich werde nicht lügen: Bei unserer Verabschiedung flossen durchaus ein paar Tränen. Sie begleitete uns in die Tiefgarage, als wir meine Kartons zum Auto trugen.

»Weißt du, Greg war die letzten Tage gar nicht mehr so schlimm«, sagte sie.

»Ich habe ein paar Worte mit ihm gewechselt«, erklärte Will.

Ich starrte ihn an. »Du hast mit Greg gesprochen?«

Will schenkte mir ein halbes Lächeln. »Könnte sein, dass ich vor ein paar Tagen ein Gespräch mit ihm geführt habe. Und es könnte sein, dass er sich dabei fast in die Hose gemacht hat.«

Ich lachte nur, und als wir davonfuhren, fühlte ich mich seltsam beschwingt. Das war mein erster Tag in Freiheit. Es war das erste Mal seit zehn Jahren, dass ich nicht durch einen Job gebunden war … und das fühlte sich verdammt gut an.

Mom dagegen war erstaunlich negativ an die ganze Sache herangegangen.

»Bist du dir sicher, dass dies das Richtige für dich ist, Paige? Du verlässt dich sehr auf Will … mit dem Kapital und damit, dass du bei ihm wohnst und alles. Was, wenn du danach nicht gleich wieder einen Job findest?«

Ich versuchte, die Sorgen meiner Mutter zu vertreiben, so gut es mir eben möglich war, und widmete die nächsten zwei Wochen dem Versenden von Zuschussanträgen, während ich die Renovierungen an der Pension überwachte. Da sie jetzt ein Bildungszentrum werden sollte, mussten einige Räume vollkommen umgestaltet werden. Und ich musste die alten Möbel verkaufen und neue anschaffen.

Ich stand auf einem Stuhl und befestigte einen Projektor an der Decke eines Raums, der zu einem Unterrichtsraum werden sollte, als im Nebenraum mein Handy klingelte. Ich hatte bereits einen Anruf verpasst, als ich das Ding eingerichtet hatte, und wollte nicht noch einen verpassen. Ich stieg vom Stuhl und eilte nach nebenan.

Val rief an.

»Hallo, Val.«

»Hi, Paige. Keine Panik. Will hat mich gerade angerufen. Sie bringen ihn ins Krankenhaus. Er hat gesagt, er hätte auch versucht, dich zu erreichen, aber du wärst nicht drangegangen.«

»O mein Gott. Was ist passiert?«

»Er und sein Partner haben einen Verdächtigen verfolgt. Irgendeine Scheibe ist zerbrochen, und sie wurden verletzt. Ich weiß noch nichts Genaueres, sondern nur, dass er operiert werden muss.« Vals Stimme zitterte. »Wollen wir uns dort treffen? Ich werde dir die Adresse schicken.«

»Ja. Ja. Ich … bin schon unterwegs.«

Ich konnte nicht atmen. Ich fühlte mich, als führe ich durch Nebel, als ich die Stadt auf dem Rücksitz eines Taxis durchquerte. Ich war einfach nicht fähig, selbst zu fahren. Wir kamen direkt in einen Riesenstau auf dem La Cienega Boulevard, und es kostete mich fast drei Stunden, das Krankenhaus zu erreichen. Der Akku meines Handys gab auf halber Strecke den Geist auf, also bekam ich auch keine Updates von Val mehr. Was, wenn ich Will verlor? Was, wenn er … Nein, diesen Gedanken würde ich nicht zulassen. Ich wusste, dass ich nicht rational dachte. Wäre er ernsthaft verletzt gewesen, hätte er Val nicht selbst angerufen. Das Krankenhaus oder die Polizei wären es gewesen, die die nächsten Angehörigen benachrichtigten. Doch ich konnte meine Ängste nicht unter Kontrolle halten. Ich weinte sogar.

Als wir endlich, endlich vor dem verdammten Krankenhaus hielten, rannte ich auf dem Weg in das Stockwerk, das Val mir genannt hatte, drei Leute um. Ich rieb mir das Gesicht, doch ich wusste, dass meine Augen geschwollen waren, also konnte ich nichts verbergen.

Val warf einen Blick auf mein Gesicht, dann zog sie mich in eine Umarmung. »Oh, Paige. Komm her. Beruhige dich bitte. Hast du meine Nachrichten nicht bekommen?«

»Akku alle.«

»Die OP hat nicht lange gedauert. Komm, wir gehen zu ihm.«

Meine Erleichterung war so allumfassend, dass ich mich fühlte, als wären meine Knochen geschmolzen. Val führte mich zu Wills Zimmer. Ich war nicht überrascht, als ich feststellte, dass Jace und Hailey bei ihm waren. Ich wusste, dass Landon und Lori mit ihren Partnern und Kindern in Hawaii waren, sonst wären sie sicherlich auch hier aufgetaucht.

Wills rechter Arm war von der Schulter bis zu den Fingerspitzen von einem Verband bedeckt, doch abgesehen davon, wirkte er ganz normal.

»Paige«, sagte Will gut gelaunt.

Jace schüttelte den Kopf. »Ich habe mich eine Viertelstunde bemüht, ihn aufzumuntern, und nichts ist passiert. Du tauchst auf, und sieh ihn dir an. Ich lasse wirklich nach.«

»Ja, ich auch«, sagte Hailey.

Val klatschte einmal in die Hände. »Okay, ihr beide. Raus, bevor er noch Kopfschmerzen von euch bekommt.«

Jace und Hailey wechselten einen Blick, dann meinte Hailey: »Sie denkt immer noch, sie könnte uns herumkommandieren.«

Die drei verließen den Raum, doch erst, nachdem Val Will gut gelaunt das Haar verwuschelt hatte, wie man es bei einem Kind tat. Er grinste seine Schwester an, dann streckte er mir seinen gesunden Arm entgegen. Ich kletterte neben ihm ins Bett, und zu meiner größten Verlegenheit fing ich wieder an zu weinen – diesmal vor schierer Erleichterung.

Will wirkte tief getroffen. »Paige, es geht mir gut. Eine Glasscheibe ist auf uns gefallen, aber ich hatte nur Scherben in meinem rechten Arm. Und sie konnten alle entfernen.«

»Ich hatte solche Angst«, gab ich zu, während ich darum kämpfte, mich zusammenzureißen. »Ich wusste nicht, was passiert ist, ob es dir gut geht. Ich wusste drei Stunden lang nicht, was los ist. Es war die Hölle.«

Ich saß direkt neben ihm, und dann legte ich mich hin und versteckte mein Gesicht in seiner Armbeuge, bis mein Schluchzen endlich nachließ.

Will hielt mich an sich gedrückt, flüsterte mir beruhigende Worte zu. Ich schämte mich ziemlich dafür, dass er derjenige im Krankenhaus war, aber ich diejenige, die weinte.

»Jetzt ist es vorbei, versprochen«, sagte ich und richtete mich auf einen Ellbogen auf, um ihn ansehen zu können. »Ist das Bett bequem? Brauchst du noch ein Kissen? Etwas zu trinken?«

»Mir geht es gut, Paige. Ich werde eine Weile nicht arbeiten können. Mindestens ein paar Wochen.«

»Willst du mir damit sagen, dass ich mich dann vierundzwanzig Stunden am Tag um dich kümmern kann?« Ich nutzte die Gelegenheit, die Stimmung aufzulockern.

»Genau.«

»Ich werde Suppe kochen und so.«

»Nein, danke.«

Ich starrte ihn böse an. »Du liegst in einem Krankenhausbett. Wie kannst du selbst jetzt fies sein? Außerdem soll man Suppe trinken, wenn man krank ist.«

Er wurde langsam müde, doch er schaffte es, mir zuzuzwinkern. »Andere Dinge sind auch gut für mich. Dinge, für die du ein echtes Talent besitzt.«

Ich drückte ihm einen Kuss auf die Lippen. Eigentlich sollte es nur ein schnelles Küsschen sein, doch Wills gesunde Hand landete an meinem Hinterkopf. Er vertiefte den Kuss, bis ich keuchte. Typisch Will. Egal, was auch los war, er übernahm das Kommando.

Kurz darauf sorgten die Schmerzmittel dafür, dass er einschlief. Als ich den Raum verließ, stellte ich überrascht fest, dass Val, Jace und Hailey immer noch da waren.

»Er schläft«, erklärte ich ihnen.

»Wir wollten mit dir reden«, sagte Val. »Über Wills Pflege in den nächsten Wochen…«

»Ich kriege das hin«, versicherte ich ihnen. »Ich wohne in letzter Zeit sowieso bei ihm.«

Jace grinste und stieß Hailey an. »Habe ich dir doch gesagt.«

Hailey zog ihr Handy aus der Tasche. »Ich werde Landon anrufen. Er hat bereits darüber geredet, eine Krankenschwester anzustellen. Ich werde versuchen, ihn davon zu überzeugen, den Urlaub nicht abzubrechen… aber wie ich ihn kenne, sitzt er bereits im Flugzeug.«

Jace dachte kurz nach. »Ruf nicht Landon an, ruf Lori an. Bring sie dazu, Landon mit ihrem Welpenblick anzuschauen und zu bitten, dass sie in Hawaii bleiben. Der Welpenblick funktioniert.«

Alle starrten Jace an. Er zuckte mit den Achseln. »Was? Bei mir funktioniert er.«

Val zeigte ihm die Daumen nach oben. Hailey stieß einen fröhlichen Pfiff aus. »Endlich gibst du es zu, Bruder. Und deine Strategie könnte sogar funktionieren. Ich werde mit Lori reden.«

Hailey entfernte sich ein paar Schritte und hob das Handy ans Ohr.

»Aber hör mal, wenn du irgendwann mal Hilfe brauchst, ruf mich einfach an, okay? Ich werde tatsächlich besser darin, von zu Hause aus zu arbeiten, also kann ich vorbeischauen«, sagte Val.

»Val, manchmal bist du schlimmer als Landon.« Jace tätschelte mir die Schulter. »Paige hier hat gesagt, sie kommt klar. Hör auf, alles kontrollieren zu wollen.«

Val bedachte ihn mit einem bösen Blick. »Okay, ich werde es versuchen. Aber bloß damit du es weißt: Will wird gerne mal anstrengend, wenn er krank ist. Sehr, sehr anstrengend.«

Vals Glucken-Tendenzen waren einfach nur süß. Sie strahlte eine innere Wärme und ruhige Stärke aus, die dafür sorgte, dass ich mich entspannte – auch wenn ich stark vermutete, dass sie ihren inneren Aufruhr nur gut verbarg. Sie war ganz anders als Hailey, die so lebensfroh war. Im Moment redete sie am Telefon auf Lori ein. Ich konnte erkennen, wieso sie gut darin war, PR-Krisen zu lösen.

»Ich werde dich wissen lassen, wenn ich Hilfe brauche, Val«, versicherte ich ihr.

Jace stöhnte. Er wirkte ganz entspannt, doch er rieb sich immer wieder den Nacken, als hätten die letzten angespannten Stunden ihn gezeichnet. »Bitte nicht. Dann versucht sie noch mehr, jedes Detail zu kontrollieren. Wenn es dir mit meinem Bruder zu viel wird, ruf mich an, Schwägerin in spe.«

»Ich werde es mir merken.« Ich grinste. Ich mochte Jace wirklich.

Zwei Tage später wurde Will entlassen, und er war ein wunderbarer Patient… zumindest anfangs.

Es gab Momente, wo er mich ansah, als fürchte er, dass ich jeden Augenblick in Tränen ausbrechen könnte, daher bereute ich inzwischen, im Krankenhaus vor ihm geweint zu haben. Nach ein paar Tagen lernte ich den griesgrämigen Will kennen. Und dass er seinen verletzten Arm nicht benutzen konnte, half kein bisschen. Ich versuchte ihn aufzumuntern, indem ich meine Verführungskünste einsetzte, doch scheinbar funktionierte das nur die Hälfte der Zeit. Ich dachte darüber nach, ob Will ein wenig Zeit für sich brauchte und ich ihn mit meiner Sorge erdrückte. Es hatte sich herausgestellt, dass auch ich eine ziemliche Glucke war, was durch meine wiederholten Versuche bewiesen wurde, ihn mit Suppe zu vergiften.

Aber ich konnte ihm kaum Freiraum geben, weil ich täglich in der Pension sein musste und Will mich begleitete, obwohl ich ihn nicht arbeiten ließ. Ich hatte ihn in dem einen Schlafzimmer untergebracht, das noch nicht zu einem Unterrichtsraum umgebaut war. Ich hatte auch einen Liegestuhl im Garten aufgestellt, damit er sich in die Sonne legen konnte, doch Will war ein Sturkopf. Er blieb selten liegen.

»Will, du musst dich noch schonen«, sagte ich eines Morgens.

»Ich muss mich beschäftigen.«

»Du kannst mich unterhalten. Fang an, indem du Teile deiner Kleidung ausziehst. Das Hemd brauchst du eigentlich nicht, oder?«

»Paige …«

Ich beging den Fehler, Will in die Augen zu sehen, und das Feuer in seinem dunklen Blick brachte meine Entschlossenheit ins Wanken.

»Will, dein Arzt hat klare Anweisungen gegeben, und wir werden sie befolgen.«

»Erinnerst du dich daran, was ich von Regeln halte?«

Ich räusperte mich. »Das sind keine Regeln, sondern eben Anweisungen. Also setz dich nach draußen auf den Liegestuhl und tu nichts. Spiel einfach nur, wie heiß du bist. Wenn dir danach ist, kannst du gerne auch die Jeans ausziehen, bis die Arbeiter ankommen.«

Will neigte den Kopf und trat einen Schritt vor. Ich fühlte förmlich, wie mein Kleid unter der Hitze in seinen Augen dahinschmolz. Doch ich hatte Glück … weil in diesem Moment der Elektriker ankam.

In den folgenden Tagen wurde Wills Laune allerdings nicht besser, und ich fing an, mich zu fragen, ob es wirklich nur mit der Verletzung zu tun hatte.

»Ich habe gerade jemanden beauftragt, meine Wohnung zu streichen, damit ich meine Kaution zurückbekomme. Mein Mietvertrag läuft in einer Woche aus«, sagte ich eines Nachmittags, als wir in seine Wohnung zurückkehrten.

Ich stand mit dem Rücken zu Will vor dem Spiegel, also sah ich sein Spiegelbild. Er runzelte die Stirn. Heute Nachmittag hatte ich zum ersten Mal einen Stich der Angst verspürt. Danach hatte ich angefangen, jede seiner Regungen zu analysieren, jede Reaktion zu deuten. Hatte er es sich anders überlegt? Vielleicht fand er unsere Beziehung nicht mehr so interessant, jetzt, wo mein Mietvertrag auslief und ich offiziell arbeitslos war. Vielleicht war ihm klar geworden, wie sehr unsere Leben miteinander verwoben waren, und störte sich daran. Ich versuchte, diese Gedanken zu verdrängen, sobald sie mir in den Kopf kamen, doch das gelang mir nicht immer.

Ich dachte darüber nach, mit ihm über meine Sorgen zu reden, doch ehrlich, es war mir peinlich. Wenn sie bloß meiner Paranoia entsprangen, dann wäre das nur seltsam. Wenn sie tatsächlich begründet waren … nun, ich war mir einfach nicht sicher, ob ich damit umgehen konnte – nicht mit all den anderen Veränderungen, die gerade in meinem Leben stattfanden. Ich würde abwarten, bis es Will besser ging, und einfach schauen, ob alles wieder besser wurde.

Eines Nachmittags rief Jace an.

»Was ist los, Schwägerin in spe?«

»Jace, nenn mich nicht so.« Doch trotzdem zauberten seine Worte ein Lächeln auf mein Gesicht. »Du und Val, ihr beide hattet recht. Will ist … nicht er selbst.«

»Nun, das hat länger gedauert, als ich erwartet hatte. Ich habe mit Landon gewettet, ob diesmal wirklich das erste Mal sein könnte, dass Will nicht griesgrämig wird.«

»Ich dachte, Will ist dein Wettpartner«, hielt ich dagegen.

»Ich bin anpassungsfähig. Also, hör mal zu … erinnerst du dich an unseren Cousin Blake Bennett? Er war auf Loris Hochzeit.«

»Hmmm. Vage.«

»Er und seine Schwester Alice besitzen zusammen in San Francisco ein paar Bars und Restaurants, und jetzt wollen sie auch hier Konzessionen ausgeben. Er ist zur Eröffnung der ersten Bar in der Stadt und möchte das Lokal mit der Familie testen. Bist du mit Will dabei?«

»Oh, das ist eine tolle Idee. Und Will nimmt keine Schmerzmittel mehr, also kann er auch etwas trinken. Ich werde ihn fragen. Wann sollen wir da sein?«

»Am Nachmittag. Die genaue Zeit weiß ich noch nicht, aber ich werde sie dir aufs Handy schicken.«

»Perfekt.«

Ich überlegte kurz, ob ich Jace fragen sollte, ob die zwei Wochen Rekonvaleszenz tatsächlich das Einzige waren, was an Will nagte, entschied mich aber dagegen. So nahe stand ich Jace dann doch nicht.

24 Will

»Blake, du bist inzwischen wirklich erfolgreich«, sagte ich. Wir saßen in Blakes und Alice' erster Franchise-Bar. »Ich glaube, dieser Laden hier gefällt mir sogar besser als die in San Francisco.«

»Die Location ist toll«, stimmte Blake mir zu. »Wenn das hier gut läuft, dann geben wir grünes Licht für zwei weitere.«

Die Bar lag auf dem Dach eines fünfstöckigen Gebäudes, mit Blick über den Strand. Paige und ich waren zusammen mit Jace recht früh angekommen.

Wir saßen auf hohen Hockern vor der Bar. Blake stand dahinter. Der Rest der Familie würde auch bald auftauchen.

»Eindrucksvoll«, sagte Paige. »Euch gehören auch noch zwei Restaurants, oder? Habt ihr vor, auch daraus eine Kette zu machen?«

Blake nickte. »Ja, irgendwann. Tatsächlich wollten wir eigentlich damit anfangen, Konzessionen für Restaurants auszugeben, aber die Qualitätskontrolle ist dabei viel schwieriger, und die Gewinnspanne bei Bars ist höher, also bleiben wir erst mal dabei. Was kann ich euch zu trinken bringen?«

Jace musterte die Karte. »Für gewöhnlich stehe ich nicht so auf Cocktails, aber die hier klingen gut.«

Paige stemmte den Ellbogen auf die Bar und stützte ihr Kinn in die Hand. »Sollst du dich nicht während der Saison von zuckerhaltigen Dingen fernhalten? Val wollte dir gestern Abend beim Essen nicht mal ein Dessert geben.«

»Du hast zu viel Zeit mit meinen Schwestern verbracht«, grummelte Jace. »Ein Drink wird meinen Ernährungsplan nicht gleich sprengen. Aber ich sollte ihn besser trinken, bevor der Rest der Bande ankommt. Ich kann mich nicht gegen alle gleichzeitig wehren.«

Paige grinste. »Ich könnte dich immer noch verpetzen.«

Jace drehte sich zu mir um. »Würdest du mir mal Rückendeckung geben?«

Bevor er antwortete, rutschte ich näher an Paige heran und drückte ihr einen Kuss auf die nackte Schulter. »Bruderherz, ich verfolge hier nur mein Eigeninteresse. In diesem Punkt stehe ich auf Paiges Seite.«

Sie schenkte mir ein warmes Lächeln, sah mich aus diesen seelenvollen Augen an. Ich hatte in den letzten Tagen eine Veränderung an ihr wahrgenommen – eine Zurückhaltung, die es bisher nicht gegeben hatte –, und ich konnte nicht anders, als mir einzubilden, dass sie meinen inneren Aufruhr spürte. Seit meinem Unfall konnte ich den Gedanken nicht abschütteln, dass ich vielleicht nicht das war, was Paige in ihrem Leben brauchte. Sie im Krankenhaus so weinen zu sehen hatte mich innerlich zerrissen. Ich hatte zugesehen, wie sie einen Job, den sie liebte, aufgegeben hatte, um sich einem Projekt zu widmen, das ihr am Herzen lag – und das fast ohne Zögern, obwohl es eine große Veränderung in ihrem Leben bedeutete. Sie war an diesem Abend am Restaurant mit einem Messer bedroht worden und hatte keine Träne vergossen. Paige hatte einen starken Charakter … und doch war sie im Krankenhaus untröstlich gewesen. Ich hatte ihr das angetan, und dieser Gedanke störte mich. Aber ich war mir auch nicht sicher, was ich unternehmen konnte.

»Blake, wo kann ich mir die Nase pudern?«, fragte Paige. Mein Cousin beschrieb ihr den Weg, und sie sprang vom Hocker, um mit schwingenden Hüften das Lokal zu durchqueren.

Während Blake den Drink meines Bruders zubereitete, bemerkte ich, dass Jace mich beobachtete.

»Was ist dir für eine Laus über die Leber gelaufen?«, fragte er.

Ich deutete auf meinen immer noch verbundenen Arm, doch diese Erklärung kaufte er mir nicht ab.

»Nein, da ist noch etwas anderes. Du hast mir seit deiner Ankunft hier keine einzige Wette vorgeschlagen, und du sprichst fast nicht.«

»Gib ihm einfach eine Stunde«, schaltete Blake sich ein. »Wir werden ihm ein paar Cocktails einflößen, das wird ihm die Zunge schon lösen.«

»Also muss etwas nicht stimmen, nur weil ich nicht ständig quassele?« Ich wäre ja wütend gewesen, hätte er nicht absolut recht gehabt. In meiner Familie waren solche nonverbalen Zeichen wichtiger als Worte.

»Ist zwischen Paige und dir alles okay?« Jace holte sofort zum entscheidenden Schlag aus.

Ich war mir nicht sicher, wie ich antworten sollte, und Jace bemerkte mein Zögern.

»Ist es nicht«, sagte er. Das war eine Aussage, keine Frage.

Blake stellte einen Cocktail vor Jace ab.

»Es ist irgendwie seltsam zwischen uns«, erklärte ich widerwillig. »Ich bin mir nicht sicher, ob diese Beziehung richtig ist…«

Blake räusperte sich. Jace drehte sich auf seinem Hocker um, dann zuckte er zusammen, als hätte er einen elektrischen Schlag bekommen. Ich drehte mich ebenfalls um. Mist. Paige war von der Toilette zurück. Und der Färbung ihrer Wangen nach zu schließen, hatte sie den letzten Teil des Gesprächs mitgehört.

»Ich gehe mal nach hinten, um ein paar Vorräte einzuräumen, die heute Morgen geliefert wurden«, erklärte Blake diplomatisch.

»Ich werde dir helfen«, sagte mein Bruder. Gemeinsam verschwanden die beiden. Paige hatte sich nicht bewegt. Ich ging zu ihr, obwohl sie den Kopf schüttelte.

»Paige, ich bin mir nicht sicher, was du gehört hast.«

»Alles, was du zu Jace gesagt hat«, antwortete sie mit harter Stimme. »Und ich muss sagen, ich hätte gedacht, du wärst wenigstens so mutig, es mir ins Gesicht zu sagen, wenn etwas nicht stimmt.«

Ich schluckte und suchte nach den richtigen Worten. »Paige, es ist nicht so, dass etwas nicht stimmt… es ist nur, ich…«

Ich streckte die Hand aus, doch sie trat zurück und verschränkte die Arme vor der Brust. Ich deutete auf meinen verbundenen Arm, ohne zu wissen, wie ich es erklären sollte. Ich fand einfach nicht die richtigen Worte. Ich wollte unbedingt, dass Paige Teil meines Lebens war, aber ich fühlte mich schuldig, weil ich ihr solche Sorgen bereitet hatte. »Im Krankenhaus warst du so fertig. Der Schmerz, den ich in deinem Gesicht gesehen habe… zu wissen, dass ich ihn verursacht habe, zerreißt mir das Herz. Ich fürchte, dass du mich eines Tages dafür hassen wirst.«

Sie senkte die Arme. »Ich hatte Angst. Und? Das ist nur menschlich. Das hast du selbst gesagt.«

Sie hatte ihre Schutzmauern hochgezogen. Ich erkannte es an ihrer abwehrenden Haltung, der leichten Veränderung in ihrem Blick. Ich hatte das schon unzählige Male bei Leuten gesehen, die auf dem Revier befragt wurden. Sie versteckten sich hinter einem Pokerface und hofften, dass wir sie nicht durchschauten.

»Ja, es ist menschlich. Du empfindest sehr tief, Paige. Du liebst aus vollem Herzen, du kämpfst mit allem, was du hast. Und ich fürchte, dass du mich hassen wirst; dass du eines Tages denken wirst, ich wäre nicht der Richtige für dich«, sagte ich und klappte dann den Mund zu.

Ich machte alles noch schlimmer. Viel schlimmer. Paige verschränkte erneut die Arme vor der Brust und wandte den Blick ab. Als ich Anstalten machte, ihre Schulter zu berühren, zog sie sich erneut von mir zurück.

»Ich glaube, all die Schmerzmittel haben dafür gesorgt, dass du nicht mehr klar denken kannst. Falls du je wieder zur Besinnung und zu dem Schluss kommst, dass du wieder vernünftig mit mir reden kannst, dann tu das. Ich werde in der Pension wohnen.« Sie zog den Riemen ihrer Tasche höher auf die Schulter. »Sag den anderen, dass es bei mir einen Notfall gab und ich wegmusste.«

»Paige!«

Sie wirbelte auf dem Absatz herum und eilte aus der Bar. Ein paar Sekunden später gelang es mir, mich aus meiner Erstarrung zu reißen. Was hatte ich gerade getan? War ich ein Idiot?

Angesichts der Tatsache, dass ich mich nur mit Mühe davon abhalten konnte, Paige nachzulaufen, sie über meine gesunde Schulter zu werfen und zurück in die Bar zu tragen, lautete die Antwort offensichtlich Ja. Aber ich wollte nicht, dass sie etwas bedauerte. Im Moment schrien alle meine Instinkte danach, Paige zu folgen, die Arme um sie zu schlingen und mich zu entschuldigen, weil ich so ein Narr gewesen war und sie verletzt hatte. Irgendwie gelang es mir, zu meinem Hocker zurückzukehren. Ihr jetzt zu folgen, wäre das Schlimmste, was ich tun konnte. Ich konnte tatsächlich nicht klar denken, und ich hatte sie wütend gemacht.

»Nun, das war so ungefähr das Dämlichste, was ich je gehört habe«, sagte Jace.

Ich drehte mich um. Blake und Jace waren zurückgekehrt.

»Ihr habt uns belauscht?«

Jace klopfte an die Wand, die den Barbereich vom Vorratsraum trennte, und ein hohles Geräusch erklang.

»Dünne Wände, Cousin«, erklärte Blake.

»Und ihr habt nicht gerade leise gesprochen«, fügte Jace hinzu. »Also … worum ging es da? Aber ich will gleich vorausschicken: Ich stehe auf Paiges Seite.«

Ich rieb mir das Gesicht und setzte mich wieder. Jace schloss sich mir an. Blake goss einen Bourbon in ein Glas, warf ein paar Eiswürfel hinein und stellte den Drink vor mich.

»Es ist fünf Uhr nachmittags«, meinte ich. »Ziemlich früh für harten Schnaps.«

»Finde ich nicht. Außerdem hast du gerade deine Frau vertrieben. Es ist offensichtlich, dass du das nötig hast«, hielt Blake dagegen.

Jace nickte. »Immer her damit. Vielleicht wird er ja klüger, wenn er betrunken ist. Oder wir schaffen es zumindest, ihm etwas Vernunft einzuprügeln.«

Blake hatte mir das wirklich gute Zeug serviert. Zwei Gläser später spürte ich bereits, wie jeder Muskel in meinem Körper sich entspannte, aber ich war noch nicht betrunken.

»Cousin, ich habe alles gehört, was du gesagt hast, aber es ergibt einfach keinen Sinn«, meinte Blake, nachdem ich ihm meine Argumentation erklärt hatte.

Jace deutete mit dem Daumen auf Blake. »Da stimme ich dir zu. Klingt für mich, als hättest du über das Ziel hinausgeschossen.«

»Ihr beide treibt mich in den Wahnsinn.«

Jace schüttelte den Kopf. »Nein, du hast dich ganz allein in den Wahnsinn getrieben. Wir haben dich nur darauf aufmerksam gemacht.«

Blakes Handy brummte. Er entschuldigte sich und verschwand nach hinten, um den Anruf anzunehmen.

»Du kannst nicht alles im Leben kontrollieren, Will«, sagte Jace leise. »Ich weiß, dass du das gerne können würdest – wie wir alle –, aber die meiste Zeit über muss man einfach darauf vertrauen, dass es schon laufen wird.«

Es fiel mir leicht, meinem Bruder eine Abfuhr zu erteilen, wenn er laut und nervig war, aber ich wusste genau, dass er sich jetzt gerade Sorgen um mich machte. Wenn Jace mir ernsthafte Ratschläge gab, dann hörte ich zu.

»Im Fußball trainieren wir und bereiten uns vor, aber wenn wir aufs Feld treten, können wir nur noch unser Bestes geben. Paige ist eine fantastische Frau. Sie ist klug und vollkommen verrückt nach dir. Lass sie nicht gehen.«

Blake kehrte zurück und machte Anstalten, mir noch

einen Bourbon einzugießen, doch ich schüttelte den Kopf und schob das Glas zur Seite.

»Auf einer Skala von eins bis zehn, wie gut sind deine Fähigkeiten im Zu-Kreuze-Kriechen?«, fragte Blake. »Weil ich der Bennett-Experte in dieser Kunst bin und durchaus nichts dagegen habe, mein Wissen an einen Bruder weiterzugeben – oder einen Cousin. Ich bin glücklich verheiratet, aber bevor ich es so weit gebracht habe, habe ich so einiges vermasselt.«

»Ich brauche kein …«

»Minus fünfzehn. Er hat keinen blassen Schimmer«, verkündete Jace. »Tatsächlich gilt das auch für mich, also immer her mit den Ratschlägen. Ich werde mir Notizen machen. Ich bin mir sicher, irgendwann werde ich das Wissen anwenden können.«

Ich warf meinem Bruder einen fragenden Blick zu. »Ich dachte, du bist ein eingefleischter Junggeselle?«

»Dinge ändern sich«, erklärte Jace mit einem halben Lächeln. »Warte nur, bis Lori, Val und Hailey ankommen. Sie werden dich fertigmachen. Und ich werde sie anfeuern.«

Ich hielt mich genau vierundzwanzig Stunden zurück, dann fuhr ich zur Pension. Ich schwankte immer noch zwischen *Verdammt, das war dämlich* und *Vielleicht habe ich ja recht.* Aber ich wollte die Sache mit Paige ausdiskutieren. Ich empfand ihre Abwesenheit wie einen Schlag in die Magengrube. Es brachte mich fast um, nachts nicht ihr sanftes Atmen und morgens nicht ihr leises Schnarchen zu hören.

Die Pension war ruhig, als ich ankam, was bedeutete, dass die Handwerker schon Feierabend gemacht hatten. Ich biss die Zähne zusammen, als ich sah, dass die Eingangstür offen stand. Was half die beste Alarmanlage, wenn man direkt ins Haus marschieren konnte?

Ich ging hinein und fand Paige in der Küche, die bereits für die neue Verwendung des Gebäudes umgebaut war. Die Kühlschranktür stand offen, und Paige grub in einer der unteren Schubladen herum, sodass ihr Hintern in die Luft ragte.

»Paige …«

Sie schrie, wirbelte gleichzeitig herum und stand auf, was dafür sorgte, dass sie fast nach hinten gegen den Kühlschrank gefallen wäre.

»O mein Gott. Du hast mich erschreckt. Was tust du hier?«

Sie rückte ihr Oberteil zurecht, zerrte am Saum. Ihre Körpersprache verriet mir, dass etwas nicht stimmte. Ihre Bewegungen schwankten zwischen zu schnell und zu langsam, als wäre sie nicht mehr ganz Herrin ihrer Gliedmaßen. Ich ließ den Blick durch die Küche gleiten und fand die Schuldige: eine Flasche Wein. Sie war geöffnet, aber Paige konnte kaum mehr getrunken haben als ein Glas.

»Bist du … betrunken?«

»Nein, nur ein wenig … indisponiert. Luna kommt heute Abend vorbei, also habe ich eine Flasche Wein mitgebracht. Ich hatte nur ein Glas, aber ich habe den ganzen Tag nichts gegessen. Es geht mir gut, nur leichte Probleme mit … dem Gleichgewicht.« Außerdem hatte sie zu heftig an ihrem Oberteil gezogen, sodass ihre Brüste quasi freilagen. Sie schien es nicht zu bemerken, und ich ging nicht davon aus, dass ich Pluspunkte bei ihr sammeln könnte, wenn ich sie darauf hinwies, also hielt ich den Mund. »Was tust du hier?«, fragte Paige wieder.

»Ich dachte, wir könnten uns unterhalten.«

Sie leckte sich die Lippen und seufzte, dann senkte sie den Blick auf den Boden. Sie war so verdammt süß, dass ich sie einfach gegen den Kühlschrank drücken und küssen wollte, um mich dann in ihr zu versenken.

»Ich weiß nicht, Will. Vielleicht hast du recht.«

»Was?«, stieß ich heiser hervor.

»Nun, wenn du mich für komplett durchgeknallt hältst … wenn du nicht mal darauf vertraust, dass ich weiß, wen ich will – dass ich weiß, was am besten für mich ist –, dann bist du vielleicht … wirklich nicht der Richtige für mich.«

»Ich halte dich nicht für komplett …«

»Und wenn du dich von dem Projekt zurückziehen willst, verstehe ich das. Ich bitte dich nur um ein wenig Zeit, um einen anderen Geldgeber zu finden«, fuhr sie fort, als hätte ich das gerade eben gar nicht gesagt. Langsam geriet ich etwas in Panik.

»Paige, natürlich will ich mich nicht von dem Projekt zurückziehen. Sieh mich an.« Ich trat vor sie und umfasste ihr Gesicht mit den Händen, doch sie zerrte an meinen Handgelenken, also gab ich sie wieder frei.

»Nein, du darfst nicht diese Augensache machen.« Sie betonte ihre Worte mit dem erhobenen Zeigefinger.

»Was für eine Augensache?«, fragte ich verwirrt.

»Diese Sache, die du machst … wo du mich so unverwandt ansiehst, bis ich ganz scharf werde und nicht anders kann, als mich zu winden.«

Ich erkannte meine Chance und beugte mich vor, doch Paige drückte eine Hand an meine Brust und stieß mich zurück.

»Ach wirklich? Du glaubst, du könntest mich küssen,

wenn ich dir nicht mal die Augensache erlaube? Keine Küsse.«

»Okay.« Ich hob kapitulierend die Hände.

Sie sprach sehr schnell und trat dabei von einem Fuß auf den anderen.

»Ich glaube, du solltest dich hinlegen, Paige. Komm schon, ich helfe dir zur Couch.«

Sie schüttelte den Kopf. »Nein. Du kannst nicht einfach hier auftauchen und nett sein und dich um mich kümmern.«

»Also willst du, dass ich kalt und gleichgültig bin? Das kann ich nicht. Ich liebe dich.«

Sie schluckte schwer, den Blick auf ihre Hände gerichtet. »Dann solltest du meinem Urteil vertrauen. Du solltest meinen Gefühlen vertrauen.«

»Paige ...«

Sie stand direkt vor mir, doch es fühlte sich an, als wäre sie weit entfernt.

»Bitte, geh jetzt. Luna wird bald kommen, und ich kann nicht versprechen, dass sie dir nicht jeden Gegenstand an den Kopf werfen wird, den sie in die Finger bekommt.«

Ich wollte nicht gehen. Ich wollte Paige im Arm halten und mit ihr sprechen, bis keiner von uns mehr Unsinn redete und wir uns auf das Wesentliche konzentrieren konnten: dass wir uns liebten. Ich hatte mein sprichwörtliches Erweckungserlebnis gehabt, als ich heute Abend die Küche betreten hatte. Paige wusste, wer sie war und was sie wollte. Doch mir war auch klar, dass sie erst einmal alles verarbeiten und mit ihrer besten Freundin durchsprechen musste.

»Ich werde gehen. Aber zuerst führe ich dich zur Couch. Das ist nicht verhandelbar.«

Sie schnaubte und wedelte erneut mit dem erhobenen Zeigefinger vor mir herum. »Schön. Aber du wirst mich nicht berühren.«

»Und nicht küssen, und ich werde auch die Augensache nicht machen. Geht klar.«

Ich ging ein paar Schritte hinter ihr. Sobald sie sicher auf der Couch saß, verließ ich die Pension. Ich hatte einiges an Arbeit vor mir. Glücklicherweise hatte ich auch Blakes Tipps.

Sofort entwarf ich einen Plan. Mein erster Halt wäre das Haus von Paiges Eltern. Davon hatte Blake zwar nichts gesagt, aber ich passte seine Pläne ein wenig an. Da ich selbst ein Familienmensch war, wusste ich, wie wichtig es war, mit ihren Eltern zu sprechen. Ich wusste, sie würden zu Hause sein, weil Paige letzte Woche erzählt hatte, dass sie sich jeden Samstagabend zusammen einen Film ansahen. Auf der Fahrt zu ihnen versuchte ich, mir die Reaktion von Paiges Eltern vorzustellen und mir genau zurechtzulegen, was ich ihnen sagen wollte.

Als ich ankam, klingelte ich und wartete mit auf dem Rücken verschränkten Händen. Mehrere Sekunden später hörte ich Schritte hinter der Tür. Danach hallte eine Stimme durchs Haus: »Harvey, es ist Will.« Es folgte eine Pause, dann: »Ja, ja, Will.«

Ich hoffte inständig, dass ihr Dad die Tür nicht mit einer Pistole in der Hand öffnen würde.

Als die Tür endlich aufschwang, musterte ich Greta und Harvey Lamonica. Ihre Mom hatte eine Hand an die Brust gedrückt und sah mich besorgt an. Ihr Dad hielt zwar keine Waffe, sah aber aus, als hätte er viel dafür gegeben, eine zur Hand zu haben.

»Was willst du hier?«, fragte Harvey.

»Will, komm rein. Erzähl uns, worum es geht.«

Paiges Eltern erinnerten mich an meine eigenen. Mein Dad war immer ein ziemlicher Hitzkopf gewesen, wie ich. Mom dagegen war stets ein Gegenpol und hatte Ruhe und Geduld ausgestrahlt. »Ich nehme an, Paige hat mit Ihnen geredet«, sagte ich, als ich ins Haus trat.

»Und ob sie das getan hat«, knurrte Harvey.

»Harvey«, zischte Greta, »hör dir an, was der Junge zu sagen hat. Was glaubst du, warum er hier ist? Das bedeutet, dass er unsere Tochter liebt.«

Ich starrte sie an. Das wusste sie … einfach so? Weibliche Intuition war mir immer schon ein Rätsel gewesen.

»Stimmt das?«, fragte Harvey.

»Ja, Sir. Und ich weiß, dass ich Fehler gemacht habe.«

»Und er ist hier, weil er es in Ordnung bringen will.« Greta klatschte in die Hände, um sie dann übers Herz zu pressen. »Oh, das ist so romantisch.«

Harvey starrte erst mich, dann seine Frau böse an. Sie rammte ihm den Ellbogen in die Rippen, und das nicht allzu sanft. »Oh, tu doch nicht so, als hättest du nie Mist gebaut. Und ich kann mich nicht erinnern, dass du bei meinen Eltern aufgetaucht wärst. Momma hätte mir davon erzählt.«

Das brachte Harvey zum Schweigen.

Greta tätschelte seinen Arm. »Lass uns in den Garten gehen, dann kannst du uns sagen, worum es geht, Will.«

Greta lächelte mich an. Harvey sah zumindest nicht mehr aus, als plane er meine Ermordung.

Wir setzten uns draußen an den Holztisch, dann erklärte ich ihnen beiden meine Gedankengänge und dass ich die Dinge in Ordnung bringen wollte.

Ms Lamonica lächelte und gab mir genug Tipps fürs Zu-Kreuze-Kriechen, dass selbst Blake noch etwas hätte lernen können.

»Weißt du was? Ich hole uns allen jetzt ein Glas von unserem selbst gemachten Kirschlikör.«

Sobald sie im Haus verschwunden war, sagte Harvey: »Dir liegt doch noch etwas auf der Seele.«

Nun, ja. Und es belastete mich sehr. »Ich weiß, dass Paige stark ist, aber ich will nicht, dass sie stark sein muss oder sich Sorgen machen soll. Ergibt das Sinn?«

Ich wollte nicht, dass sie für unsere Kinder stark sein musste oder so tun sollte, als wäre alles in Ordnung.

Harvey lächelte mich zum ersten Mal seit meinem Erscheinen an. »Du redest mit jemandem, der in der Army war. Natürlich ergibt das Sinn. Lass mich dich etwas fragen: Warum bist du zur Polizei gegangen?«

»Weil ich etwas bewirken wollte.«

»Und hast du das Gefühl, dass deine momentane Stelle die einzige Art ist, wie du etwas in der Welt bewirken kannst?«

Ich verstand, worauf Harvey anspielte, weil ich genau darüber in letzter Zeit auch viel nachgedacht hatte.

»Nein, Sir. Es gab eine Zeit, wo ich genau das gedacht habe, aber so ist es nicht mehr. Es gibt andere Positionen im Los Angeles Police Department für mich, bei denen ich ohne Risiko etwas bewirken könnte.«

Ich hatte immer gedacht, ich bräuchte die Action … und nun ja, am Anfang hatte das auch gestimmt. Das hatte mir ein Ventil für die schwelende Wut gegeben, dass der Mann, der meine Eltern getötet hatte, nie gefasst worden war. Doch in letzter Zeit hatte ich andere Fälle bearbeitet, für die ich nicht auf der Straße hatte sein müssen. Und seitdem Paige in mein Leben getreten war, hatte ich verstanden, dass es mehr Arten gab, etwas zu bewirken, als ich immer geglaubt hatte. Vor ein paar Monaten hätte ich noch nicht über eine berufliche Veränderung nachgedacht, aber jetzt wollte ich diesen Schritt gehen. Das Gespräch mit Mr Lamonica hatte mich darin nur bestärkt.

»Ich werde so bald wie möglich mit meinen Vorgesetzten sprechen.« Ich freute mich schon darauf, alle Möglichkeiten auszuloten, besonders diejenigen, die mir mehr Zeit schenken würden, mich in der Stiftung zu engagieren.

»Einen Rat gebe ich dir noch: Mach meiner Tochter klar, dass du diese Entscheidung nicht nur ihretwegen triffst, sonst wird sie dir die Hölle heiß machen – so wie ihre Mutter es mit mir getan hat, als ich ihr erklärt habe, dass ich in den Frühruhestand gehen will. Ihre Sturheit hat Paige von Greta geerbt.«

»Sprichst du schlecht über mich?«, fragte Mrs Lamonica, die plötzlich wieder auf der Terrasse erschien.

»Nein, Liebes«, meinte Harvey ein wenig verlegen.

Lächelnd nahm ich das Glas entgegen, das sie mir reichte. Sie wirkten beide glücklich und entspannt, doch da war eine Frage, die ich den beiden stellen wollte, bevor ich aufbrach. Eine sehr wichtige Frage.

25

Paige

Ich war stolz darauf, wie ich mit allem umgegangen war. Echt stolz. Ich hatte mich behauptet. Ich hatte mich nicht von diesen sündhaften Augen oder Lippen ablenken lassen und auch nicht davon, dass Will sich so fürsorglich um mich kümmern wollte. Ich hatte noch mehr sagen wollen, doch ich hatte meine Worte heruntergeschluckt, bevor ich mich lächerlich machen konnte. Es machte mich total wütend, dass er nach meinem kleinen Zusammenbruch im Krankenhaus einfach voreilige Schlüsse gezogen hatte.

Das erinnerte mich an Greg, der mich für komplett durchgeknallt erklärt hatte, nur weil ich für das Bildungszentrum kämpfte.

Dabei war es letztendlich Will gewesen, der mir die Sicherheit geschenkt hatte, meinen Gefühlen – ob nun gut oder schlecht – Ausdruck zu verleihen.

Meine Brust schmerzte, seitdem ich Will gesehen hatte, und das Gefühl schien nicht nachlassen zu wollen. Ich wünschte mir, ich wäre nüchtern gewesen, als er vorbeigeschaut hatte. Ich war mir immer noch nicht sicher, wieso ich so durch den Wind gewesen war … um mich dann daran zu erinnern, dass ich am Morgen bloß einen Smoothie getrunken hatte, weil mir die Zeit für ein Sandwich gefehlt hatte. Also hatte ich das letzte Mal gestern Abend etwas gegessen. Das erklärte eine Menge.

Ich hatte mein Telefon dabei, also schrieb ich Luna eine Nachricht, dass sie auch Essen mitbringen sollte. Ich war nicht in der Stimmung für einen Mädelsabend, doch sie hatte darauf bestanden. Ich war keine Drückebergerin, verdammt noch mal. Doch eigentlich wollte ich einfach nur Will schütteln, bis er zu Sinnen kam; wollte ihm klarmachen, dass ich seine Sorge zu schätzen wusste, er mir aber einfach vertrauen musste. Wenn er das nicht tat … wie sollte es dann zwischen uns je funktionieren?

In der nächsten Woche stürzten wir uns in die Arbeiten am Bildungszentrum. Es gab eine Menge zu tun, und da ich die Aufgaben nach meiner Kündigung zwischen Will und mir aufgeteilt hatte, sahen wir uns kaum.

Am ersten Tag fand ich Schokoladenmousse im Kühlschrank. Huch? Ich hatte sie nicht bestellt. Dann wurde mir klar, dass Will sie für mich besorgt haben musste. Gerührt aß ich die süße Köstlichkeit.

Ich schickte ihm eine kurze Nachricht.

> **Paige:** Ich habe die Schokomousse gefunden. Danke.

Dann noch eine.

Paige: Ich hoffe, sie war für mich. Ich habe sie jedenfalls aufgegessen.

Will antwortete ein paar Minuten später.

Will: Sie war für dich. Ein toller Energieschub, schon vergessen? Ich dachte, das könntest du brauchen.

Dieser Mann. Erinnerte er sich wirklich an jede Kleinigkeit in Bezug auf mich?

Am zweiten Tag fand ich einen Flyer des Griffith Observatory auf meinem Bett. Daneben lagen zwei Tickets und eine Karte.

Diesmal keine Meteorschauer, aber nächste
Woche läuft eine Sonderschau an.
Ich würde gerne mit dir hingehen.
Du musst nicht gleich antworten.
(Lass dir Zeit, bis die Antwort Ja lautet.)

Ich strahlte über das ganze Gesicht. Ich war immer noch frustriert, aber dieses Gefühl ließ nach – mit jedem Tag ein wenig mehr. Ich wollte nicht lügen, die kleinen, aufmerksamen Geschenke halfen. Darunter waren auch Magnolien-Räucherstäbchen, sodass ich den Duft meiner Lieblingsblumen auch jetzt im Herbst immer um mich haben konnte. Am dritten Tag wurde mir klar, dass Will wahrscheinlich genau darauf zählte. Er hatte einen Plan. Okay … ich war vielleicht etwas schwer von Begriff, aber ich war auch sehr beschäftigt. Außerdem hielt mich die Erkenntnis, dass er etwas im Schilde führte, keineswegs davon ab, seine

Geschenke zu genießen. Das neueste war die DVD eines Films, von dem ich Will erzählt hatte, dass ich ihn gerne sehen würde.

Ich hatte ihm gestern nicht geschrieben, aber heute konnte ich mich einfach nicht davon abhalten.

> **Paige:** Habe gerade deine DVD gefunden. Frage mich, mit wem ich den Film wohl schauen soll …
>
> **Will:** Mit mir natürlich.

Ich stellte mir das Knurren in seiner Stimme vor, wenn er die Worte zu mir gesprochen hätte, und musste lachen. Wann machte er das alles eigentlich? Diese Frage beschäftigte mich, denn mich zu überraschen, erforderte eine Menge Planung und ziemlich viel Herumschleicherei.

Oh, dieser wunderbare, schreckliche Mann. Wieso hatte ich mich so aufgeregt? Ich hatte mich inzwischen ausreichend beruhigt, um die Dinge aus seiner Perspektive zu betrachten. Und ich konnte ihn sogar verstehen, wenn man bedachte, was ich ihm alles über die Kindheit als Tochter eines Army-Mannes erzählt hatte.

Am vierten Tag suchte ich vergeblich nach einem Geschenk. Stattdessen tauchte Luna auf meiner Türschwelle auf und informierte mich, dass Will uns zum Essen einlud.

Ich war tatsächlich davon ausgegangen, das würde bedeuten, dass Will sich uns anschließen würde, verbarg meine Enttäuschung aber schnell, als klar wurde, dass er einfach nur das Essen für Luna und mich zahlen wollte.

»Sag mir die Wahrheit: Hat Will dich mit seinem Charme um den Finger gewickelt?«

Luna schloss mit einer Geste einen eingebildeten Reißverschluss an ihrem Mund. »Ich weiß bloß, dass er gesagt hat, du hättest eine hektische Woche gehabt und könntest eine Ablenkung vertragen. Also … ta-da … hier ist deine Ablenkung. Er ist wirklich aufmerksam, nicht wahr?«

Hmmm, Luna war meiner Frage ausgewichen, doch so, wie sie Will in den Himmel hob – statt darüber nachzudenken, welches Paar Schuhe wohl am meisten wehtun würde, wenn sie es auf ihn warf, wie sie es bei unserem Abend in der Pension getan hatte –, lieferte mir meine Antwort.

Am nächsten Morgen wachte ich davon auf, dass meine Zimmertür geschlossen wurde. Ich befand mich im einzigen Raum in der Pension, der noch wie ein Schlafzimmer eingerichtet war. Auf der Suche nach meinem Smartphone tastete ich auf dem Boden herum, um dann zu stöhnen. Es war halb neun. Die Arbeiter würden in wenigen Minuten ankommen, aber ich war total übernächtigt. Luna und ich hatten uns bis in die frühen Morgenstunden unterhalten. Ich hatte nur ungefähr vier Stunden geschlafen. Aber Moment … wer hatte die Tür geschlossen? Ich versuchte, mich daran zu erinnern, ob ich mir gestern den Wecker gestellt hatte. Wahrscheinlich nicht. Will hätte dazu wahrscheinlich einiges zu sagen. Bevor ich in Panik geraten konnte, entdeckte ich das Tablett mit Essen auf der unbenutzten Seite des Bettes, auf dem sich alles befand, was ich zum Frühstück liebte. Frischer Orangensaft, ein Käseomelett und Blaubeerpfannkuchen.

Wie …?

Ich zuckte zusammen, als ich Stimmen vor der Tür hörte, sprang aus dem Bett und sah aus dem Fenster. Die Arbeiter waren da. Und ein paar Minuten später trat auch Will aus dem Haus. Als könnte er meinen Blick spüren, sah er auf – sah mich direkt an – und schenkte mir ein umwerfendes Lächeln. Noch nie in meinem Leben hatte ich so schnell gegessen und mich mit solcher Eile fertig gemacht.

Als ich nach unten kam, war Will bereits damit beschäftigt, die Arbeiter herumzukommandieren. Seine Jeans schmiegten sich an seinen Hintern, als hätte das Kleidungsstück die Aufgabe, mich in Versuchung zu führen. Und dieses Hemd? Es zeigte seine Muskeln – alle. Selbst unter dem Stoff waren noch die perfekten Formen sichtbar.

»Guten Morgen«, sagte ich.

Die Arbeiter begrüßten mich. Will drehte sich langsam um und musterte mich mit verträumtem Blick. Es war das erste Mal seit Tagen, dass wir uns persönlich begegneten.

»Ich dachte, du würdest länger schlafen.«

»Ich bin aufgewacht, als du die Tür geschlossen hast. Danke für das Frühstück.«

»Gern geschehen.«

»Wirst du den ganzen Tag hier sein?«

Will schenkte mir ein schelmisches Lächeln. »Und morgen und übermorgen auch. Ich habe noch zwei Wochen frei.«

»Ich habe das Gefühl, dass du das nach Kräften ausnutzen willst.«

»Und damit hast du vollkommen recht.«

Mein Herz raste wie verrückt. Was bedeutete das? Wollte er nur auf mich aufpassen? Seinen Teil der Abmachung erfüllen? Wenn wir beim Bildungszentrum Partner sein wollten, aber sonst nicht, dann … nun, um ehrlich zu sein, das wäre eine Qual. Er war immer noch nicht näher gekommen. Außerdem hatte er keinen Versuch gestartet, mich zu küssen oder mit diesem Augending zu verführen. Doch er hatte mir all diese netten, aufmerksamen Geschenke hinterlassen. Wo also standen wir?

Ich war den Großteil des Tages im Haus damit beschäftigt, die Bodenleger zu überwachen und die vielversprechendsten Bewerber für die Lehrerstellen anzurufen. Doch trotzdem war ich mir jedes Mal bewusst, wenn Will sich im selben Raum aufhielt wie ich. Da das um einiges häufiger geschah, als grundsätzlich nötig gewesen wäre, entschied ich, dass er absichtlich Werkzeuge vergaß und nicht zufällig ständig ein Glas Wasser »brauchte«, wenn ich in der Küche stand.

Andererseits spähte ich aus dem Fenster, wann immer sich die Gelegenheit dazu bot, also konnte ich kaum reden.

Am Nachmittag erstellte ich eine Liste möglicher Lehrer und ging Will suchen. Ich dachte, wir könnten vielleicht gemeinsam entscheiden, wen wir zu einem Vorstellungsgespräch einladen wollten. Ich fand ihn im hinteren Teil des Gartens, neben einem frisch gestrichenen Stück Zaun. Er trank gerade aus einer Wasserflasche. Seine Augen waren geschlossen, also nutzte ich den Moment, um ihn schamlos zu begaffen. Ich beobachtete, wie seine Kehle sich bei jedem Schluck bewegte, wie seine Brust sich bei jedem Atemzug verbreiterte.

Verdammt, wie konnte jemand nach einem anstrengenden Tag so sexy aussehen? Moment… hatte er etwa mitgeholfen? Er sollte eigentlich nur die Arbeiter überwachen. Sein Arm musste noch heilen. Doch es klebten grüne Farbflecke auf seinen Jeans, und in diesem Teil des Gartens hielten sich keine Arbeiter auf. Ich ging zu ihm, achtete aber darauf, mich in sicherem Abstand zu halten.

»Will, was ist das?«

Er öffnete blinzelnd die Augen und schenkte mir ein träges Lächeln. »Dein frisch gestrichener Zaun.«

»Du solltest nur die Aufsicht führen.«

Er trat einen Schritt näher an mich heran, womit mein sicherer Abstand sich in Luft auflöste. Ihm so nahe zu sein und nicht zu wissen, wie es mit uns weitergehen würde, war die reine Folter für mich.

»Ich habe eine Tendenz, mich danebenzubenehmen, Paige. Das solltest du inzwischen wissen.«

Ich konnte mich diesem dunklen, überwältigenden Blick nicht entziehen, aber ich wollte es zumindest versuchen, also konzentrierte ich mich auf die Papiere in meinen Händen.

»Ich habe die Bewerbungen durchgesehen und die vielversprechendsten Kandidaten aussortiert. Willst du sie dir mal ansehen und mir deine Meinung sagen?«

»Das ist dein Bereich, Chefin«, meinte Will.

»Jetzt bin ich also die Chefin? Und was ist, wenn ich dir sage, dass du die Arbeiter nur beaufsichtigen sollst?« Ich beging den Fehler, meinen Blick zu heben.

»Ich habe nie behauptet, dass du *meine* Chefin bist, Paige.«

Will hatte sich leicht vorgebeugt. Ich hatte die Bewegung nicht gesehen, aber gespürt, und nun konnte ich nichts anderes mehr tun, als über seine Hände auf meiner Haut, seine Lippen auf meinen nachzudenken. Wollte er das noch? Bestimmt wollte er es, oder? Sonst wäre er schließlich nicht hier.

Doch dann trat er einen Schritt zurück und deutete aufs Haus. »Ich muss hier noch etwas fertig machen. Ich kann mir die Kandidaten später ansehen.«

Ich nickte, aber meine Kehle war wie zugeschnürt. Ließ er mich abblitzen? Was hatte er hier noch zu tun? Die Arbeiter waren für den Tag gegangen. Schicksalsergeben kehrte ich zum Haus zurück, die Lebensläufe gegen die Brust gedrückt. Ich war mir nicht sicher, was hier vor sich ging.

Ich blieb in meinem vorübergehenden Schlafzimmer, setzte mich im Schneidersitz aufs Bett und steckte mir die Kopfhörer meines MP3-Players in die Ohren. Ich drehte die Musik so laut auf, wie ich nur konnte, um alle Gedanken an Will zu vertreiben, als ich noch mal die Bewerbungen durchging. Ich war entschlossen, nicht mehr nach draußen zu schauen. Ich hatte keine Ahnung, wie lang Will bleiben wollte, doch ich musste sowieso in drei Stunden aufbrechen, um mich mit Mom zum Abendessen zu treffen.

Später, als ich die Musik wieder leise drehte, um mich für meinen Ausflug vorzubereiten, stellte ich fest, dass ich drei Anrufe von Mom verpasst hatte. Ich rief sie sofort zurück.

»Hey, Mom. Hast du dich entschieden, wo du essen willst?«

»Süße, hast du die Nachricht nicht gefunden, die ich dir gestern Abend geschickt habe?«

»Nein, tut mir leid. Sie ist wahrscheinlich unter den Hunderten anderen Nachrichten untergegangen. Warum?«

»Es tut mir leid, ich muss absagen. Bei einer meiner Freundinnen ist etwas passiert, und ich werde es nicht rechtzeitig schaffen.«

Mom ließ mich hängen? Das sah ihr gar nicht ähnlich,

vor allem, seitdem ich ihr erzählt hatte, was mit Will passiert war.

»Okay. Kein Problem. Kümmere dich um deine Freundin.«

»Werde ich machen. Und wir werden das bald nachholen, ja?«

»Sicher.«

Sie bot auch nicht an, später noch bei mir vorbeizuschauen … und stellte mir auch keine weiteren, neugierigen Fragen. Ich wurde mit jeder Sekunde misstrauischer.

Ich sah zu dem leeren Frühstückstablett, das ich bisher aus reiner Faulheit noch nicht in die Küche gebracht hatte, und plötzlich erregte ein Detail meine Aufmerksamkeit. Will hatte mir Blaubeerpfannkuchen gebracht, obwohl ich ihm nie erzählt hatte, dass ich die am liebsten mochte. Heute Morgen hatte ich das für einen Zufall gehalten, aber jetzt …

Ich stieg vom Bett und ging nach unten. Bald würde die Sonne untergehen, und im Haus hielten sich bloß noch Will und ich auf … außer, er war auch schon gegangen.

Als ich ihn im Erdgeschoss nicht finden konnte, ging ich in den Garten, wo ich ihn vor Stunden zurückgelassen hatte, und dann … blieb ich vollkommen erstaunt stehen.

Im Baum hingen Lichterketten, und darunter lag eine Decke auf dem Boden, mit einem Picknickkorb daneben. Will war gerade damit beschäftigt, etwas auf das Gras zu stellen. Als ich die Augen zusammenkniff, erkannte ich, dass es Kerzen waren.

Es dauerte nur den Bruchteil einer Sekunde. Im einen Moment war mein Herz noch winzig, aber schwer, im nächsten fühlte es sich unglaublich groß und voll an. Ich stieß ein Geräusch aus, das irgendwo zwischen einem Kichern und einem leisen Aufschrei lag. Wie eine absolute Närrin verriet ich mich selbst, statt diese gestohlenen Augenblicke zu genießen. Doch ich konnte meine Freude nicht für mich behalten. Ich war so glücklich.

Will richtete sich auf und hob schuldbewusst den gesunden Arm.

»Auf frischer Tat ertappt.«

Ich flog förmlich zu ihm. So fühlte es sich zumindest an. Als wäre ich so leicht, dass meine Füße den Boden kaum berührten.

Lächelnd hielt ich vor ihm an. »Nun verstehe ich, was du da tust. Du kriechst zu Kreuze.«

Er stöhnte und senkte den Kopf. »Merkst du das erst jetzt? Blake wird mich das nie vergessen lassen.«

»Nö, eigentlich bin ich dir schon vor ein paar Tagen auf die Schliche gekommen. Ich werde Blake gegenüber deine Ehre retten. Schließlich habe ich dich auch vor Pippa gerettet. Das wird langsam zur Gewohnheit. Aber was hat dein Cousin mit alledem zu tun?«

»Er hat eine Theorie über die Wissenschaft des Zu-Kreuze-Kriechens … ist egal. Auf jeden Fall hat er mir ein paar Tipps gegeben.«

»Beinhalteten diese Tipps auch, mit meiner Mom zu reden?«

Er riss den Kopf hoch, um mich direkt anzusehen. »Nein, das war meine Idee.«

»Wieso hast du das getan?«

»Wer kennt dich besser? Ich musste wissen, ob ich eine echte Chance habe.«

»Das wusstest du. Ich habe es dir an dem Abend gesagt, als du vorbeigekommen bist und ich leicht betrunken war.«

»Da hast du mich aber auch gebeten, dich nicht zu küssen oder zu berühren.«

»Das war ein reiner Verteidigungsmechanismus«, hielt ich dagegen. »Also ... wieso hast du mit ihr geredet?«

Will trat ein wenig näher. Jetzt trennten uns vielleicht noch zehn Zentimeter. Ich verzehrte mich danach, seine warme Haut an meiner zu spüren, aber erst wollte ich hören, was er zu sagen hatte.

»Ich wollte sicherstellen, dass sie auf meiner Seite steht. Wollte nicht riskieren, dass mich noch jemand mit Gegenständen bewerfen will ... wie Luna.«

»Also wolltest du mich streng genommen in einen Hinterhalt locken.«

»Ich bin mir nicht sicher, ob es ein Hinterhalt oder eine Intervention war. Die Begriffsdefinition stammt von meinen Schwestern.«

»Du wolltest dir einfach ein paar Tipps geben lassen, oder? Blaubeerpfannkuchen?«

»Das hat offensichtlich Eindruck hinterlassen. Und wo ich schon dabei bin, alles zu gestehen: Ich habe auch mit deinem Vater gesprochen.«

»Moment ... am Telefon oder persönlich?«

»Persönlich.«

»Das war mutig, Detective. Du hast riskiert, dass er auf dich schießt. Mein Dad ist wirklich entspannt ... bis er es auf einmal nicht mehr ist.«

»Er war nicht entspannt, zumindest nicht zu Anfang. Aber ich habe ihn für mich eingenommen. Alle beide.«

»Was hast du ihnen erzählt?«

Das humorvolle Glitzern in seinen Augen verblasste. »Die Wahrheit: dass es mir eine Ehre ist, ihr Mädchen zu lieben. Ich wollte sie davon überzeugen, dass ich ihre Tochter glücklich machen werde. Dass meine Handlungen der tiefen Angst entsprungen sind, ich könnte sie nicht so glücklich machen, wie sie es verdient hat, dass ich aber ein unglaublicher Narr war, mich nicht darauf zu verlassen, dass sie mit absolut allem klarkommen kann. Und dass ich ein noch größerer Narr war, als ich mir eingebildet hatte, ich könnte sie aus meinem Leben verschwinden lassen. Das kann ich nicht. Und werde ich auch nicht.«

Die tiefen Gefühle in seiner Stimme wärmten mir das Herz.

»Will …«, sagte ich leise. Vielleicht zu leise, weil er einfach weitersprach.

»Und noch etwas: Ich habe mit meinen Vorgesetzten gesprochen, und ich werde mich in eine andere Abteilung versetzen lassen, bei der keinerlei persönliches Risiko für mich besteht.«

»William Connor, das wirst du auf keinen Fall tun.«

»Hör mir zu. Ich will das. Für mich, für uns. Die Arbeitszeiten sind berechenbarer, und ich werde mich auch bei der Stiftung engagieren können.«

»Will … bist du dir sicher, dass du das willst?«

»Ja. Hundertprozentig sicher. Ich meine es ernst.« Er lächelte. »Weißt du eigentlich, dass es einfacher war, deine Familie herumzukriegen als meine?«, fragte er mit einem halben Lächeln.

»Sie standen auf meiner Seite?«

»Jeder Einzelne von ihnen. Verräter.«

»Selbst Jace?«

»Besonders Jace. Er hat mich schon in die Ecke getrieben, kaum dass du aus der Bar verschwunden warst. Von meinen Schwestern musste ich mir auch ganz schön was anhören … meine Ohren klingeln immer noch. Nicht mal der Verband an meinem Arm konnte sie milde stimmen. Sie waren total unbarmherzig.«

»Vielleicht fanden sie ja, du hättest es verdient.« Ich fühlte mich durchaus selbstgefällig, war den Connors aber auch sehr dankbar.

»Das fanden sie sehr wohl. Ich kann nicht versprechen, dass ich dich nie wieder aufregen werde …«

»Oh, reg mich nur auf. Deine Art, mich zurückzugewinnen, ist sehr charmant. Aber da mein Herz nicht aus Stein ist, werde ich dir sagen, dass du nicht weitermachen musst. Ich gehöre dir. Es ist schwer, weiter wütend auf jemanden zu sein, der mein Glück über sein eigenes stellt.«

Will legte seinen gesunden Arm um meine Taille, bevor ich auch nur ausgesprochen hatte. Im nächsten Moment schlang ich meine Arme um seinen Hals und zog ihn an mich. Unsere Lippen trafen sich in einem leidenschaftlichen Kuss, voller Lust und Liebe. Unsere Oberkörper pressten sich aneinander, und trotzdem wollte ich ihm noch näher kommen. Er ließ seine Lippen zu meinem Ohr gleiten.

»Ich liebe dich, Paige.«

Ich lachte, auch wenn es eher wie ein Schluchzen klang, weil ich so emotional war

»Ich dich auch.«

Ich zitterte, und Will zitterte, und als er mich ansah, funkelten seine Augen, was bedeutete, dass er kurz davor war, mir die Kleider vom Leib zu reißen. Meine Mitte kribbelte voller Vorfreude. Wollte ich ihn ablenken? Oder nicht?

»Was ist in dem Picknickkorb?«, flüsterte ich.

»Alles, was du gerne magst. Aber im Moment brauche ich dich, Paige.« Er drückte seinen Mund an meinen Hals. »Ich will dich nackt.«

»Wäre es anders, würde ich auch protestieren.«

Will ließ seine Hände über meinen Rücken gleiten, um meinen Hintern zu umfassen und mich an sich zu ziehen. Er war total hart.

»Fühlst du das? Alles für dich.« Seine Stimme war heiser, weil ich mich leicht an ihm rieb. »Lass uns reingehen, sonst bekommen wir doch noch diese Anzeige wegen Erregung öffentlichen Ärgernisses.«

»Da versuche ich dich zu verführen, und du denkst noch an so was? Ich muss dringend an meinen Fähigkeiten arbeiten.«

Wir schafften es kaum bis ins Schlafzimmer, bevor Will auch schon anfing, mich auszuziehen. Doch er ließ sich Zeit damit, als wolle er jede noch so kleine Stelle meines Körpers neu entdecken. Er stand hinter mir, küsste immer wieder meinen Nacken, ließ seine Finger sanft über meine Nippel gleiten. Wir waren beide nackt, und seine Erektion drückte sich an meinen Hintern, was mein Verlangen nach ihm nur anfachte. Ich verzehrte mich nach ihm. Wenn es um Will ging, war ich unersättlich.

»Will, bitte«, murmelte ich, weil ich mich fühlte, als würde ich es keine Sekunde länger aushalten. Meine Nippel waren hart und empfindlich. Jedes Mal, wenn seine Zunge meine Haut berührte, brannte mehr Hitze zwischen meinen Beinen. Will drehte mich um und senkte mich aufs Bett. Er blieb stehen, sodass seine Erektion vor meinem Gesicht schwebte.

Ich schlang die Hand um seine Wurzel und nahm ihn tief in den Mund. Will stöhnte und vergrub eine Hand in meinem Haar. Dann beugte er sich leicht vor, spreizte mit der anderen Hand meine Beine und berührte meine Mitte.

»Du bist so feucht für mich.«

Ich konnte es nicht ertragen. Seine Berührung brachte mich zum Brennen. Er umkreiste meine Klit mit dem Daumen. Als er zwei Finger in mich gleiten ließ, sah ich zu ihm auf. Er krümmte die Finger, und meine inneren Muskeln verkrampften sich. Schon in der nächsten Sekunde kam ich, hob mich seiner Hand entgegen, schloss mich fest um seine Finger.

»Du bist so wunderschön, wenn du dich deinem Verlangen ergibst, Paige.« Er schob mich in die Mitte des Bettes und legte sich über mich. »Ich will dich hart ficken und sanft lieben.« Wills Mund war überall, als empfände er solche Gier nach mir, dass er nicht wusste, wo er mich zuerst küssen sollte.

»Ja. Ja, bitte.«

Er kniete sich zwischen meine Beine, hielt mich mit seinem glühenden Blick gefangen.

Dann umfasste er meine Knöchel und hob meine Beine von der Matratze.

»Heb die Beine und umfass mit den Händen deine Knie.« Ich tat, wie geheißen, und öffnete mich ihm so vollkommen. Er streifte sich ein Kondom über und glitt in mich, bis unsere Schambeine sich berührten. Dann eroberte er meinen Mund, verlockte meine Zunge zu einem erotischen Tanz. Ich hatte das Gefühl, ich müsste zerspringen, weil ich so viel Lust empfand, so voll war ich von diesem Mann.

»So tief«, stöhnte er leise, als er sanft meine Wange streichelte. »Ich will das jeden Tag, für den Rest unseres Lebens. Die Gewissheit deiner Liebe. Vertraust du mir dein Glück an, Paige?«

»Ja.«

Wie könnte ich auch nicht? Die Art, wie er mich ansah, Gott … als würde er alles tun, was nötig war, um mich glücklich zu machen; als wolle er immer für mich da sein.

»Das ist mein Zuhause. Du bist mein Zuhause«, flüsterte er.

Dann begann er, sich schneller zu bewegen … und mit jedem Stoß fühlte ich, wie die Verbindung zwischen uns sich vertiefte und stärker wurde.

Danach ließen wir uns unser Picknick schmecken, aber nicht unter dem Baum. Will trug den Korb ins Schlafzimmer, weil wir bei Weitem noch nicht genug voneinander bekommen hatten. Im Moment aß ich Aprikosenmarmelade auf attraktivem Detective. Ich hatte die Marmelade um seinen Nabel verteilt und ließ mir Zeit damit, sie aufzulecken.

Ach, das Leben war so schön. *So* schön.

»Paige, komm hier hoch. Wenn du nicht aufhörst, werde ich …«

»Tut mir leid, aber du befindest dich nicht in der Position, um hier Drohungen auszusprechen.«

Ich tippte mit dem Finger unter seinen Nabel, um meinen Standpunkt zu verdeutlichen. Einen Moment später verschoben sich die Machtverhältnisse. Der Mann war echt unglaublich schnell. Ich hatte kaum zweimal geblinzelt, da lag ich schon unter ihm. Er hielt meine Hände an meinen Seiten fest und drückte mich mit seinem Gewicht in die Matratze.

Ich räusperte mich. »In Ordnung. Ich hab's begriffen.«

»Was soll ich jetzt mit dir anfangen, hm? Da du mich ständig aufziehst und neckst?«

Ich wand mich unter ihm. »Am stolzesten bin ich immer noch darauf, wie ich dich quasi gezwungen habe, auch um das Strumpfband zu konkurrieren.«

»Als ich dich dort gesehen habe, wusste ich, ich konnte nicht zulassen, dass jemand anderes dich berührt. Also habe ich das Strumpfband gefangen.«

»Ähm … das muss ich schon richtigstellen. Du hast dir deinen Weg zum Strumpfband freigekämpft.«

»Habe ich nicht.« Er biss mich leicht in die Schulter.

Ich keuchte, doch ich hatte nicht vor, mich kampflos zu ergeben. »Ich habe definitiv gesehen, wie du jemanden mit dem Ellbogen zur Seite gestoßen hast. Und ein anderer Kerl ist quasi von dir abgeprallt.«

»Ich habe mich nur besonders angestrengt. Um mein Mädchen zu gewinnen.«

Will

Einen Monat später

26

»Will, ich befürchte, das bestätigt meine anfängliche Diagnose«, sagte der Arzt. Er sah sich gerade die Diagramme und Notizen meines Physiotherapeuten an. Vor einem Monat hatte der Arzt die unangenehme Entdeckung gemacht, dass bei dem Unfall ein Nerv in meiner Hand beschädigt worden war. Die Einschränkungen waren nicht heftig genug, um mich im täglichen Leben zu beeinträchtigen, aber ein Ausflug zum Schießstand und mein Physiotherapeut hatten bestätigt, dass ich nie wieder sicher eine Waffe abschießen könnte – was bedeutete, dass ich meine Dienstmarke nicht behalten durfte.

»Das hatte ich mir schon gedacht. Die Therapie hat nicht viel gebracht.«

Paige saß neben mir in dem sterilen Behandlungsraum des Arztes. Er verschrieb mir noch mehr Physiotherapie, stellte aber auch klar, dass eine vollkommene Genesung unmöglich war.

Als Paige und ich die Klinik verließen, schlenderten wir durch den kleinen Park, der das Gebäude umgab.

Wir fanden eine Bank, und ich setzte mich, um sofort

Paige auf meinen Schoß zu ziehen. Sie stieß ein überraschtes Geräusch aus, doch dann legte sie einen Arm um meinen Hals. Die andere drückte sie an meine Brust. Halt: Sie *befingerte* meine Brust.

»Was tust du da?«, fragte ich.

»Du hast mich auf deinen Schoß gezogen, um die Hände an meinen Hintern zu bekommen. Ich nutze das aus und berühre deine Brust. Ich würde sagen, das ist fair.« Sie grinste. Ich wusste genau, was sie da tat: Sie munterte mich auf. Und es funktionierte.

»Ich werde heute mit allen im Revier reden und bestätigen, dass ich gehe.« Meine Vorgesetzten hatten mir meine Möglichkeiten erklärt, aber eine so große Veränderung in meinem Leben wollte ich selbst bestimmen.

»Hmmm … ich sehe da ein leichtes Stirnrunzeln.« Sie ließ ihre Fingerspitze über meine Stirn gleiten. »Aber ich glaube, es erfordert weder einen Hinterhalt noch eine Intervention.«

»Was?«

»Deine Schwestern haben mich gebeten, Bericht zu erstatten.« Sie versuchte, beiläufig zu klingen, obwohl sie nervös auf meinem Schoß herumrutschte. »Aber es gibt nichts zu erzählen. Sag mir die Wahrheit. Geht es dir gut, oder reagierst du nur so gelassen, weil ich dich mit meinen Bewegungen ablenke?«

»Eine Mischung aus beidem.« Ich beschloss, ihr Spielchen mitzuspielen. »Hauptsächlich freue ich mich darauf, dich den ganzen Tag für mich zu haben, jeden Tag.«

Sie stoppte ihre Bewegungen. »William Connor, dass wir Partner sein werden, bedeutet *nicht*, dass du *das* tun kannst, wann immer du willst.« Ich hatte eine Hand unter ihren Rock geschoben, um ihren Oberschenkel zu umfassen.

»Doch, das heißt es. Und nichts anderes.«

Als das Problem mit dem Nerv zum ersten Mal bemerkt wurde, war mir sofort klar gewesen, dass ich nicht weiter beim Los Angeles Police Department arbeiten konnte. Keine Waffe führen zu können, schränkte meine Möglichkeiten beträchtlich ein. Diese Erkenntnis hatte mich nicht so hart getroffen, wie ich erwartet hatte – wahrscheinlich, weil ich mich schon vorher für einen Wechsel entschieden und darauf gefreut hatte, etwas mit Paige aufzubauen. Jetzt konnte ich diesem Projekt mehr Zeit widmen.

Wir würden unsere Stiftung ausbauen, und ich hatte vor, auch weitere Mietwohnungen zu erwerben. Paige sollte bei alledem meine Partnerin sein. Es war einfach sinnvoll. Wir ergänzten uns in vielerlei Hinsicht.

Wir hatten bereits darüber gesprochen, was für Dienste wir in anderen Einrichtungen der Stiftung anbieten wollten. Wir hatten eine Menge Ideen. Zu sehen, wie Paiges Miene bei diesen Aussichten aufleuchtete, war einer der stolzesten Momente meines Lebens. Zu wissen, dass ich sie so glücklich machen konnte, machte auch mich glücklich.

Ich würde mich erst daran gewöhnen müssen, keine Dienstmarke mehr zu tragen, doch statt das Ende meiner Karriere bei der Polizei zu betrauern, freute ich mich auf das, was unsere gemeinsame Zukunft bringen würde. Ich lächelte, dann überraschte ich Paige, indem ich ihre Unterlippe küsste und leicht daran knabberte. Paige kicherte. Ich gab sie frei, als sie in ein echtes Lachen ausbrach, bevor sie sich die Hand vor den Mund schlug.

»Du machst dir keine besonderen Sorgen, dass wir wegen Erregung öffentlichen Ärgernisses in Schwierigkeiten geraten könnten, hm?«, flüsterte sie.

»Nicht besonders, nein. Ich liebe dich, Paige.«

»Ich dich auch. Und ich verspreche, dass das alles wunderbar funktionieren wird.«

»Da bin ich mir sicher. Ich habe ein tolles Gefühl bei allem, was wir zusammen aufbauen werden.«

Mein Glück war immer an den Verlauf meiner Fälle geknüpft gewesen, seitdem ich bei der Polizei angefangen hatte, doch Paige hatte das geändert. Tatsächlich war mein Glück jetzt mit dem dieser frechen Brünetten verbunden, die vielleicht absichtlich, vielleicht aber auch unabsichtlich provokativ auf meinem Schoß herumrutschte.

»Ich kann nicht glauben, dass nicht mal ein Hinterhalt nötig ist«, meinte Hailey beim nächsten freitäglichen Abendessen wehmütig.

Val seufzte neben ihr. »Ja. Dabei hatte ich mich auf eine volle Intervention eingestellt, sobald Lori auftaucht.«

Wir saßen zu dritt auf Vals Veranda und warteten darauf, dass das Abendessen fertig wurde. Jace und Paige hatten angeboten zu kochen. Ich drückte ihnen die Daumen, hielt aber mein Handy bereit, um etwas vom Lieferservice zu bestellen. Ich hätte wissen müssen, dass Val nur nicht selbst kochte, weil sie dachte, es wäre eine Intervention nötig. Aber vielleicht lag es auch daran, weil wir am Mittwoch schon wieder zusammen aßen, um Weihnachten zu feiern.

»Tut mir leid, Mädels, kein Hinterhalt nötig«, zog ich sie auf, obwohl ich es im Geheimen genoss, dass sie sich so um mich kümmern wollten.

»Also … ich weiß, dass du Paige eine geschäftliche Partnerschaft angeboten hast … aber hast du auch vor, ihr noch eine andere Partnerschaft vorzuschlagen?«, fragte Val scheinbar beiläufig. Sie tat so, als müsste sie ihre Fingernägel kontrollieren, doch sie warf mir ständig aus den Augenwinkeln Blicke zu.

»Versuchst du, aus mir herauszubekommen, ob ich vorhabe, ihr einen Antrag zu machen?«

Val nickte. »Genau. Tatsächlich bin ich mir bereits sicher, dass du das vorhast. Die Frage ist nur, wann. Und wie? Brauchst du Tipps?«

»Du hättest wirklich subtiler vorgehen können«, kommentierte Hailey.

»Oder… du hättest mich fragen können, wenn Hailey nicht dabei ist«, meinte ich. Meine kleine Schwester zu nerven, gehörte zu den einfachen Freuden meines Lebens. Warum also sollte ich mir das versagen?

Hailey keuchte, und in diesem Moment sah sie eher aus wie die kleine Göre, die sie einmal gewesen war, als wie eine professionelle PR-Managerin.

»Du auch? Wie lange werde ich für meine alten Fehler noch zahlen müssen? Ich arbeite inzwischen mit Prominenten. Ich habe gelernt, Geheimnisse zu wahren.«

Val und ich vermieden es, uns anzusehen.

Ich bemühte mich, entschuldigend zu klingen, als ich sagte: »Hailey, ich hab dich lieb, aber du hast mehr Überraschungspartys und Geschenke verraten, als ich zählen kann. Egal, welche geheimniswahrenden Fähigkeiten du dir auch für die Arbeit angeeignet hast, in Bezug auf Familienangelegenheiten…«

Hailey stöhnte. »Verdammt. Und ich kann dich nicht mal bestechen. Gibt es irgendwelche Promis, die du gerne mal treffen würdest?«

Ich zog die Augenbrauen hoch. Dann hob sie den Zeigefinger, als wäre ihr eine Idee gekommen. »Was, wenn ich verspreche, keine Stripperparty für Paiges Junggesellinnenabschied zu organisieren, wenn du es mir jetzt verrätst? Du schweigst auf eigene Gefahr.«

»Du wirst ihr keinen Stripper besorgen«, stieß ich durch die zusammengebissenen Zähne hervor.

»Das hast du kaum zu entscheiden, oder? Oh, Bruderherz, wann wirst du endlich einsehen, dass du mir nicht gewachsen bist?« Inzwischen grinste Hailey breit. Ich wandte mich Hilfe suchend an Val, doch unsere älteste Schwester schien zu sehr von Hailey Erpresserfähigkeiten beeindruckt.

»Hut ab, Hailey«, sagte Val.

»Ich werde deinen Bluff auffliegen lassen«, sagte ich, als wir das Haus betraten. Sie grinste nur, doch ich besaß durchaus die Fähigkeiten, ihre unvernünftigen Pläne zu stoppen. *Herausforderung angenommen, kleine Schwester. Herausforderung angenommen.*

»Wo sind Pippa und Eric?«, fragte Val, als wir Richtung Küche gingen.

Unsere Cousine Pippa und ihr Ehemann Eric waren ebenfalls hier. Ihre Stieftochter Julie studierte an der UCLA, und sie waren angereist, um sie abzuholen, damit sie Weihnachten bei ihnen verbrachte.

»Ich bin hier«, rief Pippa, als sie aus der Küche trat. »Eric und ich wollten Jace und Paige ein wenig helfen.«

Nun, jetzt sah ich unser Abendessen schon in einem positiveren Licht.

»Wie geht es Julie?«, fragte Val.

»Sie ist glücklich. Genießt das Collegeleben und hat

Dates … weswegen sie heute Abend auch nicht hier ist. Sie wollte vor den Weihnachtsferien noch eine letzte Verabredung mit ihrem Beau, sehr zu Erics Verdruss.« Pippa lächelte frech.

»Hat er sich immer noch nicht daran gewöhnt, dass Julie inzwischen erwachsen ist?«, fragte ich.

»Überhaupt nicht. Aber zumindest werden Mia und Elena noch eine Weile Kinder sein. Er ist ein toller Ehemann und Vater, macht sich allerdings viel zu viele Sorgen um die Mädchen. Für Eric wäre die Welt erst perfekt, wenn er jeden vertreiben könnte, der Julie um ein Date bittet.«

Julie war Erics Tochter aus erster Ehe. Sie war geboren worden, als er noch sehr jung war, daher der große Altersunterschied zwischen Julie und ihren jüngeren Schwestern.

»Hey, falls jemand mit irgendwelchen Freunden reden oder sie verschrecken soll, hätten wir sehr hilfreiche Brüder anzubieten. Nicht wahr, Will?«, meinte Val.

Ich grinste. »Allerdings. Immer zu Diensten, Cousinchen. Ich kann freundlich auftreten, aber auch sehr beängstigend werden. Hängt ganz davon ab, was die Situation erfordert.«

»Oh, das werde ich mir merken. Ich bin ja für freundlich, aber ich glaube, mein lieber Ehemann wäre mit beängstigend glücklicher.«

»Ich kann mich immer mit Jace verbünden. Er spielt den Netten, und ich komme ins Spiel, wenn es erforderlich wird, Angst und Schrecken zu verbreiten«, bot ich an.

»Das klingt wirklich vielversprechend. Und wo wir gerade von Jace sprechen … ist das nur mein Eindruck, oder hat er …« Sie kniff die Augen zusammen, als suche sie nach der richtigen Formulierung.

»Angst vor dir?«, bot ich an.

»Ja. Ja, das hat er«, verkündete Val.

Pippa faltete die Hände und trommelte mit den Fingern. »Also, also. Dann war mein letzter Kuppelversuch wohl zu erfolgreich, hm?«

»Irgendwie schon. Sie haben sich gut verstanden, aber da sie nicht hier wohnt, ist nichts daraus geworden«, meinte Val.

»Willst du Insiderwissen?«, fragte Hailey.

Ich schüttelte den Kopf. »Und genau das meine ich, wenn ich von Geheimnissen spreche, kleine Schwester.«

Hailey ignorierte mich. Pippa pfiff anerkennend. »Jace wird euch deswegen nicht lynchen?«

»Wir gehen das Risiko ein. Wir sind ihm gewachsen«, meinte Hailey lachend.

»Ich ziehe mich jetzt aus diesem Gespräch zurück«, informierte ich die Frauen. »Sonst muss ich meinem Bruder berichten, dass ihr … euch gegen ihn verschwört.«

»Nur zu seinem eigenen Besten«, meinte Val mit einem Augenzwinkern.

Später an diesem Abend, als wir schon im Bett lagen, fragte ich Paige: »Also, was hatte es mit diesem Frauengespräch nach dem Abendessen auf sich?« Die Frauen hatten sich zusammen auf die Couch gesetzt, und wann immer einer von uns Männern versucht hatte, sich ihnen zu nähern, wurde uns mitgeteilt, dass jetzt Zeit für ein Frauengespräch war.

»Frauengespräch ist einfach das Zauberwort, wenn man die Männer fernhalten will.« Paige lag mit dem Kopf auf meiner Brust und zeichnete mit den Fingern ein Muster auf meinen Bauch.

»Zur Kenntnis genommen. Worüber habt ihr euch unterhalten?« Ich traute Hailey durchaus zu, dass sie bereits Andeutungen gemacht hatte.

»Wir haben überlegt, welchen Dating-Pool Val noch anzapfen kann, um ihre Chancen zu erhöhen, mal wieder Sex zu bekommen.«

Ich blinzelte, dann blinzelte ich noch mal. Von der Planung von Jace' Niedergang waren sie … dazu gekommen? Wie konnten sie so schnell durch die Themen springen?

»Okay … ich glaube, ich bin besser dran, wenn du mir die Ergebnisse des Gesprächs nicht verrätst.«

Sie lächelte verlegen. »Das klang irgendwie falsch. Wir haben überlegt, wie sie einen anständigen Kerl finden kann. Bettgymnastik ist bloß Teil des Gesamtpakets.«

»Bitte, keine weiteren Details«, flehte ich.

»Okay. Halte nur die Augen offen nach einem klugen, sexy Kerl. Muskulöse Arme sind wichtig. Ein Waschbrettbauch immer willkommen. Tolle Fähigkeiten im Bett sind ebenfalls Grundvoraussetzung, aber das kann man wohl nicht vorher herausfinden.«

»Ich kann nicht glauben, dass wir dieses Gespräch führen.« Ich nahm mir fest vor, mich nie wieder nach dem Inhalt von Frauengesprächen zu erkundigen.

»Warum? Du könntest beim Brainstorming helfen. Es ist nicht so einfach, neue Leute kennenzulernen, wenn man mal ins Arbeitsleben eingetreten ist. Nicht jeder hat so viel Glück wie ich. Und Val hat es verdient, glücklich zu sein.«

»Natürlich hat sie das.« In unserer Kindheit hatte Val ihr Leben eine Weile für uns auf Halt gesetzt, und dann hatte sie sich in den Aufbau ihrer Kosmetik- und Parfümfirma gestürzt.

»Sag mir die Wahrheit. Hast du je einen Mann total verängstigt, den sie dir vorgestellt hat?«

»Nein. Ich habe mich nur jeweils nach seinen Absichten erkundigt und ihn zur Rede gestellt, wenn es wirkte, als meinte er es nicht ernst.«

Paige lachte leise. »Das überrascht mich nicht. Nun, wofür hast du auch all diese Muskeln, wenn du sie nicht anspannst, wenn du etwas Übles vermutest? Wir geben wirklich ein tolles Team ab. Es gibt so viele Vorteile einer Zusammenarbeit.«

»Und wo wir gerade von Zusammenarbeit sprechen: Ich möchte, dass du dir das Wochenende nach der offiziellen Eröffnung des Bildungszentrums freihältst.«

Sie hob den Kopf und kniff misstrauisch die Augen zusammen. »Okay. Ich habe noch nichts vor. Aber warum?«

»Ich will dich ganz für mich haben.« Ich verlagerte mich auf dem Bett und küsste ihren Hals, direkt unter dem Ohr.

»Das klingt vielversprechend.« Sie klang atemlos.

»Ich will das wunderbare Leben feiern, das wir miteinander führen. Und dich vielleicht noch eine Woche ganz für mich behalten.«

»Was für ein empörender Gedanke.«

»Ich verspreche, dass es sich lohnen wird.« Ich ließ meine Zungenspitze über ihr Schlüsselbein gleiten. Sie drückte den Rücken durch, hob mir ihre Hüften entgegen. Ein Leben mit dieser Frau würde nicht ausreichen. Aber ich würde jede Minute nutzen.

»Abgemacht.«

Epilog

Paige

»Hey, du! Kein Essen stehlen.« Ich schlug Wills Hand von der Eiscreme weg. Das war schon das dritte Mal, dass ich das in den letzten fünf Minuten tun musste. Morgen würden wir das Bildungszentrum offiziell eröffnen, und wir steckten bis über beide Ohren in den Vorbereitungen. »Wenn du so weitermachst, werde ich dich aus der Küche verbannen.«

»Nein, wirst du nicht. Du willst, dass ich dich ablenke. Du weißt bloß nicht, wie du mir das sagen sollst.«

Er hatte echt Nerven. Selbst gemachte Eiscreme erforderte Aufmerksamkeit. Natürlich wollte ich nicht, dass er mich ablenkte. Nur… jetzt, wo er es laut ausgesprochen hatte, erschien es mir als gar keine so schlechte Idee. Ich drehte mich zu ihm um und hielt – wie ich es so oft tat, seitdem er seine Dienstmarke zurückgegeben hatte – nach Anzeichen Ausschau, ob auch wirklich alles in Ordnung war. Will hatte mir versichert, dass er bereit war für diese Veränderungen… und er hatte sich so begeistert in unser neues, gemeinsames Leben gestürzt, dass ich ihm glaubte.

Ich tauchte meinen Zeigefinger in die kleine Schüssel

mit übrig gebliebener Eiscreme und schmierte sie ihm ins Gesicht.

Will grinste, dann war der Kampf eröffnet. Er schlang einen Arm um meine Taille und hielt mich so fest, während er Eis auf meinen Lippen verschmierte. Dann leckte er sie wieder ab, sehr sinnlich. Wir mochten ja für morgen noch viel zu tun haben, aber wir hatten immer Zeit für eine Sexkapade. O ja.

»Ich beobachte dich nun schon stundenlang dabei, wie du durch die Küche tänzelst und die Hüften schwingst. Ich habe davon geträumt, dich über diese Arbeitsplatte zu beugen und in dich einzudringen.« Seine Augen funkelten. Der Arm um meine Taille war tiefer gesunken, sodass seine Hand jetzt an meinem Hintern lag.

»Und was hat dich davon abgehalten?«

Er stieß ein leises Knurren aus, dann drückte er mich an sich, damit ich spüren konnte, wie hart er war. Du lieber Gott, wie lange war er schon so erregt? Und ich hatte meine Zeit damit verschwendet, Eiscreme zu machen?

»Darum sollte ich mich besser kümmern«, flüsterte ich, dann rieb ich mich an ihm.

Er umfasste meine Wange. »Ja. Er braucht deine besondere Aufmerksamkeit.«

»Was, wenn ich mich dem nur oberflächlich widme? Bekomme ich dann noch mehr sexy Drohungen?«

»Nur, wenn du darauf bestehst.«

»Das tue ich.«

»Nun, dann … wie kann ich da nicht mitspielen?«

Er hob mich in seine Arme. Ich strampelte mit den Beinen und klammerte mich an seinem Hemd fest. Wills Ablenkung dauerte bis mittags, als Maddie und Landon überraschend mit ihrer Tochter Willow vorbeischauten.

Landon bot unserem Projekt seine Unterstützung an. Und auch wenn Will und ich ihm dankbar waren, kamen wir doch ganz gut allein zurecht.

»Das wird Landon nicht davon abhalten, darauf zu bestehen«, hatte Maddie mich schon beim ersten Mal gewarnt, als das Thema auf den Tisch gekommen war. Und als die beiden sich ein wenig Eiscreme nahmen, sprach Landon das Thema wieder an. Maddie und ich wechselten amüsierte Blicke. Wir hatten die Wettgewohnheiten der Connor-Familie übernommen, und diesmal hatte ich verloren.

»Was soll das?«, fragte Will misstrauisch, als ich Maddie einen Fünf-Dollar-Schein überreichte.

Ich beschloss, gleich zu gestehen. Ich sah die Brüder an und erklärte: »Wir haben gewettet, wie lange es Landon kosten würde, das Thema einer Investition aufzubringen.«

Beide Männer sahen uns böse an. Dann wandte sich Landon an Will.

»Bilde ich mir das nur ein, oder werden unsere Frauen immer dreister?«

»Nein, das bildest du dir nicht ein«, stimmte Will ihm zu.

»Offensichtlich hat Maddie diese Runde gewonnen«, meinte ich.

Will legte den Kopf schief. »Diese Runde? Es gibt noch mehr Wetten?«

Oh, ich hatte zu viel verraten. Maddie warf mir einen warnenden Blick zu.

»Ja, aber die drehen sich alle um Frauenthemen. Und da du mir klar und deutlich gesagt hast, dass du damit nichts zu tun haben willst…«

Will zog eine Grimasse, und Landon hob abwehrend die Hände. »Kein Wort mehr.«

Um ehrlich zu sein, war unsere andere Wette etwas aufwendiger. Maddie, Hailey, Lori und ich hatte gewettet, welche Art von Mann Val das Herz stehlen würde, doch es gab keinen Grund, unseren Männern das zu verraten.

Maddie und Hailey hatten auf irgendeinen Hollywood-Hottie gesetzt. Besonders Hailey war sehr begeistert von dieser Vorstellung. Lori und ich neigten eher zu einem Geschäftsmann.

Wir unterhielten uns über alles Mögliche. Als Will Willow in den Arm nahm, schoss ich unauffällig ein paar Fotos. Er hielt Willow sehr geschickt, und sie seufzte glücklich, bevor sie sich enger an ihren Onkel ankuschelte.

Später, als Landon, Maddie und Willow gegangen waren, ertappte Will mich dabei, wie ich mir die Bilder noch mal ansah, nachdem wir kontrolliert hatten, dass alles für Montag bereit war.

»Was ist das? Ich dachte, du hättest alle Bilder hier gespeichert.« Er tippte sich an die Schläfe.

»Manche Dinge muss man einfach fotografieren. Du siehst so süß aus, wie du sie hältst.«

»Süß?«

Ich nickte voller Überzeugung. »Aber reg dich nicht auf. Du bist immer noch muskulös und männlich, aber eben auch … süß. Ich kann es nicht besser erklären.«

Will schenkte mir ein Lächeln. Moment mal … das war ein ungewöhnliches Lächeln, als hüte er ein Geheimnis. Hmmm, was konnte das sein? Er trat nahe genug an mich heran, dass ich mich nur ein paar Zentimeter vorlehnen musste, um ihn zu küssen, doch der Aufdeckung des Geheimnisses war ich damit keinen Schritt näher gekommen.

»Was glaubst du, wie ich mit einem eigenen Kind aussehen würde? Oder mehreren? Ich persönlich finde ja, es sollten mehrere sein. Natürlich könnten wir Glück haben und Zwillinge bekommen. Zwei auf einen Schlag.« Er schob mir eine Strähne hinters Ohr.

Ich war überrascht, dass er sich unsere Zukunft so genau ausmalte. Ich versuchte, die Fassung zu wahren, doch seine Worte rührten mich so tief, dass meine Stimme zitterte, als ich sprach.

»Du hast darüber offensichtlich länger nachgedacht.«

Er ließ seine Nasenspitze über meine Wange gleiten. »Seit dem Kondomvorfall.«

»Du hast Dinge vor mir geheim gehalten.«

»Ich habe nur auf den richtigen Zeitpunkt gewartet.«

»Ich glaube, du vergisst da etwas.«

»Ach ja?«

»Wir sind nicht verheiratet.«

Ich lehnte mich ein wenig zurück, und sein geheimnisvolles Lächeln verwandelte sich in ein schelmisches Grinsen. »Paige Lamonica, machst du mir gerade einen Antrag?«

Ich fühlte, wie meine Wangen zu brennen anfingen, dann breitete sich die Hitze über meinen Hals nach unten aus. Ich beschloss, meine Verlegenheit an ihm auszulassen, und pikte ihn in einen dieser unfassbar muskulösen Oberarme. »Ich hatte gehofft, dass *du mir* einen Antrag machst… aber wenn du das nicht tust, muss ich noch mal über ein paar Dinge nachdenken.«

Sein Blick war wahnsinnig intensiv. Schon eine Zehntelsekunde später hatte Will einen Arm um meine Taille geschlungen und drückte mich an sich.

Er küsste mich hart und leidenschaftlich. Als er sich

zurückzog, sagte er mit rauer Stimme: »Das kannst du kaum machen, wenn ich dich doch am nächsten Wochenende entführe, oder?«

Alles um uns herum schien zu verblassen. Ich nahm nur noch meinen rasenden Puls und die unglaubliche Wärme von Wills Körper an meinem wahr.

»Du … hast vor, um meine Hand anzuhalten?«

»Ja. Ich werde auf ein Knie sinken, mit einem Ring und einer sehr romantischen Ansprache.«

Mein Herz spielte plötzlich verrückt. Dann erinnerte ich mich an ein bestimmtes Gespräch und fing an zu lachen.

»Tut mir leid, mir ist nur gerade klar geworden, dass dies der Grund ist, warum Hailey ständig neugierige Fragen zu unserem Ausflug gestellt hat. Sie wollte die ganze Zeit wissen, ob du einen Tisch im Restaurant bestellt hast.«

Will stöhnte. Ich drückte ihm einen Kuss aufs Kinn, dann vergrub ich mein Gesicht an seinem Hals, um diesen wunderbar männlichen Duft einzuatmen.

»Du willst dich wirklich dauerhaft an mich binden?«, hakte ich nach. »In guten wie in schlechten Zeiten?«

»Rechtskräftig und für immer«, bestätigte er. Ich drückte mich fester an seinen Körper.

»Das klingt wunderbar.«

Er lehnte sich leicht zurück, doch gleichzeitig legte er eine Hand an meinen Hinterkopf. Danach ließ er sanft seine Lippen über meine gleiten. »Also wirst du Ja sagen?«

Wärme sammelte sich in meinem Bauch. Ich hörte meinen Puls in den Ohren, als ich die Hände auf seine breiten, starken Schultern legte.

»Das hängt ganz davon ab«, meinte ich geziert, nur um mit einem Lachen kämpfen zu müssen, als er die Augenbrauen hochzog. »Ist eine riesige Hochzeit für dich in Ordnung?«

»Ja.«

»Ich will allen Schnickschnack. Und ein fantastisches Kleid.«

»Es wird mir eine Freude sein, es dir in unserer Hochzeitsnacht auszuziehen.« Er verschob eine Hand an meine Hüfte, als wolle er mein Kleid nach oben ziehen.

Ich schob seine Finger weg. »Ich weiß bereits, dass du sehr geschickt darin bist, mir die Klamotten auszuziehen, William Connor.«

»Ich dachte, es wäre vielleicht noch etwas Überzeugungsarbeit nötig – ein Anreiz, Ja zu sagen.« Seine Augen funkelten. »Hast du noch mehr Bedingungen?«

»Nur noch eine: Ich will offiziell Teil von allen Hinterhalten und Interventionen sein, die deine Schwestern planen.«

»Das ist verhandelbar.«

»Ich deute das als Zustimmung.«

Er hob fragend die Augenbrauen.

»Was? Ich habe klare Beweise dafür, dass meine Verhandlungsfähigkeiten ausreichen, dich zu überzeugen.«

»Ach wirklich?« Er versuchte erneut, seine Hand unter mein Kleid gleiten zu lassen. Ich schob seine Finger weg. Wieder mal.

»Hmmm. Jedes Mal.«

»Das entspricht nicht ganz meiner Erinnerung, aber ich lasse es dir mal durchgehen.«

»Aus reiner Herzensgüte oder als weiteren Anreiz für mich, deinen Antrag anzunehmen.«

»Beides. Hatte ich Erfolg?«

»Ich verspreche dir, dich mein gesamtes Leben über zu

lieben, zu foltern und mit heißem Sex zu belohnen, William Connor. Wie klingt das als Ja?«

Er grinste, bevor er sich vorbeugte, um mich zu küssen. »Das sorgt dafür, dass ich dich jetzt sofort heiraten will, zukünftige Mrs Connor.«

Dank

Um ein Buch zu veröffentlichen, ist ein ganzes Dorf nötig! Ich möchte allen von Herzen danken, die mich bei diesem Projekt unterstützt haben. An meine Familie: Ich danke euch für eure Hilfe, euren Glauben wch da wart. Ohne euch hätte ich es nicht geschafft.